CONTE *verlag*

ULRIKE REINKER

BREHM 46

ROMAN

CONTE roman

Personen und Handlung sind frei erfunden.
Ähnlichkeiten mit lebenden oder toten Personen
sind rein zufällig und nicht beabsichtigt.

Bibliografische Information der Deutschen Nationalbibliothek
Die Deutsche Nationalbibliothek verzeichnet diese Publikation in der Deutschen Nationalbibliografie; detaillierte bibliografische Daten sind im Internet über http://dnb.d-nb.de abrufbar.

ISBN 978-3-95602-042-1

2. Auflage 2015

Am Rech 14
66386 St. Ingbert
Tel: (06894) 1664163
Fax: (06894) 1664164
E-Mail: info@conte-verlag.de
Verlagsinformationen im Internet unter www.conte-verlag.de

Lektorat: Jessica Philippi
Umschlagillustration: Carsten Tiemessen / tiemessen.de
Umschlaggestaltung und Satz: Markus Dawo
Druck und Bindung: Conte Verlag GmbH

Guess whose living here
With the great undead
This paint-by-numbers life
Is fucking with my head
Once again

Mark Oliver Everett, eels

PROLOG

Die Brehmstraße ist die Nord/Süd-Einfallachse Düsseldorfs.

Sie verläuft in rücksichtsloser Geradlinigkeit vom Mörsenbroicher Ei bis zum Brehmplatz. Vier Spuren, auf denen der Verkehr Richtung Innenstadt brandet. Dazwischen quälen sich die Straßenbahnen behäbig lärmend durch ihren Arbeitstag, der um 5 Uhr in der Frühe beginnt und gegen Mitternacht endet. Dann kehrt ein wenig Ruhe ein auf der Brehm.

Die Häuser, die sich rechts und links der Straße ducken, haben es schwer, ihren Fassadenanstrich zu behaupten. Die Abgase der Laster und Pkws, die täglich an ihnen vorbeiziehen, hinterlassen eine schwarzgraue Patina bis zu den dritten Etagen.

Die rötlich grauen Backsteingebäude, die fast alle in der typischen Billigbauweise der späten zwanziger Jahre hochgezogen wurden, wirken untenherum noch ein bisschen grauer.

Die Straße kommt ohne Bäume aus. Nur am Ende der Brehm gibt es einen mittelgroßen Park, den Zoopark.

Ein paar Kinder und viele Hunde erfreuen sich dieser kleinen grünen Oase, die schon bessere Zeiten gesehen hat. Jetzt ist der Park in beklagenswertem Zustand. Keiner kümmert sich darum.

Die Hauptattraktion der Brehmstraße ist das Düsseldorfer Eisstadion, das knapp vor dem Park unansehnlich klotzt. Immerhin ist es die Trainingsstätte der DEG und gilt als traditionsreichstes Eisstadion Deutschlands.

Schräg gegenüber lungert das Haus mit der Nummer 46 herum. Es ist ebenso schmutzig rot wie die meisten anderen. Man könnte es verwechseln.

5. OG, NADJA

Die Vorhänge gefallen mir nicht. Ich schiebe sie noch ein bisschen mehr zur Seite und schaue durch die verdreckte Einfachverglasung nach draußen.

Auf dem Fenstersims heben sich zwei aufgeplusterte Tauben vor einem neblig grauen Oktoberhimmel ab. Die Tiere sind langsam. Sie erschrecken sich ungefähr zwei Sekunden, nachdem ich den Vorhang bewegt habe, und erheben sich erstaunlich behände. Dann fliegen sie in unterschiedlichen Richtungen davon.

Auf dem gegenüberliegenden Balkon hängt eine kleine fluchende Frau große weiße Wäschestücke über eine ausgeleierte Leine. Ich frage mich, wie lange die Wäsche bei vier Grad plus und nebulösem Nieselregen brauchen wird, bis sie trocken ist. Die gegenüberliegende Häuserzeile ist so weit weg, dass die Frau in etwa so groß ist wie mein Daumen.

Von den kleinen Gärten, die zwischen den Häusern vor sich hin wildern, sehe ich von hier oben aus nur einen winzigen regennassen Ausschnitt.

Ich wundere mich, dass ich das Fluchen der Frau trotz der Entfernung so gut verstehen kann. Der Innenhof scheint wie ein akustischer Trichter zu wirken. Seit ich

Tom kenne, habe ich ein wenig Ahnung von akustischen Gesetzmäßigkeiten.

»Tja, die Vorhänge können Sie ja sofort abhängen«, sagt der Vermieter, Herr Blumfeld. Er ist zu mir ans Fenster getreten und sieht, wie ich mit leichtem Unbehagen den klebrig rauen, uringelben Stoff berühre.

»Frau … äh … Jetzt ist mir Ihr Name entfallen.«

Er räuspert sich verlegen und kratzt das obere seiner beiden Kinns.

Herr Blumfeld hat diese Altersuntersetztheit, ohne dick zu sein. Er ist um die siebzig, schätze ich. Sein schütteres graues Haar ist pomadig knapp über dem linken Ohr gescheitelt und zur anderen Seite gekämmt. Seine Augen fixieren mich klein und listig hinter den dicken Gläsern seiner Designerbrille. Er ist auffallend teuer gekleidet.

Die teure Kleidung kann nicht gegen seinen Mundgeruch anstinken. Merkwürdig. Er ist Arzt. Warum unternimmt er nichts dagegen?

Ich drehe mich leicht von ihm weg zum Fenster.

»Nadja Paul ist mein Name«, erinnere ich ihn schließlich.

»Ja, richtig. Also, Frau Paul, wie ich Ihnen schon am Telefon sagte, die Wohnung wird genauso übergeben, wie sie ist. Die Möbel müssten Sie entweder übernehmen oder selbst entsorgen.«

Ich taste mit meinen Blicken die Wohnung ab. Die ist ganz o.k.

Es gibt ein großes und ein kleines Zimmer. Die Zimmer sind selbst an diesem trüben Tag relativ hell, obwohl die

Dachfenster nur ca. A2 groß sind. Das ist sehr wichtig für mich, ich brauche Licht zum Malen.

Nebenan, im kleinen Zimmer, prangt ein riesiges hässliches Bett, mit einer übel durchgelegenen Matratze. Davor steht ein Schrank in der Jugendzimmerästhetik der achtziger Jahre. In dem großen Zimmer befinden sich außer Herrn Blumfeld und mir noch ein Sideboard in Kirschholzimitat und ein akzeptabler Tisch für zwölf Personen mit stark abgenutzter Oberfläche in weißem Resopal. Es gibt eine winzige Diele. Eine grauenhafte Einbauküche. Ein Bad mit Wanne, die unbegehbar erscheint, weil sie genau in die Dachschräge eingepasst wurde. Mit meinen knappen 1,70 m Körperlänge scheint es mir unwahrscheinlich, dass ein Duschbad im Stehen möglich ist.

Ich durchlaufe mit dem Vermieter im Gefolge noch mal die gesamten achtundsechzig Quadratmeter und bleibe schließlich vor dem weißen Tisch stehen. Er ist das Herzstück der Wohnung. Ich streiche mit der Hand über die zerkratzte Resopalschicht, sie plaudert den Werdegang des Tisches aus. Rote Weinränder, braune von verschlabberten Kaffeetassen. Zwei Brandlöcher. Klaffende Kratzer auf der gesamten Oberfläche. Meine Vormieterin hat offenbar verdammt viel gefeiert und gegessen.

So sieht Käthi eigentlich nicht aus. Ich kenne sie nur von diesem einen Kneipenabend, sie ist die Freundin von Toms Freund Mike. Als Käthi hörte, dass ich auf Wohnungssuche bin, erzählte sie, dass sie bald auszöge.

»Die Wohnung ist gut, ein bisschen runter. Knapp siebzig Quadratmeter mit Dachschrägen. Mies möbliert, aber was soll's. Sie kostet nur vierhundertzwanzig warm. Wenn du interessiert bist, ruf mal sehr zügig den Vermieter an. Ich bin zum Ersten draußen.«

»Wieso ist die so günstig? Für den Preis gibt es in Düsseldorf doch eigentlich nur Wohnklos mit Kochduschen. Ist das ein Schimmelparadies über einer 24-Stunden Kneipe? Fensterlos? Oder neunter Stock ohne Aufzug im Straßenstrichviertel?«

»Fünfter Stock ohne Aufzug. Ansonsten hast du zu viel Fantasie. Oder zu wenig, um dir den Vermieter vorzustellen. Das ist ein reicher Neurologe, ziemlich alt, aber er praktiziert noch. Ich glaube, sein Besitz nervt ihn. Er braucht die Kohle nicht. Ich bekam meinen Mietvertrag erst, nachdem ich schon ein halbes Jahr in der Wohnung gewohnt habe. Kaution hat er nie von mir verlangt. Der lässt seine Mieter einfach sein, wenn sie ihm sympathisch sind. Sie kümmern ihn nicht. Und er kümmert sich nicht. Das hat auch Nachteile. Du erreichst ihn oft auf keinem Kanal. Im Notfall ist das zu spät …«

Und da wären wir nun, der Vermieter und ich. Ich hatte ihn schon beim ersten Versuch erreicht.

»Den Tisch sollten Sie wirklich sofort entsorgen. Der sieht nicht mehr gut aus.« Herr Blumfeld sieht nicht, was ich sehe.

»Nein, der gefällt mir. Ich werde daran arbeiten«, sage ich und prüfe noch mal das Licht. Es ist optimal, schräg von oben vorne. Sofern ich mit dem Rücken zur Tür male.

»Wenn Sie sich hier schon arbeiten sehen, heißt das, Sie

möchten die Wohnung?« Herr Blumfeld stützt sich mit einer Hand seitlich auf die Tischkante. Er sieht müde aus. Er möchte das hier klarhaben und gehen.

»Ja. Ich könnte sofort einziehen. Es ist nur … Also, ich bräuchte noch ein paar Wochen, um die Kaution zusammenzubekommen …«

»Kaution, ja. Darüber reden wir ein anderes Mal, ich muss jetzt weg. Ich schicke Ihnen den Mietvertrag demnächst zu, kann ein Weilchen dauern. Wenn Sie mir nur noch Ihre Karte …?«

»Karte. Ja. Also, ich habe im Moment keine. Warten Sie, ich schreibe Ihnen meine Kontaktdaten auf.«

Ich ziehe mein Notizbuch aus meiner Tasche und wühle nach einem Stift. Ich finde nur meinen Kajalstift. Ich bin so aufgeregt, dass ich mich bei meinem eigenen Namen verschreibe.

»Gut, Frau Pohl. Hier sind die Schlüssel.«

»Nein, Paul heiße ich«, sage ich noch und ahne, dass ich von nun an Frau Pohl für ihn sein werde. Schon ist er weg. Seinen Geruch lässt er da, ich reiße das Fenster auf.

Ich stehe am offenen Fenster und rauche in tiefen Zügen. Dann gehe ich zur Toilette und übergebe mich.

Immerhin besser als umgekehrt, denke ich, als ich den Spülknopf betätige. Immerhin besser, als am offenen Fenster kotzen und anschließend im Klo rauchen.

»Tom, ich hab die Wohnung … Ja, der war ganz o.k., wollte keine Kaution und nichts. Schräger Typ. Kannst du vorbeikommen und schon ein oder zwei Kisten mitbringen?

Klingel bei Liebert. Ich komm dann runter und helfe dir ... Na klar helfe ich tragen, na hör mal ... Bis gleich.«

Ich drücke den sanft auf mich einredenden Tom einfach weg.

Fünfzehn Minuten später klingelt er.

Ich betätige das, was ich für den Türdrücker halte und stolpere die fünf Etagen hinunter. In Höhe der zweiten Treppe kommt mir eine ältere Dame entgegen und bleibt abrupt stehen, als sie mich erblickt. Sie hat ein hamsterartiges Gesicht, das von einem grauen Igelhaarschnitt begrenzt wird und aus dem vogelartige Augen meine Silhouette abscannen. Sie deutet ein Lächeln an. Als sie mich anspricht, zucke ich unweigerlich zurück.

»Neue Mieterin, richtig? Fünfte Etage?«, schnarrt sie. Ihr Organ wäre als Synchronstimme für eine siebzigjährige Puffmutter geeignet, die seit fünfzig Jahren *Rote Hand* raucht und sich ansonsten den täglichen Umgang mit den Freiern mit Whiskey versüßt.

»Ja«, murmele ich. Die Alte legt jetzt eine ihrer faltigen Hände auf das Treppengeländer.

»Althaus mein Name. Wie heißen Sie, wenn man mal fragen darf?«

Ich bin nur noch vier Stufen von ihr entfernt. Eigentlich müsste sie jetzt automatisch den Weg freigeben. Aber sie steht unumgänglich da.

»Pohl heiße ich ... Quatsch, Paul«, sage ich und nehme langsam noch eine Stufe.

»Darf ich?«, sage ich schließlich, begleitet von einer räumenden Geste.

»Komischer Name für ’n Mädchen«, sagt sie, lässt endlich das Geländer los und quetscht sich übertrieben nah an die Wand, um mich vorbeizulassen.

Als ich an ihr vorbeigehe, öffnet sich die Tür im zweiten Stock und eine Frau, die genauso aussieht wie Frau Althaus, tritt heraus. Die Alte gibt es zweimal, stelle ich verwundert fest. Die zweite Frau Althaus sieht aus wie die andere. Nur ihre Haare sind anders. Sie sind nicht mausgrau, sondern in einem artifiziellen Braunton gehalten. Damit sieht diese Frau Althaus ungefähr zwei Jahre älter aus als die andere. Ich blicke kurz von einer zur anderen und stelle doch noch ein paar weitere Unterschiede fest. Die graue Frau Althaus ist etwas fülliger als die andere, sie ist dennoch von zarterem Wuchs. Ihre Augen liegen tiefer, die Lippen sind schmaler, die Stirn ist höher. Dennoch ist die Ähnlichkeit verblüffend. Es ist keine Zwillingsähnlichkeit, vielleicht sind sie noch nicht einmal miteinander verwandt. Es ist eher diese Art Ähnlichkeit, die alte Ehepaare aufweisen. Die gleiche Mimik und Gestik, die gleiche Art, sich zu kleiden und zu bewegen. Aneinander angepasste Körperformen. Auch die Stimmlage ist ähnlich.

»Komm Irmgard, wir müssen los«, raunt die Frau, die aussieht wie Frau Althaus, nach unten zu ihrem Double.

Ich beeile mich nach unten zu kommen, Tom steigt mir schwerbeladen entgegen.

»Lass mal, ich mach das alleine«, behauptet er, obwohl seine dünnen Beine beben. Er hat zwei meiner vollen Kartons übereinandergestapelt und stemmt sie die Treppen hinauf.

»Sei nicht albern, gib mir eine. Die Wohnung ist ganz oben«, sage ich.

Aber Tom wuchtet sie tapfer alleine die fünf Etagen hoch. Oben angekommen, lässt er sich rücklings auf das hässliche Bett plumpsen.

Er rupft seinen Tabak aus seiner Hosentasche und dreht sich liegend eine Zigarette. Das kann nur Tom.

»Boa. Was hast du in den Kartons? Grabsteine? Darf ich hier drinnen rauchen?«

Ich nicke und betrachte meinen Freund, der sich nun auf die Seite rollt und seinerseits das Zimmer betrachtet.

»Cool«, sagt er und pafft genüsslich vor sich hin.

An Tom ist alles lang und dünn. Seine Arme, seine Beine, sein Gesicht. Sein Gesicht sieht englisch aus. Feine lange leicht gebogene Nase. Blitzblaue Augen, volle Lippen, markantes Kinn mit rötlichen Bartstoppeln. Lange dunkelblonde Haare, abgerockte Klamotten, kaputte Allstars-Turnschuhe. Ganz englischer Musiker. Tom kommt aus Düsseldorf, so wie ich.

Er ist einfach zu jung für mich. Zu lieb. Zu unbedarft, unbeholfen, unerfahren. Dabei sind wir gleichalt.

Tom erhebt sich rauchend vom Bett und schlendert durch die Wohnung.

»Richtig geil. Richtig groß! Und die kostet nur vierhundertzwanzig Euro?«

»Warm«, trumpfe ich auf. Tom wirft seine Kippe aus dem Fenster und kommt zu mir herüber. Er nimmt mich in die Arme. Er riecht nach Schweiß. Er presst mir seinen Schwanz entgegen.

»Komm, lass uns das perverse Bett einweihen«, sagt er und zieht mich in das kleine Zimmer. Ich entziehe mich behutsam.

»Lass das. Ich muss hier erst mal putzen. Ist alles total verdreckt. Gegenüber ist ein Kaisers. Da holen wir Eimer und Putzmittel ... Also, wenn du mir helfen möchtest.«

Ich sehe mich im Raum um. Es ist wirklich dreckig hier. Käthi hat die Wohnung besenrein übergeben. Mehr war nicht zu erwarten.

»O.k.«, sagt Tom und schüttelt dazu heftig den Kopf. Das macht er dauernd. »Wenn's sein muss ...«

Im Hausflur hüpft uns Pippi Langstrumpf entgegen. Eine sehr junge Pippi Langstrumpf, vielleicht sechs Jahre alt. Sie trägt ein rotes Kleid zu ihren orangefarbenen Haaren und hat eine große Zahnlücke. Die können wir sehen, weil sie laut singt.

Dahinter zweifelsohne Pippi Langstrumpfs Mutter. Dasselbe in größer und fünfunddreißig Jahre älter. Ohne Zahnlücke.

»Sei nicht so laut!«, ermahnt sie das Kind, das unbeirrt weitersingt. Die Frau sieht ein bisschen gehetzt aus. Sie schauen uns beide freundlich an, darin sind sie sich einig.

Als wir mit genügend Putzmittel für ein Großraumbüro zurückkehren, begegnet uns schon wieder Frau Althaus im Hausflur. Die mit den grauen Haaren. Sie flucht breit vor sich hin und verstummt abrupt, als sie uns sieht.

Sie mustert Tom und gibt diesmal umgehend den Weg frei.

Aus der zweiten Etage dringen Geräusche, die sich nach dem anhören, was Tom jetzt lieber gemacht hätte, anstelle des Putzens.

Wir fangen im Bad an und machen uns über die Verkrustungen her.

»Mann, für die Wanne brauchen wir den Schwingschleifer«, stöhnt Tom.

Mir wird erneut übel.

Tom hält mir die Haare beim Kotzen. Danach versucht er mich zu küssen. Er liebt mich wirklich.

»Hör mal, Nadja, wenn wir in das große Zimmer ziehen, dann könnte man doch aus dem kleinen Zimmer ein super …«

»Hör auf, ich will's nicht!«, blaffe ich ihn an.

»Aber ich.«

»Das ist meine Entscheidung. Ich will's nicht. Das hab ich dir schon gesagt. Ich hab schon einen Termin und außerdem will ich nicht, dass du hier wohnst. Das ist meine Wohnung.«

Tom sieht mich an. Er hat Breitseite.

»Du hast schon einen Termin? Scheiße. Finde ich scheiße, hörst du? Du vertraust mir nicht. Ich liebe dich.«

»Weiß ich«, sage ich. Aber ich dich nicht, denke ich. Nicht so wie ich E. geliebt habe.

Also, ich liebe Tom schon. So wie einen guten Freund. Mit dem ich Sex habe. Ich bin vor acht Wochen bei ihm eingezogen. Seit sieben Wochen sind wir ein Paar. Seit sechs Wochen bin ich schwanger. Seit einer Woche wissen wir es.

Tom setzt sich auf die halb geputzte Badewannenkante und klopft mit der Hand auf den feuchten Rand neben sich, damit ich mich dazusetze.

Ich setze mich neben ihn. Schaumiges Putzwasser arbeitet sich durch unser beider Jeans. Wir bleiben sitzen und reden, bis es dunkel wird.

»Warum versuchen wir nicht, das so zu nehmen, wie es ist? Vielleicht sollte das passieren. Wir können das schaffen. Wir sind doch zu zweit. Ich lasse dich nicht hängen, das weißt du … Wir wären bestimmt tolle Eltern«, fabuliert Tom nun schon zum x-ten Mal. Er untermalt das sanft kolorierte Bild mit weiten Gesten. Er legt dazu nicht einfach den Arm um mich. Er hält sich an mir fest.

»Ja, super Eltern, aber nicht jetzt. Ich hab keinen Job, keine Kohle und weiß überhaupt nicht mehr, wo die Reise langgeht. Außerdem wäre ich bestimmt genauso eine miese Mutter wie meine Mutter.«

»Wärst du nicht!«, sagt Tom voller Überzeugung. Woher nimmt er die nur?

»Doch, außer, ich mache, bevor ich selbst Mutter werde, noch ein paar Therapien oder Selbstfindungsgruppenreisen oder so was. Und du … Du hast genauso wenig Kohle wie ich. Weißt du eigentlich, dass ein Kind alleine für hundert Euro im Monat Windeln vollscheißt?«

»Ja, ist mir schon klar, dass Kinder teuer sind. Aber du kannst dich darauf verlassen, dass ich zur Not rund um die Uhr Taxi fahren werde, um das zu stemmen.«

»Und deine Musik? Die vernachlässigst du dann längerfristig? Kann ich mir nicht vorstellen. Das will ich mir auch gar nicht vorstellen. Deine Musik ist, was du bist. Das darfst du nicht aufgeben, du bist ein Genie …«

Das sage ich mit Überzeugung. Tom ist ein verdammtes Genie. Weit begabter, als ich es in meiner Kunst je sein werde, denke ich.

»Danke, dass du wenigstens an meine Musik glaubst. Sonst scheinst du ja nicht so viel von mir zu halten. Weißt du, was ich finde? Ich finde dich hart. Vor allem gegen dich selbst. Komm schon, ich weiß, dass du gar nicht so tough bist, wie du tust. Und du hast dich doch zuerst auch gefreut. Ich konnte deine Freude sehen, als du mit dem Test vom Klo gekommen bist. Und was hieß eben eigentlich: Ich hab schon einen Termin?«

»Ich treib ab. Übermorgen.«

Tom rutscht den Wannenrand herunter und lässt sich rücklings in die leere Wanne gleiten. Ganz leer ist sie nicht. Tom sitzt in einer gelblichen Meister Proper-Pfütze und weint.

»Aber ich wünsche es mir. Du und ich, zwei Künstler, was meinst du was wir für gute Gene an das …«

»Geh jetzt bitte, Tom«, sage ich.

»Wie du willst. Kann ich nachher noch mal wiederkommen?«

»O.k. Lass das Licht aus«, sage ich zu Tom, der augenreibend nach dem Lichtschalter tastet.

Als Tom geht, lässt er Kopf und Arme gleichermaßen hängen. Er ist in den letzten zwanzig Minuten mindestens um fünf Jahre gealtert.

Ich höre, wie die Tür ins Schloss fällt.

Ich bleibe weiter im Dunklen auf dem Wannenrand sitzen, bis sich mein Hintern ganz taub anfühlt. Ich kann nicht weinen, obwohl ich es möchte und ich schlinge meine Arme um meinen Leib, wie um zu halten, was ich verlorengegeben habe. Aus Feigheit.

Ich traue es mir nicht zu. Ich traue es Tom nicht zu. Und wer weiß, wie lange wir uns noch nah sind. Wir kennen uns erst so kurz. Acht Wochen, verdammte acht Wochen erst, denke ich. Vor achteinhalb Wochen wusste ich noch gar nicht, dass es ihn gibt. Da gab es nur E. für mich, meinen Schmerz und ein paar unwesentliche weitere Dinge, die an den äußeren Rand meines Empfindens gerutscht waren. Ich wollte nur noch weg. Raus aus meiner Wohnung, weg aus Berlin. Weg von E. Mich räumlich entfernen von meiner zukünftigen Vergangenheit. Ich beschloss, zurück nach Düsseldorf zu ziehen, in der vagen Hoffnung, dass ich an der Düsseldorfer Kunstakademie mein Studium wiederaufnehmen könnte. Irgendwann. Wenn sich die Malblockade, die mich befallen hatte, endlich wieder auflösen würde. Wenn die mich dort überhaupt nehmen würden. Und in Düsseldorf kannte mich mittlerweile niemand mehr. Außer meiner Mutter. Und die kannte mich auch nicht.

Musiker, 26, sucht geräuschunempfindliche/n Mitbewohner/in. Ich bin wenig zu Hause.

Ich hatte diese Annonce bei der Düsseldorfer Mitwohnzentrale gelesen. Ich wählte die Nummer und lauschte der Stimme auf seinem AB. Sie war tief, rau und warm zugleich. Ich stellte mir einen besonders männlichen Körper vor, als Gefäß für diese Stimme.

Nach zwei Stunden rief Tom mich zurück. Wir telefonierten von 12 Uhr nachts bis 6 Uhr morgens.

Eine Woche später packte ich meine persönlichen Sachen in meinen alten Mazda. Die wenigen Möbel hatte ich im Keller einer Freundin untergebracht. Ich wollte sie abholen, sobald ich eine eigene Wohnung hätte. Das Zimmer bei Tom sollte nur eine Plattform sein, von der aus ich mir etwas Eigenes suchen würde. Länger als ein paar Wochen halte ich es sowieso mit niemandem aus.

Als Tom mir die Tür öffnete, hätte ich ihn beinahe gefragt, wo Tom ist.

Aber an der Stimme erkannte ich ihn. Die Stimme war eigentlich zu breit für diesen langen schlaksigen Jungen.

Er führte mich in die Küche. Eigentlich ist es eher ein Proberaum mit Kochgelegenheit. Mehr Musikinstrumente als Elektrogeräte. Ein Verstärkerturm rechts, einer links an der Wand. Der Tisch war voller Tapes, CDs, Gitarrensaiten und Verstärkerkabeln, dazwischen erinnerten nur ein paar unsauber abgegessene Teller daran, dass dies der Küchentisch war.

»Tschuldigung, ich räum gleich mal auf. Hab ich noch nicht geschafft …«, beantwortete Tom meinen leeren Blick ins Volle.

Dahinter gab es zwei Räume. Der eine sah genauso aus wie die Küche. Nur dass es hier keinen Herd und keine Waschmaschine gab.

Der andere war leer, bis auf ein Bett und ein schmales Regal. Die Wände des Zimmers waren komplett schwarz gestrichen.

»Das hier wäre eigentlich dein Zimmer«, sagte Tom unsicher. Er hatte bemerkt, dass ich das Zimmer nicht betrat und unschlüssig im Türrahmen lungerte.

»Meine letzte Freundin fand das cool so. Sie ist irgendwie schlecht drauf gekommen. Hätte sie eigentlich noch weiß übermalen müssen, bevor sie ausgezogen ist. Also, wenn dich die Farbe sehr stört, können wir auch die Zimmer tauschen. Ich hab ja nicht viele Möbel ...«

Ich lief hinüber in das andere Zimmer. Es stimmte. Er hatte nur ein Möbel, um genau zu sein. Ein Bett. Trotzdem waren wir den Rest des Abends damit beschäftigt, den Inhalt des Zimmers im schwarzen Raum zu versenken. Tom hat ungefähr dreißig Gitarren, Banjos, Bässe, eine Orgel und ein Vibraphon, dazu diverse Percussioninstrumente. Ein paar Röhrenverstärker. Und unzählige CDs und LPs, die einfach auf dem Boden gestapelt waren.

Ich war angestrengt. Die lange Autofahrt nach viereinhalb Stunden Schlaf und die Umräumaktion hatten diesen großen sperrigen Tag noch etwas nach unten abgerundet.

Als ich endlich in meinem Bett lag und das schwache Mondlicht auf die immerhin weißen Wände in meinem kargen Zimmer fiel, ging es mir nicht gut. Bis ich Tom spielen hörte.

Ich ging in die Küche und setzte mich lautlos zwischen die Klänge.

Tom spielte Vibraphon. Es war berauschend. Er stand mit dem Rücken zum Fenster. Die Straßenlaterne draußen vor dem Küchenfenster war die einzige Lichtquelle im Raum. Sie warf ihren Lichtkegel wie einen Scheinwerfer über seinen bewegten Körper. Zwei Stunden lang hörte ich zu. Ich sah die Bilder, die er spielte und bekam Lust, wieder zu malen.

Sechs Abende ging das so. Tagsüber fuhr Tom Taxi, um sich seine Leidenschaft zu finanzieren. Abends fanden wir uns in der dunklen Küche. Am siebenten Abend fanden wir uns im schwarzen Zimmer.

Natürlich verliebte ich mich in ihn. Es war einfach nur so, dass dieses Gefühl keinen Raum hatte, um sich zu entfalten. Der Raum war voll mit altem Plunder. Plunder von E.

E. war mein Professor an der UDK gewesen, der Berliner Universität der Künste. Ich war Meisterschülerin. Seine Schülerin. Seine Geliebte.

E. war der verrückteste, fantasievollste Mensch, der mir je begegnet war. Er war doppelt so alt, doppelt so dick und halb so verliebt wie ich. Es kümmerte mich nicht. Wir vögelten wie besessen, ich malte wie besessen, mehr zählte nicht. Nach einem Jahr hat er mich verlassen.

»Weißt du, der Sex mit dir war großartig, das war wie jeden Tag Erdbeerkuchen. Aber davon wird einem ja irgendwann ganz schlecht! Du warst meine Muse, eine Weile. Aber jetzt gibt es eine neue Muse …«

Eine Weile habe ich mir das angesehen. Schon allein, um zu begreifen, was nicht mehr greifbar war. Er sah mich gar nicht mehr.

Ich hab mein Studium geschmissen und lag vier Wochen heulend in meiner kleinen Wohnung in Neukölln, 4. OG, Hinterhaus. Ich schaute viel aus dem Fenster. Der Himmel war gleichmäßig blau.

Dann verlor ich meinen Wochenendjob beim Ottoversand, Beschwerdeannahme. Ein hochbezahlter Job. Fünfundzwanzig Euro die Stunde, dafür, dass man sich beschimpfen ließ, weil die Kunden die falsche Einbauküche erhalten hatten.

»Ist mir scheißegal, was mit Ihrer Scheißschrankwand ist!«, brüllte ich vier Wochen, nachdem E. mich verlassen hatte, dem emotional stark erregten Menschen am anderen Ende entgegen und durfte sofort meinen Platz räumen. Mich hielt nichts mehr. Ich wollte alles loslassen, rauslassen, weglassen, lassen. Aber ich konnte es nicht lassen, an E. zu denken.

Als könnte ich auch meine Gedanken und Gefühle zurücklassen, verließ ich Berlin und zog zurück in die Stätte meiner beschissenen Kindheit. Meiner Mutter sagte ich es erst, als ich schon seit drei Wochen nur noch drei Stadtteile von ihr entfernt wohnte. Sie brach umgehend in Tränen aus. Wenn ich an ihre brüchig depressive Stimme am Telefon denke, wird mir immer noch kalt.

»Kind, was soll denn jetzt werden? Du kannst doch nicht einfach alles hinschmeißen und tun, was du tun musst. Wir müssen doch schließlich alle tun, was wir alle tun müssen!«

Sie redete wieder wirres Zeug. Ich hatte versagt.

Und während mir all diese dunklen Bilder durch Kopf

und Herz gehen, erhebe ich mich endlich vom Wannenrand und mache Licht in allen Räumen. Ich muss meine Sachen ausräumen, die wenigen, die schon hier sind.

Ich zerre mein Bettzeug aus einem der Kartons. Es ekelt mich ein bisschen, mein persönliches Betttuch über diese fremdverranzte Matratze zu spannen. Es gibt ein paar undefinierbare Flecken, in der Mitte ist das schäbige Federkernmonster so durchgelegen, dass der gewagt gemusterte Bezug Wellen schlägt. Ich zerre mein Betttuch darüber und dekoriere mein Kissen und meine Decke auf der Liegefläche. Beides steckt in meiner albernen Gänsebettwäsche aus Kindertagen. Die Bettwäsche verströmt eine vage Erinnerung an zuhause, als noch alles in Ordnung war. Zuhause fühlt sich weit an.

Das hier ist mein neues Zuhause, denke ich und schlüpfe unter die Decke. Ich große dumme Gans, zwischen all den verblichenen kleinen Gänschen.

Und wieso will ich denn das Kind nicht? Ich wollte schon Kinder, als ich selbst noch ein Kind war. Das war immer klar. Allerdings hatte ich mir die Umstände ganz anders vorgestellt. Ich dachte, ich wäre zu diesem Zeitpunkt klar und rein wie ein Gebirgsbach, strukturiert und sicher. Also, mit mir und anderen. Ich sah mich mit einem coolen Mann an meiner Seite, Geld und abgeschlossenem Studium in der Tasche und viel Wärme und Wissen in meinem Inneren.

Völlig klar, dass das jetzt nicht dieser Zeitpunkt ist. Ich bin unklar, unsicher, habe dreckige Gefühle und das Einzige, was strukturiert ist, sind meine Fluchtgedanken.

Der Mann an meiner Seite ist uncool und in der Tasche habe ich weder Geld noch Diplom. Nur Zigaretten. Ich hole eine aus der Tasche und zünde sie an. Ich könnte auch nicht mit dem Rauchen aufhören. Nicht jetzt. Ich rauche zwei am Tag. Zwei Schächtelchen. Und auch sonst habe ich nicht den soliden gesunden Rahmen, den ein Kind braucht, denke ich und asche mir in die hohle Hand. Ich muss unbedingt einen Aschenbecher von Tom mitbringen.

Ich bleibe noch mit geschlossenen Augen liegen, bis ich spüre, dass sich die Zigarettenglut meinen Fingern nähert. Dann rolle ich mich langsam aus der erstaunlich behaglichen Bettmulde und laufe ins Bad.

Auf dem Boden der Wanne trieft immer noch die Meister-Proper-Pfütze. In der Mitte hat sie eine ovale Aussparung, dort, wo Tom gesessen hat. Er hat einen kleinen Hintern. Ich werfe meine Kippe ins Klo und spüle ab. Die Kippe verschwindet im Schaum des Kloputzmittels, von dem wir gut einen Viertelliter in die Kanalisation gekippt hatten, in der Hoffnung, es würde halten, was es verspricht und den bräunlichen Kalkbelag aus der betagten Schüssel entfernen. Der bräunliche Belag ist aber nach wie vor am Platz, er koexistiert friedlich neben dem Schaum und auch meine Kippe lässt sich nicht so einfach wegspülen.

Ich hole mein Waschzeug und lege eine einsame Zahnbürste auf die blitzblanke Ablage unter dem Spiegel. Den Spiegel haben wir vergessen. Ich betrachte mich in der blinden Scheibe, auf die meine Vormieterin oder einer ihrer Lover *lo hermosa que eres* mit rotem Edding geschrieben hat. *Wie schön du bist.*

Ich flüstere mir diesen Satz zu wie ein Mantra und betrachte mein Gesicht, das umgeben ist von alten Zahnpastaspritzern auf dem Spiegel und einem ausgedrückten Pickel, der sich farblich von den Zahnpastakollegen abhebt.

Meine dunklen Augen schauen mich unsicher aus noch dunkleren Höhlen an. Ich habe wenig geschlafen, seit ich es weiß. Ich bin blass, mein Mund wirkt unnatürlich rot in diesem fahlen schmalen Gesicht. Dieser Mund, der mir immer zu voll und zu groß erscheint und auf den die Männer so abfahren. Meine Haare sind zu lang, sie gehen schon bis zur Taille. Sie sind fettig. Ich muss mehr auf mich achten, denke ich und gehe noch näher an mein Spiegelbild heran, als könnte ich mich dann besser erkennen. Mein Atem hinterlässt in Höhe meines Mundes und meiner Nase eine kleine beschlagene Fläche auf dem Spiegel. Je näher man an sich herantritt, umso weniger erkennt man, denke ich.

Mein Handy zerreißt die Stille. Ich habe vergessen, wo es ist und folge dem Klingelton bis zu dem weißen Resopaltisch.

Tom ruft an, steht auf dem Display. Ich speichere zu den meisten Personen ein Foto ab. Bei Tom ist es seine geliebte Gibson Les Paul.

»Kann ich jetzt vorbeikommen? Ich mach gerade Pause. Ich hab noch zwei Kartons von dir im Taxi, hatte die ganze Zeit Schiss, es könnte ein Fahrgast mit Koffern einsteigen …«

»Seit wann fährst du denn?«, frage ich.

»Seit einer Stunde oder so …«, druckst Tom.

»Du willst schon nach einer Stunde Pause machen? Hattest du denn schon genug Touren? Red' mal etwas lauter! Was ist das für ein Krach im Hintergrund?«

»Ich steh hier auf 'ner stark befahrenen Straße … Nee, nur zwei, für sieben Euro achtzig. Ist aber egal, das hol ich später rein, heute ist Messe. Ich möchte dich sehen. Komm, wir fahren zur Autobahnraststätte und essen, du musst was essen, du kannst ja kaum so viel essen wie du kotzt«, brüllt Tom mir entgegen.

Ich bin gerührt. Tom ist so bemüht um mich. Das mit der Autobahnraststätte ist eine Art krankes Hobby von uns. Wir fahren ganz dekadent mit dem Taxi vor, genießen das neonbeleuchtete schmierige Ambiente und bestellen uns Pommes. Die sind an Autobahnraststätten besonders salzig und fettig. Ich bekomme Hunger.

»Ja, komm vorbei«, sage ich und es klingelt im selben Moment. Ich habe das Handy noch am Ohr und höre Tom lachen.

»Bin schon da«, sagt er und legt auf.

Tom erscheint kurz darauf, gebeutelt von meinen Taschen und Tüten.

»So, das war alles, was du noch bei mir hattest. Wohin damit?«

»Stell es einfach ab«, sage ich und mache eine wegwerfende Handbewegung durch die halbleere Wohnung. Tom lässt fast augenblicklich alles fallen und umarmt mich. Er lässt gar nicht mehr los.

Er zittert ein bisschen. Meine Taschen und die fünf Etagen haben ihn fertiggemacht. Er sollte mal ein bisschen Sport treiben.

»Wie geht es euch beiden denn?«, fragt er.

»Lass das, das ist total taktlos von dir. Du weißt doch, dass ich mich schon dagegen entschieden habe!«, belle ich ihn an.

»Ja, aber ich noch nicht. Darf ich da denn gar nicht mitreden? O.k., ich weiß. Du meinst, dass es deine Entscheidung ist, weil es in dir wächst und du es kriegen musst und so. Aber wirklich, Nadja, denk noch mal drüber nach, ja? Ein paar Tage hast du noch, um darüber nachzudenken. Keine Panikentscheidung. Angst ist ein total schlechter Ratgeber.«

»Ich hab schon lange genug darüber nachgedacht«, sage ich dünn und laufe ins Bad, um mich kurz im Spiegel zu suchen.

Ich schaue mir ungläubig ins fahle Gesicht. Bin ich das? Ich ziehe meinen Lidstrich nach. Die Tusche haftet wegen der blöden Tränen nicht.

Ich lasse Tom zu lange warten. Er ist auf dem Bett weggeknackt, ich wecke ihn. Kurz darauf verlassen wir die Wohnung. Wir steigen in sein Taxi und fahren los. A57 Richtung Köln.

»Wie viel Zeit hast du?«, frage ich.

»So viel ich mir nehme«, sagt Tom und dreht sich einhändig eine Zigarette. Eigentlich darf in der Taxe nicht geraucht werden, aber er macht manchmal eine Ausnahme.

»Stört dich der Rauch?«, fragt er und schiebt meine Lieblings-CD von den White Stripes in den CD-Player.

Ich schüttle den Kopf. »Dreh mir auch eine«, sage ich.

Wir paffen und hören laut White Stripes, während wir durch diese halbdunkle kühle Oktobernacht gleiten.

Die Landschaft hastet in satten Orange- und Brauntönen an uns vorbei. Ich lehne mich tief in den komfortablen Ledersitz. Meine Hände liegen auf meinem Bauch. Das bemerke ich erst, als ich Toms flüchtigem Seitenblick dorthin folge. Ich nehme die Hände dort weg und verschränke meine Arme vor der Brust. Vielleicht bin ich mir doch nicht so sicher.

Es ist eigenartig, ich spüre es schon. Es ist da. Ich wusste es sofort. Schon vor dem Test. Und Tom hat Recht. Im ersten Moment habe ich mich gefreut. Tom hat sich nicht gefreut. Er war die Freude selbst.

»Wie kannst du dich so freuen? Hast du keinen Schiss? Wir kennen uns kaum …«, sagte ich.

»Das muss ich nicht hinterfragen. Du auch nicht. Es ist, wie es ist. Es wird gut sein, das spüre ich«, sagte er leichthin, während sich in mir eine dumpfe Schwere ausbreitete.

Ich ging zu Dr. Tietzeler, einer Hardcore-Lesbe, gleich bei Tom um die Ecke.

Dass sie eine Lesbe ist, denke ich, weil sie mir den Ultraschallstab mit ungeahnter Vehemenz in den Unterleib stieß und mich übertrieben lange abtastete. Das nächste Mal gehe ich wieder zu einem Mann.

»Ja, Sie haben Recht, da ist was«, sagte sie. »Siebte

Woche, würde ich sagen. Soll ich Ihnen gleich den Mutterpass ausstellen?«

»Tja also, wissen Sie … Ich weiß nicht. Ich meine, ich weiß noch nicht, ob ich es haben will …«, stammelte ich ihrem professionellen Lächeln entgegen.

Und da war wieder diese Freude. Ich war tatsächlich schwanger, der Test hatte korrekt angezeigt, es war kein Irrtum. In mir wuchs etwas. Etwas anderes wuchs gleichmäßig mit und hielt locker Schritt. Das war meine Angst.

Die Gynäkologin strich sich eine fettige blondierte Haarsträhne hinters Ohr und setzte sich gewichtig zurecht.

»Haben Sie denn nicht verhütet? Offenbar haben Sie ja keinen akuten Kinderwunsch.«

»Doch, wir haben Gummis benutzt«, sagte ich und verschwieg ihr und meinem Gewissen, dass wir es auch zweimal ohne gemacht haben.

»Sie sind genau im richtigen Alter, Frau Paul! Überlegen Sie sich das gut. Sie müssen sich allerdings ein wenig beeilen mit Ihrer Entscheidung. Ein Schwangerschaftsabbruch ist nur bis zur achten Woche und nur bei bestimmten Indikationen erlaubt.«

Als ich die Praxis verließ, wusste ich, dass ich zwei bin.

Ich rief meine Mutter an. Jetzt fühlte ich, dass ich eine Null bin.

Es ist schade, dass man nicht nachträglich seine Mutter abtreiben kann. Ich weiß nicht, ob ich dachte, dass auch sie sich freuen würde. Vielleicht dachte ich es. Sie sprach manchmal von ganz früher, als Maria und ich noch sehr klein waren. Dann bekam ihr Gesicht immer einen entspannten Ausdruck. Ich denke dann immer, da … Da muss sie noch glücklich gewesen sein. Meine Mutter freute sich nicht.

»Sag mal, drehst du jetzt völlig durch? Soll ich mich jetzt freuen, oder was? … Nein, ich will das Ultraschallbild nicht sehen! Du und Mutter! Du hast kein Geld, keinen Job, ein abgebrochenes Studium. Nicht mal zur brotlosen Künstlerin mit Diplom hat es gereicht! Du kommst nicht mit Männern klar, immer verlassen sie dich. Frag dich mal warum. Außerdem rauchst du Kette und ernährst dich schlecht. Und der Vater des Kindes fährt Taxi? Ist ja fabelhaft. Glaub mal ja nicht, dass ich dir den Balg großziehe, ich bin froh, dass ich das alles hinter mir habe. Was heißt hinter mir! Maria kommt ja klar, aber du stehst immer noch nicht mit beiden Beinen im Leben! Und finanziell kann ich dir auch nicht helfen, tut mir leid. … Also wenn du mich fragst, ist doch wohl klar, was mit dieser Schwangerschaft passieren muss. Ich sehe nicht, dass du in der Lage bist, eine akzeptable Mutter abzugeben, so leid es mir tut, dir das sagen zu müssen, Nadja …«

Sie ist bösartig. Sie wird immer bösartiger, dachte ich. Und doch konnte ich mich nicht gegen den klebrigen Kokon stemmen, den ihre Worte um mein Bewusstsein legten. Am meisten traf mich, dass sie so ein klares Bild von mir hatte. Ein negatives Bild.

Hätte ich doch ein anständiges Selbstbild von mir gehabt, am besten eine Art Röntgenaufnahme meines Wesens, die ich ihr zum Beweis meiner Tauglichkeit auf den

Tisch hätte werfen können, dann hätte ich mich besser gefühlt. Hier, sieh dir das an. Ich bin in der Lage. Für mich selbst hätte ich diese Aufnahme auch gerne gehabt. Dann hätte ich sie mir immer wieder anschauen können. Aber mein Selbstbild war nur eine diffuse Schwarzweißfotografie, verknickt und an den Ecken ausgefranst. Nicht mal eine Fotografie, eher ein Kartoffeldruck. Ich wusste nicht mehr, was ich darstellte in meinem Leben.

Wahrscheinlich hat meine Mutter in vielen Punkten Recht, dachte ich, während ich durch die Karolingerstraße lief und mir das Gemisch aus Tränen und Schminke in meinen T-Shirt-Ärmel rieb. Wahrscheinlich wäre es für mein Kind besser, mich nicht zur Mutter zu haben. Ich würde es nicht schaffen. Die Freude über das Leben war meiner Lebensangst gewichen.

Mein Handy reißt mich zurück ins Jetzt, neben Tom, in dieses leicht veraltete Taxi. Nicht jetzt, denke ich, als ich aufs Display sehe. Ich lasse es klingeln, bis es verklingt, und drehe die Musik noch etwas lauter.

Schließlich sind wir da. Raststätte Nievenheim. Wir waren schon ein paarmal hier. Wir bestellen an dem schmierigen Tresen bei der fettigen Bedienung Pommes mit Ketchup. Dazu eine Bratwurst für jeden.

Ich esse niemals Bratwurst, aber heute soll es so sein. Die fette Frau reicht mir eine Wurst, die an der Seite aufgeplatzt ist. Dabei lehnt sie sich weit über die Theke. Ihre großen Brüste und eine silberne Rewe-Gewinnspielhalskette mit einem Anhänger, auf dem *love* steht, baumeln knapp über meinem Essen.

Wir balancieren unsere Tabletts an den Tisch ganz hinten am Fenster, mit Blick auf die Lkws.

Wir essen schweigend. Ich schaue den vollmundigen Tom an, das billige Bratfett rinnt ihm rechts und links die Mundwinkel hinunter.

»Schmeckt's dir nicht?«, fragt er und deutet auf meinen unberührten Teller.

Ich fange an zu essen. Die Wurst schmeckt überraschend gut. Heiß und fettig schmiegt sie sich an die Pommes, die ein bisschen versalzen sind.

Mein Handy klingelt schon wieder. Ich werfe einen Blick auf das Display. *Mama ruft an*, steht da. Dazu das Bild von der Hexe aus *Hänsel und Gretel*, das ich für meine Mutter abgespeichert habe. Vorgestern habe ich das gemacht. Ich gehe wieder nicht dran.

»Wer war das?«, fragt Tom und schiebt seinen Teller weg, auf dem nur noch ein Rest Ketchup klebt.

»Meine Ma«, sage ich knapp.

»Was will die dauernd von dir? Ich glaube, sie hat dich jetzt mindestens jeden Tag angerufen, voll übertrieben«, grummelt Tom und kippt den Rest seiner Coke.

»Ja, beides mindestens«, sage ich leise. In mir kriecht etwas hoch. Eine Art Widerwillen, etwas Ätzendes. Etwas Ätzendes spielt sich auch in meinem Magen ab. Ich habe den ganzen Tag noch nichts gegessen, außer einem Mars. Die Bratwurst macht sich ungeahnt breit.

Warum sie mich ständig anruft, verstehe ich auch nicht. Ich glaube, sie will die Kontrolle haben. Sicher sein, dass ich es wirklich »in Ordnung bringe«, so hat sie das genannt. Sie muss mich richtig scheiße finden als Mutter. Als potentielle Mutter.

»Hat deine Alte was mit deiner Entscheidung zu tun?«, fragt Tom plötzlich und rückt zu nah an mich heran. Sein Atem riecht nach Frittenbude.

»Ich mein, das kam echt überraschend. Zuerst hatte ich gar nicht den Eindruck, dass du es nicht für möglich hältst. Also, das mit dem Kind. Erst, nachdem du bei dieser Ärztin warst. Aber erzählt hast du, dass die Ärztin dir zugeredet hat. Und du hattest mit deiner Mutter telefoniert, das hast du auch gesagt. Wie die reagiert hat, hast du allerdings nicht erzählt.« Tom schaut mir fragend in mein angespanntes Gesicht.

»Sie fand es scheiße«, antworte ich zusammenfassend.

»Einfach nur scheiße?«

»Einfach nur scheiße.«

»O.k. und warum? Die meisten Mütter wollen doch Enkelkinder, dachte ich immer …«

»Dachte ich auch. Will sie auch bestimmt. Aber nicht jetzt. Oder nicht von mir. Was weiß denn ich. Sie glaubt nicht, dass ich das schaffen kann. Weil ich in ihren Augen der totale Ausfall bin. Abgebrochenes Studium, abgebrochener Lebensplan, gebrochenes Herz, das sind ihr zu viele Gebrechen auf einmal. Kein Plan, keine Kohle … Kein Kind.«

Die letzten Worte schieben sich dünn durch meine zugeschnürte Kehle. Mein Kinn zittert.

Tom nimmt mich in die Arme und diesmal lasse ich nicht mehr los. Ich heule wie ein Kind.

»Sie hat nicht Recht. Meine Meinung«, sagt Tom mit fester Stimme. Er hält meinen Kopf an seinen Hals gepresst, meine Rotze arbeitet sich durch den Ausschnitt seines T-Shirts, das tröstlich nach Tabak und warmer Haut riecht.

Mein Ohr liegt gleich neben seinem Kehlkopf, ich höre seine Stimme laut, tief, breit, beruhigend.

»Du bist nur ein wenig aus der Bahn gerutscht, kleiner emotionaler Ausnahmezustand, nichts Ungewöhnliches. Du wirst wieder auf Spur kommen, da bin ich sicher. Und vielleicht solltest du dein Studium auch schmeißen. Weil du jetzt erst mal Mutter werden sollst. Der Gedanke ist ein bisschen eso, ich weiß, aber vielleicht ist er auch wahr.«

»Aber ich hab fast keine Kohle mehr, mein Sparbuch reicht nur noch für zwei Mieten und vielleicht für drei Monate Essen. Wenn ich lebe wie Indira Gandhi. Und du hast auch nicht genug, um ein Kind zu ernähren.«

»Jetzt denk doch mal positiv, Nadja. Am Anfang sind Kinder doch gar nicht so teuer. Und bis es groß und grässlich teuer wird, stagedive ich vielleicht schon durch die Hallen und deine Bilder hängen in hochpreisigen Galerien.« Jetzt muss ich richtig heulen.

»Außerdem hab ich die Sache mit meinem Professor noch nicht verdaut. Das solltest du wissen«, sage ich leise.

»Ja. Weiß ich doch. Es sind immer die Arschlöcher, die sich in die Herzen der Mädchen graben. Du solltest mal aufhören, deine Energie an Menschen zu verschwenden, von denen nichts zu dir zurückfließt. Damit meine ich übrigens auch deine Mutter. Lass dich nicht von ihr beeinflussen. Mach dein Ding«, sagt Tom mit ernster Miene.

Ich weiß, dass er Recht hat. Und in diesem Moment liebe ich ihn sehr.

Wenig später gleitet das Taxi mit zwei rastlos ratlosen Insassen zurück nach Düsseldorf. Tom fährt achtzig km/h. Er will noch Zeit haben, die er nicht mehr hat. Sein Chef wird ihn langmachen, denke ich und schaue all den Lastern nach, die uns hupend überholen. Ihre Rücklichter verglimmen zügig in der Schwärze einer sternlosen Nacht.

Als Tom in zweiter Reihe vor der Brehm-46 hält, nimmt er schüchtern meine Hand. Seine Hand ist kühl und trocken, meine ist feucht.

»Und du hast übermorgen einen Termin, für eine Abtreibung?«, fragt er.

»Ja. Am sechsten.«

»Aber der sechste ist morgen!«

»Wirklich?«, frage ich und spüre keinen Boden. Ich kriege wirklich nichts mehr auf die Kette.

»Nein, nein, ist übermorgen«, sagt Tom und lächelt angestrengt Richtung Windschutzscheibe.

Ich schalte die Taxiuhr ein. *5.10.2012* steht da. Der sechste ist morgen.

»Nadja. Falls du es dir anders überlegen solltest ... Ich bin dabei.« Tom schaut immer noch geradeaus.

»Ach du ... Du bist naiv!«, fahre ich ihn plötzlich an. »Du brauchst doch deine Freiheit, das hast du mir immer wieder gesagt! Ein Kind macht auch unfrei. Dich möchte ich sehen, wenn du nur noch Taxi fahren musst und nicht mehr die halbe Nacht Musik machen und in Proberäumen abhängen kannst. Du wärest auch viel zu müde dazu!«

Tom sagt nichts. Er klebt sich ein Blättchen an die Unterlippe und kehrt seine letzten Tabakbrösel mit Bedacht zusammen.

Ein halbbesetzter Bus donnert an uns vorbei und versetzt das Taxi in leichte Schwingung.

»Ich weiß. Es wäre auch für mich ziemlich hart. Ich bin nicht so gedankenlos, wie du denkst. Ich hab ohne Ende darüber nachgedacht. Aber ich glaube, ein Kind macht nicht unfrei. Im Gegenteil. Ein Kind bedeutet doch auch, mehr Möglichkeiten im Leben zu haben. Mehr Möglichkeiten bedeuten auch mehr Freiheit. Bitte, denk noch mal darüber nach …«

Ich habe den Türgriff schon in der Hand, als ich mich zu ihm herüberbeuge.

Mir fällt nichts ein, was ich seiner Sichtweise entgegensetzen könnte. Vielleicht möchte ich das auch nicht. Ich küsse Tom auf den Mund. Ein Tabakbrösel wechselt die Lippe. Ich wische ihn ab und öffne die Tür. Der Lärm der Straße quillt durch die offene Taxitür.

»Ich gehe jetzt. Ruf mich nicht an, bitte, es ist besser so. Ich muss nachdenken … und … danke«, brülle ich zusätzlich zum Straßenlärm ins Wageninnere und steige aus. Tom wartet, bis ich im Haus verschwunden bin.

Die Mutter von Pippi Langstrumpf kämpft sich gerade mit ihrem riesigen Fahrrad die steile Kellertreppe hinunter und flucht leise vor sich hin. Ihre Tochter springt geräuschvoll vor mir die Stufen hoch.

Sie dreht sich zu mir um.

»Bist du neu?«, fragt sie und lässt ihre Zahnlücke aufblitzen.

»Ja«, antworte ich. Dabei fühle ich mich benutzt. Alle wollen etwas von mir. Alle wollen, dass ich entscheide, was sie selbst entscheiden würden, wenn sie ich wären. Aber leider ist jeder einzigartig allein mit seinem Ich.

Ich klettere die fünf Etagen zu meiner neuen Wohnung hoch und schließe die Tür auf. Der Geruch in der Wohnung umfängt mich fremd. Ich werfe Jacke und Schuhe in die Ecke und gehe ins Schlafzimmer. Das Licht funktioniert nicht. Ich schlüpfe unter meine vertraute Bettdecke und schaue aus dem Fenster. Ich erkenne nichts. Es ist nur ein schwarzes Viereck auf einer halbdunklen Wand.

Im großen Zimmer brennt das Deckenlicht, es wirft einen gelblichen Teppich durch den Türrahmen bis zum Fußende des Bettes.

Ich bleibe reglos liegen, mit Blick auf das schwarze Fenster, so als müssten sich meine Augen nur an die Dunkelheit gewöhnen, um doch etwas zu erkennen.

Mitten in der Nacht bricht die Sonne durch die Wolken. Aber das habe ich nur geträumt. Ich sitze mit einem kleinen Mädchen auf einem Spielplatz, er ist auf einer Verkehrsinsel, mitten auf der Brehmstraße. Sie ist ungefähr so alt wie Pippi Langstrumpf und hat kurze dunkle Zöpfchen.

Wir sitzen auf der Wippe. Ich bin unten. Das Mädchen am anderen Ende, in der Luft. Ich lasse sie oben. Die Beine des Mädchens baumeln in der Luft. Sie sieht mich an. Ihr Blick trifft mich. Er ist anklagend, vorwurfsvoll. So als wollte sie fragen:

»Wieso hast du das gemacht?«

Als ich aufwache, habe ich keine Orientierung.

»Tom?«, frage ich ins Dunkle. Mein Herz klopft laut in die Stille.

Mein Handy klingelt. Ich hole es aus meiner Hosentasche. Es ist wieder meine Mutter.

Ein uralter Police-Song fällt mir ein. Diese Textzeile:

The telephone is ringing, is that my mother on the phone?

Danach schreit Sting wie von Sinnen ins Mikro.

Was will sie von mir, es ist 0.30 Uhr? Ich warte, bis das Klingeln verstummt. Auf meinem Display steht jetzt: *Drei entgangene Anrufe, drei Nachrichten von Mama.*

Ich schalte mein Handy aus. Dann halte ich es dicht an meine Lippen.

»Ja, ich weiß. Du willst sicher sein, dass ich es mache«, schreie ich in das taube Mikro.

Und dann streift mich ein dunkles Bild. Ich will es wegschieben wie einen sperrigen Gegenstand. Das Bild wird deutlich und trifft mich wie ein Keulenschlag. Sie will sicher sein, dass ich das Gleiche mache wie sie.

Jetzt kommen noch mehr Bilder. Alte Bilder, in Schwarzweiß und in Farbe. Meine Schwester und ich. Maria ist zehn, ich bin acht.

Mama kommt ins Kinderzimmer und fragt uns, ob wir uns freuen würden, wenn wir noch ein Brüderchen bekämen.

»Bekommst du ein Baby?«, fragt Maria.

Mama nickt. Sie sieht glücklich aus.

Sie ist sicher, dass es ein Junge ist. Der Sohn, der ich schon sein sollte und eigentlich schon Maria.

Ein paar Tage später hören wir Mama und Papa in der Küche streiten. Wir schleichen uns aus den Betten, in die dunkle kalte Diele. Die Küchentür steht einen Spalt offen. Wir verstehen jedes Wort.

»Wir können uns kein drittes Kind leisten, Brigitte. Bring das in Ordnung«, fordert Papa. Mama weint.

Später wird sie uns sagen, sie hätte eine Fehlgeburt erlitten.

Wir finden unsere Mutter jeden Mittag nach der Schule weinend am Küchentisch.

»Sie hat es wegmachen lassen«, steckt uns die tratschsüchtige Nachbarin.

Dann verlässt uns Papa, nur wenige Wochen später. Er geht durch die Tür und kommt nie wieder durch die gleiche Tür zurück. Vier Jahre haben wir keinen Kontakt zu ihm und wissen nicht, wo er ist. Nur, dass er ein Schwein ist. Mama hat uns das gesagt. Wir versuchen lange, sie aufzuheitern, jahrelang. Sie lacht nicht mehr. Wir spielen die Mutter unserer Mutter. Wir fühlen uns verantwortlich. Wir wollen ihr bitteres Leben versüßen. Nichts gelingt uns. Maria lebt seit zwei Jahren in Australien. So weit entfernt wie möglich. Es geht ihr gut.

Mama versucht etwas an mich weiterzureichen, denke ich und stehe vom Bett auf. Mir ist kalt. Trotzdem reiße ich das Fenster auf und schaue in den finsteren Hof hinunter. Er wirkt wie ein Schlund.

Ich rauche hintereinander drei Zigaretten. Dann übergebe ich mich auf den Schlafzimmerboden. Während ich die unverdaute Currywurst noch einmal betrachte, frage ich mich, wieso ich mich von ihr zu diesem Arzt habe schleppen lassen. Es war ihr Gynäkologe. Der Gleiche, bei dem sie selbst vor achtzehn Jahren war. Er fragte nicht viel. Sie hatte schon mit ihm gesprochen. Er gab mir die Überweisung zu einem Kollegen. Dem, der das in Ordnung bringen soll. Morgen. Nein, heute. Gleich. Ich sehe auf die Uhr. Es ist 4 Uhr morgens. Noch vier Stunden bis zum Termin.

Ich erkenne jetzt alles, mehr als ich sehen will. Trotzdem ist meine Angst mächtig. Ich werde es nicht schaffen. Meine Mutter hat trotz allem Recht, denke ich und lasse mich erneut in meine Kinderbettwäsche fallen. Ich bin nicht fähig dazu. Ich habe gelernt, Verantwortung für meine Mutter zu übernehmen. Aber nicht für ein Kind, nicht mal für mich selbst. Ich werde irgendwann ein Kind haben. Aber nicht dieses.

»Tut mir leid«, sage ich zu dem Kind auf der Wippe. Das Bild des Mädchens mit den Rattenschwänzen hat sich aus dem Traum in mein Bewusstsein geschlichen und flackert immer wieder auf.

Um 7.30 Uhr erinnert mein Handy daran, dass es Zeit ist, zu gehen. Die Praxis des Arztes ist mit der Linie 708 fünf Haltestellen von der Brehmstraße entfernt. Die 708 hält fast vorm Haus.

Ich öffne die Tür.

Auf der Fußmatte mit Totenkopfmotiv, die ich von

meiner Vormieterin übernommen habe, liegt etwas. Tom, denke ich, als ich mich bücke, um es aufzuheben. Tom hat das dort hingelegt.

Auf der Matte liegt eine winzige Babypuppe. So wie diese, die man in Puppenstuben findet. Die Minipuppe hat einen langen Zettel am Handgelenk. Der Zettel ist unsauber von einem Ringbuchblatt abgerissen, mitsamt dem unteren Loch. Er wurde schlampig mit Isolierband unterhalb des rechten Händchens befestigt.

Ich will es haben.
Dein Tom

Ich stehe mit der Miniaturbabypuppe auf der Totenkopfmatte. Ziemlich lange. Die halbe Ewigkeit, vermute ich mal. Ich kann nicht. Ich weiß nicht mehr, was ich nicht kann. Draußen vor dem verdreckten Flurfenster blinzelt eine blasse Sonne an diesem Tag im Oktober. Von unten höre ich irgendwann Frau Althaus brüllen.

»Das geht gar nicht!«, schleudert sie quer durchs Treppenhaus und knallt ihre Tür zu.

Ich schaue in die mies aufgemalten braunen Augen der Puppe. Das linke Auge ist etwas abgeblättert. Ein schielendes Baby.

»Frau Althaus hat Recht«, sage ich zu der Puppe, meine Stimme klingt eigenartig heiser.

Dann mache ich einen Schritt zurück und ziehe die Tür hinter mir ins Schloss.

4. OG, ENIS C/O PAUL

Auf der Matte steht ein kleiner alter Mann in einem viel zu großen Anzug.

In seiner linken Hand hält er ein Buch, die andere streckt er mir entgegen. Auf dem Kopf trägt er eine Art selbstgehäkeltes Käppchen, das aussieht wie ein Eierwärmer. Darunter quellen seine dunkelgrauen Haare hervor. Er hat eindeutig Migrationshintergrund, denke ich und warte darauf, dass er etwas sagt. Er scheint auf dasselbe zu warten und so schweigen wir uns ungefähr eine Minute lang an. Die Hand streckt er mir immer noch entgegen. Eigentlich schüttele ich keine Hände von Menschen, die ich nicht kenne. Aber ich will mal nicht so sein und greife zu. Das ist bestimmt so ein Sektenhorst, der mich von wem auch immer überzeugen will, darauf hab ich keinen Bock.

»Entschuldigen Sie die Störung. Yusuf Deniz mein Name. Sie sind …?«, sagt er schließlich.

»Was möchten Sie?«, frage ich gegen.

»Man hat mir gesagt, Sie wären ein Freund von Enis Erdal. Seine Eltern sind in der türkischen Moscheegemeinde. Ich bin dort Imam. Herr und Frau Erdal sind sehr besorgt um ihren Sohn. Sie sagten, er wäre hier bei Ihnen.«

Er reckt sein faltiges Kinn ein bisschen vor und schaut an mir vorbei in die Wohnung, soweit das Auge reicht. Das ist nicht weit, die Diele ist nur zwei Quadratmeter groß, die Zimmertüren sind alle zu.

Jetzt fixieren seine dunklen Augen wieder mich. Ich muss etwas sagen. Ich weiß genau, dass Enis niemanden sprechen will. Auch nicht diesen Islamhäuptling. Ich weiß nicht genau, was ein Imam ist, wahrscheinlich so was Ähnliches wie ein Pfarrer.

Enis hat mir gesagt, dass niemand weiß, dass er bei mir ist. Und dass sie auch nicht auf mich kommen werden, weil wir schon so lange keinen Kontakt mehr hatten. Da hat er sich eindeutig geirrt. Enis' Brüder waren auch schon hier, das war gestern. Ich will keinen Ärger. Ich weiß, dass es Ärger geben wird, wenn Enis länger hier bleibt. Mit seiner Familie ist nicht zu spaßen.

»Tut mir leid, Herr … äh … Enis ist nicht hier. Ich sehe ihn nur in der Schule, aber er war schon länger nicht mehr da. Ich dachte, er wäre krank. Soll ich ihm was ausrichten, wenn ich ihn sehe?«, frage ich scheinheilig und werde rot. Voll uncool. Im Lügen war ich immer scheiße.

»Ja, bitte. Sagen Sie ihm, Yusuf Deniz möchte ihn sprechen. Er kennt mich. Von der Merkez Camani Moscheegemeinde.«

»Warten Sie, das schreib ich mir auf«, sage ich und hole Zettel und Stift aus der Küche. Hoffentlich bleibt Enis in seinem Zimmer.

»Also Yusuf Deniz, wie man's spricht? Und Merguez Cama… Merguez wie diese Würstchen?«, frage ich.

Der kleine Mann ist beleidigt.

»Wollen Sie sich lustig machen? Nicht wie die Würstchen! Merkez!«

Er greift nach dem Zettel, klemmt ihn auf sein Buch und schreibt mit wütenden Buchstaben Merkez auf den Zettel.

»Auf Wiedersehen«, sagt er mit Nachdruck und ich denke, dass das nicht unbedingt sein muss.

Er geht und meine neue Nachbarin kommt die Treppe herunter. Sie ist hübsch, allerdings ein bisschen dick, aber nur um die Hüften. Ich glaube, sie hat einen Freund. Außerdem ist sie zu alt für mich. Ich bin achtzehn und sie ist bestimmt schon Mitte zwanzig. Aber sie ist hübsch, wie gesagt.

»Hi«, sagt sie und huscht vorbei.

Ich antworte mit einem heiseren Grunzen. Einer Art sprachlichem Auswurf. Dabei hatte mein Sprachzentrum eigentlich ein besonders cooles »Hi« ausgearbeitet. Sie dreht sich auf der Treppe noch einmal um und lächelt. Oder sie lächelt mich aus, was weiß ich. Ich mag sie.

Mit dem Zettel in der Hand gehe ich rüber zu meinem freien Zimmer, das Enis besetzt hat. Eigentlich suche ich für das Zimmer einen Mitbewohner, der Kohle dafür abdrückt. Enis hat keine Kohle.

Ich hätte anklopfen sollen. Enis liegt auf der Matratze. Seine Hose ist heruntergelassen. Er hält seinen Schwanz in beiden Händen. Er scheint nicht zu wichsen. Er betrachtet ihn einfach.

»He, Paul. Meinst du, man kann mir eine neue Vorhaut

annähen?«, fragt er und wirft mir einen flüchtigen Blick zu, die Stirn in fragende Falten gelegt. Dann vertieft er sich wieder in seinen Schwanz.

»Hä? Wieso? Wie soll das denn gehen?«, frage ich und in mir drinnen bauen sich noch weitere Fragen auf. Zum Beispiel, ob Enis jetzt völlig austillt.

Wieso hab ich mir das bloß angetan? Wahrscheinlich, weil meine Eltern, Jutta und Bernd, alte Sozis sind. Sozialfuzzis, alle beide. Übriggebliebene 68er, die mir immer eingetrichtert haben, dass eine Gesellschaft nur mit gegenseitiger Hilfe und Unterstützung der Schwachen funktioniert.

Ich kann nicht nein sagen. Enis wusste das noch von früher. Wir waren mal Kumpels. Das ist lange her. Mindestens acht Jahre.

»Wieso soll das nicht gehen? Die Leute lassen sich doch alles Mögliche abschneiden oder annähen. Ich will meine volle Männlichkeit zurück, Alter. Ich bin gar nicht gefragt worden, die haben mir einfach mit vier Jahren die Vorhaut abgeschnitten, so ratzfatz, ab. Ich hatte voll die Schmerzen und dachte, mein Schwanz wäre fast ab, Mann. War ja auch nicht mehr viel davon zu sehen. Und die haben noch ein großes Fest gefeiert und ihre Teppiche ausgerollt! Ich scheiß auf Koran, Mann, ich will meine Vorhaut zurück!«

Bei seinem letzten Satz deutet er wütend auf seinen Schwanz, der mittlerweile vor lauter Aufregung halbsteif ist. Ich betrachte verlegen das Getümmel um seine Matratze herum, um nicht hinsehen zu müssen. Die ganze Situation ist krank.

»Aber so ist das halt bei euch Moslems. Steht das nicht auch in der Shakira?«, frage ich hilflos und betrachte den Müll, der um die Matratze herumliegt wie eine Art Schutzwall. Leere Bierdosen, etliche leere Zigarettenschachteln, Würstchengläser und Mac-Pappen.

»Das heißt nicht Shakira, du Pfosten, das heißt Scharia! Und die können mich beide!« Enis zündet sich eine Kippe an. Er hat das noch nicht drauf, mit dem Rauchen. Er zündet die Zigarette falschherum an und bekommt eine Art Würghusten. Ich gehe zum Fenster und reiße es auf.

»Da war eben ein Mann für dich. Er heißt …«, ich schaue auf den Knödel in meiner Hand. Den Zettel, den ich in den letzten beiden Minuten ungefähr fünfzehnmal gefaltet habe. Ich fummele ihn auseinander.

»Yusuf Deniz«, lese ich vor. »Der wollte dich dringend sprechen. Ich hab gesagt, du bist nicht hier.«

»Ja, gut so. Der soll doch beten gehen, Mann, aber ohne mich. Wenn der noch mal kommt, sag ihm …«

»Wenn der noch mal kommt oder deine Brüder, Cousins oder sonst irgendwelche verfilzten Bärte, sag ich gar nichts mehr! Dann machst du die Tür auf und klärst das mit denen, klar? Ich hab keinen Bock auf Ärger!«

Es ist einer der seltenen Momente, in denen ich sauer werde. Ich bin so erzogen worden »auch verbal keine Grenzen zu verletzen«, wie Jutta und Bernd das nennen. Aber so langsam ist der Arsch mal ab.

»Das geht nicht, Mann, hab ich dir doch erklärt! Die sind voll drauf, haben keinen Check! Ich lass mich nicht von denen zwingen. Aber noch mal zu dem hier …«, Enis deutet auf seine männliche Ausstattung.

»Kannst du nicht mit mir zu so einem Urologen gehen und fragen, ob man das reparieren kann?«

»Spinnst du? Bin ich deine Mama oder was? Ruf doch mal bei einem an, vielleicht reicht dir auch das Gelächter von der Sprechstundenhilfe! Alter, ab ist ab, würd ich mal sagen. Und die Schwuletten stehen doch drauf!«

Jetzt ist der Arsch echt ab. Ich verlasse dieses Zimmer und trolle mich in mein Zimmer.

Das ist immerhin das größere von beiden. Ich werfe eine Metallica-CD ein, fast volle Lautstärke. Dann schmeiße ich mich auf mein ungemachtes Bett. Die Alte aus der zweiten Etage wird sich gleich wieder beschweren, aber das ist mir egal. Meine Bettwäsche riecht scheiße. Ich weiß nicht mehr, wann ich die zuletzt gewechselt habe. Das Alleinwohnen hat auch Nachteile. War auch nicht meine Idee. Ich dachte, ich bleib mal zu Hause, bis ich die Schule fertig habe. Aber Jutta und Bernd wollten knapp nach meinem achtzehnten Geburtstag, dass ich ausziehe. Das war vor einem halben Jahr.

»Du, wir finden, dass du jetzt echt soweit bist, dein Leben so ein Stückweit selbst in die Hand zu nehmen. Wir sind ja auch nicht nur deine Eltern, wir wollen jetzt auch mal wieder unsere Beziehung leben, das ist ganz wichtig. Wir suchen dir ein nettes WG-Zimmer in der Nähe und an den Wochenenden kannst du ja ab und zu bei uns schlafen. Natürlich sind wir weiter für dich da, wenn was ist.«

Sie taxierten mich mit einem milden, aber entschiedenen Lächeln. Sie waren sich schon lange einig.

»Aber ich bin noch nicht mit der Schule fertig! Ich mache nächstes Jahr Abi«, gab ich zu bedenken.

»Ja, da wirst du ordentlich reinhauen müssen. Aber schließlich wiederholst du jetzt die elfte Klasse, da kannst du Einiges aufholen. Du, wir sind ja auch bereit, dir zu helfen. Aber du musst jetzt mal ein bisschen lernen, Verantwortung zu übernehmen und auf eigenen Füßen zu stehen.«

»Wie soll man auf eigenen Füßen stehen, wenn einem bis vor kurzem noch so ziemlich der Arsch nachgetragen wurde? Bin ich mit achtzehn plötzlich reif und falle vom Stamm, oder was?«, fragte ich.

»Gut, dass du es ansprichst. Wir haben das wirklich viel zu lange gemacht. Da haben wir unser Erziehungsziel nicht erreicht, das stimmt«, sagte Bernd und musterte mich, wie ich mit einer halb leergefressenen Tüte Chips auf unserem Jugendstilsofa abhing.

»Aber wir finden, um es in deinen Worten zu sagen, so langsam kannst du deinen Arsch mal selber tragen und auch ein wenig Verantwortung.«

Sie mieteten zwei Stadtteile weiter ein Zimmer für mich, Brehmstraße 46, vierter Stock. Der Hauptmieter war Peer, ein dreiundzwanzigjähriger Grafik-Student. Der war eigentlich ganz o.k., wenn er mal zu Hause war. Meistens war er bei seiner Freundin. Nach zwei Monaten zog er ganz zu ihr, seitdem suchen meine Eltern für mich einen Untermieter. Ich könnte mich natürlich auch selbst darum kümmern. Aber wenn sie das unbedingt in die Hand nehmen möchten, komme ich damit schon klar.

»Das ist o.k. für uns, wenn wir uns darum kümmern. Du hast ja ziemlich viel für die Schule zu tun«, meinte Jutta.

Meine Freunde fanden es supercool, dass ich sturmfreie Bude hatte und überredeten mich ständig zu Partys. Eigentlich bin ich nicht so der Partytyp, aber ich konnte nicht nein sagen. Das war auch ganz nett, so alles in allem. Gemeinsames Abhängen mit Musik, ein paar Kannen Bier und vielleicht ein bisschen Kiff. Meistens kamen Typen dazu, die ich kaum kannte, und hingen mit ab. Irgendwann hatte ich keinen Bock mehr darauf, weil hinterher oft eine CD fehlte und dauernd irgendein Horst nicht in der Lage war, die Toilette zu treffen. Ich war natürlich zum Sitzpinkeln erzogen worden und fand es nicht witzig, ständig die Bierpisse von Typen aufzuwischen, die erst seit jetzt meine Kumpels waren.

Enis war nie bei diesen Partys, obwohl fast die ganze Stufe irgendwann mal reinschneite. Er durfte so was nicht, seine Eltern waren sehr streng.

Keine Partys, kein Alkohol, keine Kippen, keine Mädchen, kein Spaß.

Er war schon ab der achten Klasse ein Außenseiter, ein schräger Freak.

Er interessierte sich für Mode. Im Unterricht machte er nebenher ständig diese Klamottenentwürfe. Weil er trotzdem aufpasste, ließen die Lehrer ihn in Ruhe. Sein einziger Freund war Erkan, ein Fußballfreak, der sich dauernd über Enis lustig machte. Keine Ahnung, was die verbunden hat. Früher war ich sein Freund.

Wir kennen uns schon seit der Kita. Meine Eltern hatten sich bewusst für eine Einrichtung entschieden, die einen besonders hohen Migrantenanteil hatte. Sie meinten es gut. »Dieser Kindergarten spiegelte am besten unsere Gesellschaft wider«, sagte Jutta neulich noch. Meine Eltern stehen halt auf Multikulti und möchten besonders offen und tolerant erscheinen. O.k., das sind sie auch. Ich spielte in der Kita am liebsten mit Enis, weil der so gut drauf war und immer ganz laut lachte. In der Grundschule saßen wir nebeneinander. Wir verbrachten oft die Nachmittage bei ihm zu Hause. Das war interessant für mich. Enis hat fünf Geschwister, da war immer was los. Seine Mutter zeigte ihre Warmherzigkeit ohne Worte. Sie spricht kaum Deutsch, obwohl sie seit zwanzig Jahren hier ist. Sie scheint den ganzen Tag zu kochen, umgeben von Bergen an Hähnchenfleisch, Orientgewürzen und einer Horde Kinder. Fünfmal am Tag ließ sie alles fallen und rollte ihren kleinen Teppich aus. Enis und seine Geschwister mussten das auch tun, dann wurde es langweilig für mich. Freitags durften wir uns nicht treffen, dann gingen sie in die Moschee. Wenn meine Eltern mich abholten, blieben sie immer auf einen dieser starken Schwarztees und unterhielten sich mit Enis Vater, der einigermaßen gut Deutsch sprach. Zu meinen Geburtstagen erschien Enis allerdings nie. Im letzten Grundschuljahr stießen Jutta und Bernd dann an die Grenzen ihrer Toleranz. Bernd hat sich richtig mit Enis' Vater angelegt, weil Zera, Enis' Schwester, mit einem fünfundzwanzigjährigen Türken verheiratet werden sollte. Zera war zu diesem Zeitpunkt fünfzehn.

Enis hatte das ausgeplaudert. Zera sollte in den Sommerferien in der Türkei heiraten, einen Cousin ersten Grades, den sie kaum kannte und nicht mochte.

Bernd besuchte Enis' Familie und versuchte das, was er einen »politischen Dialog« nennt. Nach dem Gespräch musste er sich bei unserem Zahnarzt behandeln lassen und informierte das Jugendamt.

Die Hochzeit hat damals nicht stattgefunden und unsere Familien redeten kein Wort mehr miteinander.

»Bernd, müssen wir jetzt Angst haben, dass die uns die Todesfatwa aussprechen?«, fragte Jutta damals eines Abends, als sie dachte, ich schliefe schon. Mein Zimmer lag neben der Küche, ich konnte das meiste verstehen. Bernds Antwort habe ich leider nicht verstanden. Ich hatte eine Weile Schiss, aber es passierte nichts. Außer, dass wir auf verschiedene Schulen kamen und uns erst mal aus den Augen verloren. Ich kam aufs Goethe-Gymnasium, Enis kam trotz Gymnasialempfehlung auf eine Hauptschule.

Vorletztes Jahr kam dann dieser Sonderling zu uns in die Klasse. Es war Enis.

»Wie kommt es, dass du hier bist?«, fragte ich ihn in der Pause und suchte in seinem kantigen Pubertantengesicht nach den vertrauten Kinderzügen.

»Ich hatte nur Einsen auf dem Zeugnis. Der Direktor hat mit meinem Vater gesprochen und ihm gesagt, dass ich auf ein Gymnasium muss. Also bin ich hier.«

Ich konnte nicht mehr viel mit ihm anfangen. Er hatte sich sehr verändert. Er lachte nicht mehr so viel, war still, schrieb gute Noten und hatte dieses komische Hobby: Mode. Er wollte Modedesigner werden.

Irgendwann fing er an, sich auffällig zu kleiden. Enge Röhrenjeans, dicker Metallgürtel, enge T-Shirts. Er kam nicht so in der Schule an. Er zog sich vor dem Unterricht auf der Toilette um und schlüpfte nach dem Unterricht wieder in seine kaputten Kik-Cordhosen.

»Der ist 'ne Schwulette«, behaupteten einige. Alle dachten es.

Und letzte Woche stand er in einer roten Batikröhre zitternd bei mir auf der Matte. Er heulte. Über seiner linken Schläfe klaffte eine längliche Platzwunde.

Jutta hat die Tür geöffnet. Sie und Bernd kommen einmal in der Woche vorbei und helfen mir beim Putzen. Ich will das ja gar nicht. Also, das Putzen. Wir waren gerade fertig, als es schellte.

»Enis! Bist du das?«, hörte ich meine Mutter rufen. Schon saß Enis bebend vor mir in der Küche. Er sagte lange gar nichts und heulte wie ein Baby. Jutta war sofort im Muttermodus und nahm ihn in die Arme. Bernd durchsuchte meinen Kühlschrank nach Eis. Er fand nur das tiefgefrorene Biogemüse, das sie mir knapp nach meinem Einzug aufs Auge gedrückt hatten.

Bernd legte ihm die unförmige Packung auf die Braue und fing vorsichtig an, sich an Enis Gemütszustand heranzupirschen.

»Jetzt erzähl doch mal, Enis. Was ist denn so schlimm?«

Ich hockte leicht apathisch vor dem Geschehen an meinem Küchentisch. Ich bin nicht so gut im Trösten. Also, im Pauschaltrösten, wenn ich noch nicht weiß, worum es geht.

Ich fragte mich, ob ich Enis ein Bier anbieten sollte. Schließlich holte ich mir selbst eins aus dem Kühlschrank.

Enis fing stockend an zu berichten. Er hatte seinen Eltern gestanden, dass er schwul ist.

»Findet ihr das pervers?«, fragte er gleich, nachdem dieser Satz vor uns auf dem Küchentisch lag.

»Nein! Natürlich nicht! Das ist vollkommen o.k. Wenn der Paul schwul wäre, ginge das absolut klar für uns«, sagte Bernd mit Nachdruck und ich wurde rot.

»Aber ich bin nicht schwul!«, sagte ich und warf Enis einen direkten Blick zu. Nur zur Sicherheit.

»Ja, Mann, weiß ich, Alter«, sagte Enis prompt und ich setzte mich etwas bequemer zurecht.

Enis' Eltern fanden es pervers. Enis hatte es schon lange gewusst. Er hatte gelogen, geschwiegen, gelitten. Dann war seine Mutter unerwartet bei der Schule aufgekreuzt und hatte ihn in seinen Bitch-Klamotten erwischt.

Zu Hause wurde er dann regelrecht verhört. Von seinen Eltern und Brüdern, die Schwestern hatte man rausgeschickt.

»Wie haben denn deine Eltern reagiert?«, fragte Jutta betont sachlich und wechselte einen raschen Blick mit Bernd.

»Mein Vater hat geschrien, meine Mutter hat geweint. »Ein Moslem ist nicht schwul! Das passt nicht zu unserem Glauben! Du bist krank. Haben wir dich nicht richtig erzogen? Wenn ich dich mit einem Mann erwische, schlag ich dich tot!««

»Bitte?«, fragten wir alle, leicht zeitversetzt.

»Ja, das meinte der ernst, Alter. Ich hab dann gesagt, dass ich auch kein Moslem mehr sein will. Dass ich nicht an den Koran glaube. Ich hab mich in letzter Zeit mit anderen Religionen beschäftigt. Ich finde den Taoismus gut, da gibt es kein Schuld und Sühne-Ding, jeder Mensch ist frei, auch in seiner Sexualität. Das hab ich ihnen gesagt.«

Jutta und Bernd hielten fast die Luft an. Schließlich fragte ich, was wir alle dachten: »Das fanden deine Eltern und Brüder sicher nicht so gut? Wie haben sie reagiert?«

»Mein ältester Bruder ist auf mich losgegangen. Von dem ist das hier«, sagte Enis und tastete nach seiner Platzwunde.

»Meine Mutter hat angefangen zu beten. Mein Vater hat rumgebrüllt, ich wäre nicht mehr sein Sohn, er bringt mich um …«

Enis zitterte so heftig, dass wir Angst hatten, weiterzureden.

»Alter, ich kann nicht mehr«, sagte er noch, dann heulte er wie ein Mädchen.

»Ja, wenn ein Moslem sich von seinem Glauben abwendet und Taoist werden will, ist das wahrscheinlich schlimmer, als wenn jemand bei uns von Fortuna zu FC Köln wechselt«, versuchte Bernd mit einem blöden Scherz die Schwere aus dem Gespräch zu nehmen.

»Kann ich auch ein Bier haben?«, fragte Enis mit verheulter Stimme.

Ich hatte keins mehr und gab ihm den Rest von meinem. Er trank es gierig in einem Zug.

»Kann ich ein paar Tage hier bei dir bleiben?«, fragte Enis und schaute mich unsicher an. »Ich kann nicht mehr nach Hause und die werden mich suchen. Keiner wird darauf kommen, dass ich hier bin, weil, wir hatten schon lange nicht mehr den Connect.«

Bernd antwortete für mich.

»Klar kannst du bei Paul bleiben, nicht wahr, Paul? In einer solchen Situation muss man solidarisch sein! Da braucht man Unterstützung.«

Wie gesagt, meine Eltern sind Sozialfuzzis.

»Ja, aber …«, setzte ich lahm an und begegnete dem Aber-du-wirst-doch-wohl-einsehen-dass-Blick meiner Mutter.

»Ich mach mich mal schlau, was in deiner Situation zu tun ist. Vielleicht sollte man die Polizei um Rat bitten, ich kenne einen von der SPD, der ist Kontaktbeamter bei der Poli…«

»Nein, keine Polizei, bitte«, unterbrach ihn Enis mit gepresster Stimme.

»O.k., du. Wir sollten nichts überstürzen. Wir kümmern uns, nicht wahr, Jutta? Irgendwie kriegen wir das in die Reihe. Erst mal wirst du hier sicher sein, ihr hattet ja wirklich lange keinen Kontakt mehr. Erhol dich ein paar Tage. Bleib am besten in der Wohnung. Wenn du etwas brauchst, sag es Paul, er wird sich darum kümmern«, behauptete Bernd und sah zu mir herüber.

»Na ja und sonst rufst du halt uns an …«, schob er nach einem Blickwechsel hinterher.

Jutta schrieb sofort ihre Handynummer auf ein Stück Pappe von der Verpackung des Biotiefkühlgemüses, das inzwischen unbeachtet vor sich hintaute.

»Brauchst du Geld? Brauchst du sonst irgendetwas?«, fragte Jutta und schob Enis die Nummer über den Tisch.

»Na ja, ich hab nichts. Bin so abgetaucht, wie ich gerade war«, sagte Enis und zeigte an seiner albernen Montur rauf und runter.

»Ich brauche dann auch ein paar mehr Kohlen, wenn ich für Enis alles besorgen soll, was er braucht«, sagte ich, ein bisschen genervt.

Bernd zückte verzögerungsfrei seine Brieftasche mit dem Che Guevara-Aufdruck und blätterte hundertzwanzig Euro auf den Tisch.

Ich streckte sofort meine Hand nach den Kohlen aus, weil, schließlich sollte ich doch alles für Enis besorgen. Und wenn er sowieso zuhause, also, bei mir bleiben sollte, wozu brauchte er dann Geld?

»Nein, Paul, lass Enis mal was übrig, er hat nichts und wir wissen nicht, was kommt«, sagte Bernd und legte seine Hand flach auf die Scheine.

»Mehr habe ich jetzt nicht dabei. Ich würde sagen, Enis bekommt siebzig und du fünfzig, fürs erste.«

Bernd schob uns beiden die entsprechenden Scheine rüber.

»Vielen Dank, Mann. Aber das kann ich nicht annehmen«, sagte Enis und verschränkte unsicher die Arme vor seiner Hühnerbrust.

»Doch, das kannst du«, sagte Jutta mit Nachdruck und

drückte Enis Hand. »Paul, hast du noch Bettzeug für deinen Freund?«

Er ist nicht mein Freund, wollte ich sagen, ließ aber stecken. Ich hatte noch Bettzeug. Aber das roch noch so geil nach Anna. Das ist meine Freundin. Oder, sagen wir mal, ich arbeite daran. Wir sind in derselben Stufe. Sie hat ein paar Mal bei mir übernachtet. Ich wollte nicht, dass Enis ihren unglaublichen Geruch verduften lässt. Schließlich zog ich die Bettwäsche ab und versteckte sie unter meinem Bett. Ich suchte nach frischer Bettwäsche und fing an, die einzigen Bezüge aufzuziehen, die noch sauber waren. Bernd und Jutta zeigten Enis inzwischen sein Zimmer.

»Gut, dass wir noch keinen Untermieter für das Zimmer gefunden haben.«

»Der Vormieter hat sein Bett stehen gelassen, das ist dann jetzt deins«, behauptete Jutta gerade, als ich mein zweites Zimmer betrat.

Ich drückte Enis grinsend das Bettzeug mit der Schweinchenbettwäsche in die Hand.

»Na hör mal, das ist jetzt nicht gerade die passende Bettwäsche für einen Moslem …«, meinte meine Mutter kopfschüttelnd, »vielleicht verletzt das seine Gefühle?«

»Nein, Mann, ich hab kein Problem mit Schweinereien«, sagte Enis und lachte zum ersten Mal an diesem Abend.

Das war vor vier Tagen. Und seitdem hängt Enis mir auf der Pelle und meinen Eltern auf der Tasche. Keiner ist sauer, weil, er ist das Opfer. Ich fühle mich allerdings auch nicht mehr so gut. Jutta und Bernd rufen täglich an, um zu hören, wie es Enis geht. Nach mir fragen sie nicht.

Dass keiner auf mich käme, als möglichen Asylgewährer, war jedenfalls ein Irrtum. Der gestrige Spontanbesuch seiner Brüder ist mir schon schlecht reingegangen. Zu dritt, voll übertrieben. Drei finstere Blicke aus sechs dunklen Augen fixierten mich, bis mein Gesicht komplett rot eingefärbt war. Der Älteste betastete auffällig einen länglichen Gegenstand in seiner zerbeulten Hosentasche. Er wollte, dass ich da hingucke. Der Form nach war es ein Klappmesser, schätze ich mal.

»Äh, wenn du uns verarschst, geht's dir schlecht, Alter«, raunte er, als ich behauptete, ich hätte Enis schon länger nicht gesehen.

»Ne, schon klar. Bis dann mal«, druckste ich und drückte die Tür schnell zu.

Sie schlugen mit der Faust gegen die Tür, das kleine Glasfenster schepperte.

»Wehe, du verarschst!«, riefen sie durch die geschlossene Tür.

Ich drehte den Schlüssel herum. Mein Magen drehte sich auch um.

Ich kann das Agressionspotential dieser Leute nicht einschätzen. Ich kann Agressionspotentiale generell nicht einschätzen. Das ist dann vielleicht der Nachteil einer gewaltfreien Erziehung.

Und dass eben auch noch dieser Imam hier vortanzen musste, finde ich auch nicht witzig. Ich frage mich, wer als nächstes vorbeischaut. Ich muss nicht lange warten, es schellt schon wieder. Am besten vereinbare ich mit meinen Freunden ein Klingelzeichen und mache ansonsten gar nicht mehr auf, denke ich und lege mir mein muffiges Kissen aufs Gesicht. Damit ich die Musik noch hören kann, drehe ich die Anlage noch ein bisschen mehr auf.

Die Wände sind dünn. Zu dünn für Frau Althaus. Ich höre ihr rauchiges Organ durch das Kissen, begleitet von Metallica. Krasse Mischung.

»Sagen Se mal, junger Mann, wohnen Sie hier? Könnten Se bitte mal die Musik runterdrehen?«

Ich reiße mir vor Schreck das Kissen mitsamt einiger meiner halblangen Haare vom Kopf. Enis muss die Tür geöffnet haben.

Ich stolpere über meine Sportschuhe Richtung Diele. Enis schließt gerade freundlich nickend die Wohnungstür.

»Du sollst die Musik ausmachen, Alter, die Alte beschwert sich«, sagt er.

»Hör mal, wie endbescheuert bist du, die Tür zu öffnen? Das hätte doch auch wieder einer deiner freundlichen Brüder sein können! Oder alle drei!«, brülle ich in sein blasses Gesicht mit den spärlichen Bartstoppeln.

Die Wunde über seiner linken Schläfe klafft nach wie vor. Sieht übel aus. Sie ist knallrot und eitrig und lässt den Rest seines Gesichtes noch blasser erscheinen.

»Aber du hast mir eben gesagt, ich soll das mit denen klären, wenn noch mal einer schellt. Gerade eben hast du das gesagt, Mann, weißt du das nicht mehr?« Enis sieht mich verletzt und wütend an. Er steht da wie ein Grashalm. Dürr und geknickt. Und er hat Recht. Genau das habe ich eben gesagt und schon vergessen. Weil es nicht mein Ernst war. Ich war einfach nur genervt.

Seit vier Tagen hängt Enis hier rum und traut sich nicht vor die Tür. Er wandert nachts durch die Wohnung wie ein Tiger im Käfig, weil er nicht pennen kann. Ich auch nicht mehr. Tagsüber sitzt er vor dem Notebook, das Bernd ihm mitsamt Surfstick vorbeigetragen hat, damit Enis sich »eigenständig die richtigen Foren« suchen kann. Er scheint bisher mit nichts und niemandem Kontakt aufgenommen zu haben. Außer mit mir, stündlich. Er will ständig meine Meinung zu seiner Situation wissen. Ich hab keine. Ich bin nicht so politisch, wie ich es wohl sein müsste, als Kind meiner Eltern.

Und außer, dass ich ein paar Mal mit der Schulklasse beim ökumenischen Gottesdienst war und öfters Döner esse, hatte ich bis jetzt auch kaum etwas mit seiner Kultur zu tun. Ich staune über all die Zwänge und Regeln, die offenbar Teil seines Lebens waren. Er befreit sich gerade aus diesen Unfreiheiten, indem er fast alles macht, was ihm bisher verboten war.

Er raucht und kifft, trinkt und frisst. Morgens, wenn ich zur Schule gehe, überreicht er mir seine Liste an Nogos.

Ich schleppe die gesamte Hariboabteilung an. Gelatine, bis der Arzt kommt, und halbe Wursttheken. Salami, Bratwurst, Leberwurst. Hauptsache versaut.

Ich verstehe das ja. Aber, ich meine, ich bin nicht seine Mutter.

Dieses Spektrum würde Jutta sicher gerne bedienen. Aber er will von mir gepampert werden. Ständig macht er auf vertraulich. Und dass er mir eben sogar seinen Schwanz gezeigt hat, das ging eindeutig zu weit.

Jetzt steht er mit hängenden Schultern vor mir und guckt wie ein verwundetes Reh.

Ich sollte ihn jetzt kumpelhaft in den Arm nehmen, aber ich bringe nur einen beiläufigen Spruch zustande, ohne Umarmung.

»Schon gut, Mann, das hab ich nicht so ernst gemeint. Besser, wir machen gar nicht mehr auf.«

Es klingelt schon wieder. Drei lang, drei kurz. Anna.

»Das ist Anna«, sage ich. »Sie weiß Bescheid.«

Gestern Morgen in der fünften musste ich Anna einweihen. Frau Lippschitz, unsere Stufenleiterin, hatte eine Art Ansprache gehalten.

»Einer eurer Mitschüler, Enis Erdal, wird vermisst. Schon seit Montag. Weiß jemand von euch, wo er sich befindet? Hat jemand ihn in den letzten Tagen gesehen?«

Sie ließ ihren Blick durch die raunenden Reihen, über unsere geschüttelten Köpfe gleiten und blieb an dem Kopf hängen, der sich am heftigsten schüttelte. Außerdem war ich natürlich voll rot im Gesicht.

Ich kratzte mich am Kopf, dann am Arm. Ein übler Juckreiz schien meinen ganzen Körper zu befallen. Schließlich vergrub ich meinen Kopf in meinem Rucksack und tat so, als müsste ich dringend etwas suchen. Voll unauffällig.

»Also, niemand?«, fragte die Lippschitz, als ich endlich wieder eine normale Hautfarbe vorweisen konnte, meinen Kopf hob und kurz in ihre Richtung guckte. Sie hatte mir ihren vogelartigen Lehrerinnenblick direkt aufs Gesicht geheftet. Dazu hatte diese dralle alte Frau ihre faltigen kurzen Finger an den Kuppen gegeneinandergedrückt und lief durch die Reihen auf mich zu.

Ihr gestärkter Overknee-Rock bewegte sich bei keinem Schritt, ich betrachtete den Boden, auf dem schließlich ihre uncoolen beigen Pumps erschienen.

»Paul, hast du vielleicht etwas von Enis gehört? Ihr kennt euch doch von früher, oder?«

»Nein … Ich meine, ja. Wir kennen uns von ganz früher. Aber wir sind schon lange nicht mehr befreundet. Ich weiß auch nichts«, druckste ich und bemühte mich, ihrem prüfenden Blick standzuhalten. Sie stand genau vor mir, nur mit den Fingern ihrer rechten Hand auf meine Bank gestützt. Ich starrte auf den hauchdünnen goldenen Ehering, den sie trug und fragte mich kurz, wie wohl Herr Lippschitz aussehen mochte. Und ob er diesen ätzenden Maiglöckchenduft mochte, den seine Frau verströmte. Mir wurde übel davon.

Sie nickte mir verneinend zu und wandte sich endlich wieder der Klasse zu.

»Also, wenn irgendjemand etwas von Enis hört, wäre es schön, wenn die- oder derjenige mich ins Vertrauen zöge. Seine Familie ist in großer Sorge. Ihr solltet alle …«

Ich hörte ihr nicht mehr zu. Anna hatte mir einen Zettel rübergeschoben.

Ist die Schwulette etwa bei dir? stand auf dem winzigen Teil ihres Mathematikheftes.

Ich nickte ihr zu. Sie meinte das mit der Schwulette nicht so. Ich weiß, dass sie Enis mag. Sie bewundert seine Zeichnungen. Ich musste einfach jemanden einweihen.

Schließlich wollte ich auch, dass Anna noch mal zu mir nach Hause kommt. Am liebsten wieder mit Übernachtung. Dann wäre sie ihm sowieso begegnet.

»Ach, der Arme. Wir müssen ihm helfen! Finde ich super, dass du ihn bei dir hast. Lass mich mal mit ihm reden. Der braucht jetzt ganz viel Unterstützung! Ich bin dabei …«, sagte Anna auf dem Nachhauseweg, nachdem ich die ganze Story ausgeplaudert hatte. Ich schätze, Anna würde sich super mit Jutta und Bernd verstehen.

Dummerweise hatte ich Enis noch nichts von ihrem heutigen Besuch erzählt. Während ich meinen Seitenscheitel ordne und zum Türdrücker hetze, steht er mit schockgeweiteten Augen in der Diele und verschränkt seine dünnen Arme noch fester vor der Brust.

»Bleib mal cool, Mann, die Anna ist o.k. Sie wird nichts verraten. Die mag dich …«, sage ich mit voller Überzeugung und stelle mich erwartungsvoll in den Türrahmen.

Enis beamt sich augenblicklich in sein Zimmer.

Anna nimmt gerade die letzte Treppe, immer zwei Stufen auf einmal. Sie sieht echt geil aus, wie sie da mit ihren endlos langen Beinen und drei Pizzakartons nach oben stürmt. Sie ist wahnsinnig sportlich, obwohl sie dauernd Junkfood isst.

Anna wirft ihre langen blonden Haare in den Nacken und drückt mir einen Kuss auf die heiße Backe. Die natürlich genauso rot ist wie der Rest.

»Hi, Paul. Wo ist er?«

»Wo ist wer?«, frage ich einfach mal nur so. Muss sie gleich als erstes nach ihm fragen?

»Na, unser kleiner schwuler illegaler Freund!«, flüstert sie mir zu und lacht. Sie ist immer sehr direkt und provokant.

»Der hat sich verpisst, als er gehört hat, dass du kommst. Fand er nicht so geil, glaub ich. Hatte auch vergessen, dich anzukündigen, mein Fehler«, sage ich und zeige auf die Zimmertür, hinter der Enis verschwunden ist. Dann sortiere ich mein neues Metallica-T-Shirt, in der Hoffnung, dass sie es bewundert. Sie ist ein noch größerer Fan als ich.

Sie guckt gar nicht hin und drückt mir die heißen Pizzakartons auf die Brust, genau vor den geilen Aufdruck mit dem geplatzten Schädel.

Dann läuft sie schnurstracks auf Enis Zimmer zu.

»Ich glaube, das kommt jetzt ungeil«, versuche ich noch, sie aufzuhalten. Schon klopft sie an die Tür.

Ich stehe in meiner Diele, unter der bescheuerten Ikealampe meines Vormieters, die ich schon lange mal austauschen wollte, und sehe zu, wie meine Traumfrau schließlich das Zimmer des schwulen Moslems betritt und die Tür hinter sich schließt.

Ich stehe noch eine Weile wie ein Volltrottel einfach so rum. Dann gehe ich in die Küche. Jetzt bin ich alleine mit drei Pizzakartons, denen ein fettiger Pappmief entsteigt. Ich bin eifersüchtig. Alle interessieren sich nur für Enis.

O.k., ich möchte trotzdem nicht mit ihm tauschen, denke ich und betrachte das riesige VW-Logo, das Peer bei seinem Einzug an die Küchenwand gemalt hat. Es ist geil. Es geht mir auf die Nerven. Ich werde es demnächst mal übermalen, denke ich und fange an, den verschmierten Küchentisch abzuwischen. Danach bringe ich den Müll runter. Alle vier Tüten. Anschließend räume ich die Küche auf. Die Pizza ist längst kalt geworden. Mir ist heiß. Nach anderthalb Stunden kommen Anna und Enis in die Küche. Enis sieht aufgeräumt aus, fast glücklich. Er sieht Anna an, als würde er plötzlich auf Mädchen stehen. Tut er nicht, weiß ich ja.

Anna macht sich an den Kartons zu schaffen.

»Paul, schmeiß mal den Backofen an! Hättest du ja auch mal selbst drauf kommen können. Wir haben einen Plan, ist noch nicht ganz ausgereift, aber könnte klappen. Enis hat ein paar Anlaufstellen für seine Situation aufgetan. Die meisten sind in Berlin, ein paar in Köln. Hier in Düsseldorf sieht es ziemlich mau aus, die Beratungsstellen sind fast alle nur für Mädchen in Not, nicht für Jungs. Aber er hat auch hier in der Nähe Leute gefunden, mit denen er sich austauschen kann und die vielleicht helfen können. Er will sie besuchen, traut sich aber nicht auf die Straße.«

Ich schaue zu Enis, der dicht neben Anna sitzt und die ganze Zeit nickt.

»Ja, Mann, meine Brüder lungern hier mit Sicherheit ständig rum und warten darauf, dass ich die Hütte verlasse. Ich krieg schon Verfolgungswahn, Alter, ich fühl mich wie ein Gefangener«, sagt Enis und spannt plötzlich sämtliche Gesichtsmuskeln an.

»Bist du denn sicher, dass die dich langmachen, wenn sie dich finden?«, frage ich und verschränke ebenfalls die Arme vor meinem mittlerweile knurrenden Magen.

»Die machen mich nicht nur lang, sondern vielleicht auch tot, Alter. Wer den Islam verlässt, muss damit rechnen, getötet zu werden …«, sagt Enis. Sein Auge zuckt, gleich unter der Verletzung.

»Dein Ernst?«, frage ich. Ich bin gleich nach meinem achtzehnten Geburtstag aus der Kirche ausgetreten, unvorstellbar, dass meine Brüder mich deshalb hätten lynchen wollen. Ich mein. Wenn ich welche gehabt hätte.

»Klar, Mann, das weiß man doch!«, schnauzt Anna. »Ich hab so was schon oft gelesen. Die ganze Familie zieht dann drakonische Maßnahmen durch, Lampe aus, volles Mittelalter!«, sagt Anna mit einem Du-hast ja-wohl-keinen-Plan-von-nichts-Blick.

»O.k., ist klar. Und was ist jetzt der Plan, von dem du gesprochen hast?«, frage ich leicht angefressen. Ich brauche mal Grundlage für die Veranstaltung hier. Auch in Form von Kalorien. Ich stehe auf und befreie die teilverbrutzelten Pizzen aus dem Ofen, während Anna mir den Plan unterbreitet.

»Der Enis wird sich ab morgen als Mädchen verkleiden. Guck nicht so blöd, Paul, das ist genial! Ich hol gleich einige Klamotten von mir rüber, das Unauffälligste und Bravste, was mein Schrank hergibt. Er soll nicht verkleidet aussehen, sondern möglichst natürlich. Wir haben noch eine braune Echthaarperücke von Tante Gisela, hat sie uns mal für Karneval geliehen. Lang mit Pony. Dazu wird Enis dezent geschminkt und verlässt immer erst mal mit mir das Haus. Wir werden aussehen wie Freundinnen. Keiner wird ihn erkennen. Dann kann er sich frei bewegen und diese Beratungsstellen und Typen aufsuchen, die er um Hilfe bitten möchte.«

»Die Idee ist geil, musst du zugeben«, sagt Enis und wechselt einen einvernehmlichen Blick mit Anna. Vier Augen heften sich erwartungsvoll auf mein Gesicht.

»Aha …«, ist alles, was ich dazu sage. Ich schiebe mir schnell ein Stück Pizza rein, damit ich erst mal auch nichts mehr sagen muss. Aber die beiden gucken und gucken.

»Lasst mich kurz darüber nachdenken. Ich sag gleich was dazu«, sage ich, um ein bisschen Zeit zu schinden.

Wir essen schweigend. Enis bearbeitet seine Schinkenpizza, als gäbe es kein Morgen. Ich betrachte ihn und frage mich, wie er in Annas Klamotten aussehen wird. Er hat feine Züge, bis auf das kantige Kinn. Dazu einen eher schmächtigen Körperbau. Vielleicht wird er gar nicht so übel rüberkommen als Mädchen.

»Aber stört es dich denn nicht, Frauenklamotten anzuziehen? Ich mein. Du bist doch nicht auch noch trans, oder?«, frage ich schließlich und betrachte verlegen die verkohlten Ränder meiner Pizza, die ich säuberlich abgeschnitten und auf meinem Teller gruppiert habe.

»Nein, Alter, keine Sorge. Nur schwul, Moslem und minderjährig. Das reicht fürs erste«, sagt Enis und lacht. Dann schiebt er mit einer enorm männlichen Geste seinen Teller weg.

»Ich bin keine Pussy, klar? Wie gesagt, nur schwul. Aber es macht mir auch nichts aus, mal kurzfristig Pussyklamotten zu tragen, als Mittel zum Zweck. Ich finde Frauenkleider schön, schließlich entwerfe ich ja selbst welche. Aber ich zieh nicht alles an, nur, was mir gefällt«, sagt Enis mit einem Seitenblick zu Anna und betrachtet seine angefressenen Nägel. Die müssten dann in seine Transformation miteinbezogen werden, denke ich, halte aber die Klappe.

»O.k., ich hol mal eben ein paar Sachen von mir und meiner Schwester rüber. Wir werden schon was finden, was dir gefällt«, sagt Anna und erhebt sich langsam. »Mann, bin ich vollgefressen«, schiebt sie seufzend hinterher und rülpst. Das liebe ich an ihr, sie ist keine Pussy.

Ich begleite sie, nein, ich renn ihr hinterher, in die Diele. Als sie ihre Jacke anzieht, umarme ich sie von hinten und presse mein Gesicht in ihre Haare.

»Können wir gleich auch noch ein bisschen alleine sein?«, frage ich in das Dickicht ihrer Mähne.

»Paul, du bist voll ego. Der Enis braucht jetzt wirklich Unterstützung. Stell dir doch mal vor, was der durchmacht! Der ist total verletzt und verlassen, und wenn ihm keiner hilft, auch verloren. Kannst du dich da nicht reinversetzen, du behütetes Einzelbalg?« Sie haut diesen Text raus und lächelt.

Das behütete Einzelbalg trollt sich beleidigt zurück in die Küche und räumt zum zweiten Mal auf. Enis ist in sein Zimmer gegangen.

Ich weiß, dass Anna Recht hat. Ich kann mich wirklich nicht in Enis' Lage versetzen. Ich habe Eltern, die sogar noch zu mir halten würden, wenn ich schwul, trans, heroinabhängig und FDP-Wähler wäre. Obwohl. Den FDP-Wähler würden sie wahrscheinlich noch am schlechtesten verdauen.

Klar Mann, Enis braucht Hilfe. Und ich ertappe mich dabei, dass ich seinen Mut und seine Konsequenz bewundere. Sein kompromissloses Outing ist stark. Und irgendwie männlich. Er hat es verdient, dass man ihn unterstützt. Andererseits. Ich will allein sein mit Anna. Ich will mit ihr auf meinem Bett rumliegen und ihre Brüste streicheln.

Als Anna kurz darauf mit einem Koffer die Treppe hochheizt, weiß ich, dass nichts daraus wird. Aus dem Brüstekneten, meine ich.

In den nächsten beiden Stunden machen Anna und Enis Modenschau. Alle paar Minuten erscheint Enis in einem anderen Outfit in der Küche und will mein Statement.

Ich muss sagen, er ist ein relativ hübsches Mädchen. Die Langhaarperücke steht ihm gut und Annas Klamotten sind ihm teilweise wie auf den Pelz geschneidert.

Mittendrin schellt es Sturm.

»Wir machen nicht auf«, sage ich. »Ich hab mit allen ein Klingelzeichen vereinbart. Wenn es nicht dreimal lang und dreimal kurz schellt, wissen wir nicht, wer es ist.« Enis und Anna nicken, wir stehen schweigend und reglos in der Diele und warten.

Es schellt wieder, noch mehr Alarm als beim ersten Mal.

Plötzlich geht das Flurlicht an. Wir hören die Altstimme von Frau Althaus.

»Doch, doch, die sind da! Die machen bloß die Tür nicht auf. Klopfen Se mal!«

Wir hören einige schlurfende Schritte, die sich die

Treppe hocharbeiten. Während Anna und ich in Schreckstarre verfallen, läuft Enis lautlos durch die Wohnung und schaltet blitzschnell sämtliche Lichter aus.

Wir pressen uns zu dritt an die Wand, seitlich der Tür.

Eine Art Fäustehagel prasselt gegen die Tür, begleitet von gebrülltem Flüstern auf Arabisch. Ich verstehe kein Wort. Bis auf die Worte *Enis* und *Allah*. Trotz des fahlen Lichtes kann ich sehen, wie die restliche Farbe aus Enis' Gesicht verschwindet.

Er rutscht langsam mit dem Rücken die Wand herunter und zieht sich gleichzeitig die Perücke vom Kopf. Ich spüre, dass er schwitzt. Wir schwitzen alle. Vor der Tür geht ein monotoner arabischer Singsang los.

Der Gesang wird jäh unterbrochen.

»Hörn Se mal! Ich hol gleich die Polizei! Was soll das? Wir sind hier nicht in Mekka! Gehen Se bitte!«

Das ist das erste Mal, dass ich Frau Althaus dankbar bin.

Ein letzter Faustschlag saust gegen die Tür. Dann hören wir den Schritten nach, die sich im Treppenhaus verlieren.

»Was haben die gesagt, Enis?«, flüstert Anna und schaltet das Dielenlicht wieder an.

Enis blinzelt.

»Sie haben mich verflucht … mit Koranzitaten. Meine eigenen Brüder …«

Er sieht verflucht verloren aus.

Anna und ich rutschen jetzt neben Enis die Wand herunter. Wir sitzen eine Weile einträchtig zu dritt auf meinem Dielenboden, die Köpfe an die Wand gelehnt, und schweigen. Das ist der Moment, in dem ich wirklich begreife, was hier los ist. Und dass Enis meine Freundschaft verdient.

Er fängt plötzlich an zu schluchzen, die Tränen springen aus seinen Augen, er reibt sie mit hektischen Bewegungen in seine Fäuste.

»Jetzt hast du dein schönes Make-up ruiniert«, sage ich und nehme ihn in den Arm. Er lässt seinen Kopf gegen meine Brust fallen.

»Danke, Mann, danke. Ich bin froh, dass ihr hier seid«, sagt Enis und schmiert mir sein Augen-Make-up an mein schönes neues Metallica-T-Shirt.

Wir stehen irgendwann auf und trollen uns in unsere Zimmer. Anna sitzt noch kurz auf meiner Bettkante. Sie will nach Hause, allein sein, diesen schwerverdaulichen Abend abstreifen.

Als sie weg ist, greife ich unter mein Bett und schnappe mir ihr Bettzeug. Ich schnüffele gierig daran. Es riecht nach Currywurst. Ich schaue unter mein Bett und sehe die geöffnete Tüte Chips, Currywurst style. Das Bettzeug muss gleich danebengelegen haben.

Am nächsten Tag kommt Anna gleich nach der Schule mit zu uns. Sie hat sich gestern mit Enis zum Probelauf verabredet. Enis hat den halben Tag mit der Selektion von Annas Klamotten verbracht. Auf dem verdreckten Teppich seines Zimmers sind sorgfältig verschiedene Kombinationen ausgebreitet.

Er präsentiert uns stolz und verlegen zugleich sein Outfit. Seine Wahl ist auf einen schlichten dunkelroten

Faltenrock gefallen. Dazu trägt er lindgrüne Strumpfhosen und ein dunkelgrünes Shirt mit Fledermausärmeln. Enis Füße stecken in Annas dunkelroten Allstar-Turnschuhen. Sie sind ihm nur ein ganz kleines bisschen zu klein. Anna trägt Größe 41. Auch das liebe ich an ihr.

Enis hat sich selbst geschminkt, sehr dezent, kein bisschen Bitch. Der Ansatz der Perücke ist unter einem grünen Stirnband verschwunden, so sehen die hellbraunen langen Haare ganz natürlich aus. Wir starren ihn mit offenen Mündern an. Er sieht super aus. Ein richtig hübsches Mädchen. Und er ist voll der Designer, muss ich zugeben. »Wie findet ihr das, ganz ehrlich sagen? Ich fand diesen Komplementärkontrast von dem Grün mit dem Rot total geil, oder ist das zu schrill?«

Wir schütteln einvernehmlich die Köpfe und starren ihn weiter an.

»Wie hast du das Make-up so gut hingekriegt, das ist perfekt! Blöde Frage, Mann, du bist halt Künstler …«, staunt Anna.

»Ja, für mein erstes Mal nicht schlecht. Aber meine Titten verrutschen dauernd, Alter, das nervt so was von.«

Enis schiebt seine Tittenimitate zurecht und schaut uns hilflos an.

»Tja, damit kenn ich mich nicht so aus«, gebe ich zu bedenken. »Was hast du denn da in der Auslage?«

»Na Socken, was sonst?«, sagt Enis. Er zupft und zupft.

Anna läuft schließlich zum nächsten Drogeriemarkt und holt BH-Einlagen. Damit bleibt alles einigermaßen am Platz.

»Du siehst super aus«, sagt Anna schließlich anerkennend und geht noch einen Schritt zurück, um Enis besser betrachten zu können.

»Danke, dann lass uns gehen«, sagt Enis und latscht in seinem üblichen Kanackenmachogang Richtung Tür.

Anna verbringt dann noch eine halbe Stunde damit, Enis in eine andere Gangart zu versetzen. Er lernt schnell.

»So, alles gut. Du musst nur die Klappe halten, sonst fällt's auf. Und ich nenne dich Ines«, sagt Anna und lacht.

Gegen Nachmittag verlässt Enis hüftschwingend mit Anna die Wohnung.

Ich vertreibe mir die Zeit damit, mir vorzustellen, was Anna und ich jetzt machen würden, wenn Enis bei jemand anderem untergetaucht wäre.

Dann nehme ich ein kühles Bad.

Als die beiden zwei Stunden später wieder auf der Matte stehen, sind Enis Wangen gerötet und seine Augen glänzen.

Wir lassen uns zu dritt auf mein Küchensofa plumpsen. Enis öffnet dezent den Reißverschluss des Rockes und atmet hörbar aus.

»Boa, ist doch ein bisschen eng auf die Dauer. Anna, wie war ich? Sag's ihm.«

Enis schaut erwartungsvoll von Anna zu mir und rupft sich die Perücke vom Kopf. Seine schwarzen kurzen Haare, die darunter zum Vorschein kommen, pappen klebrig verschwitzt an seiner Stirn. Er greift sich versonnen unter den Rock und kratzt sich am Sack.

»Na ja, Mädels kratzen sich nicht am Sack, das hast du

auf der Straße auch zweimal gemacht, solltest du mal drauf achten. Und dass du im Café auf die Herrentoilette marschiert bist, war auch etwas unpassend. Aber das sind wohl so kleine Automatismen. Ansonsten warst du super, total die Mieze, absolut glaubwürdig!«

Anna knufft ihn anerkennend in die Seite und gibt ihm einen Kuss auf die Backe, den Enis sich sofort abwischt. Das hätte ich nicht getan.

»Wo wart ihr denn, ihr beiden Hübschen? Im Café und wo noch?«, frage ich und rücke näher an Anna heran. Ich möchte auch einen Kuss.

»Wir waren bei der Düsseldorfer Aidshilfe in Bilk. Die haben da nämlich eine Schwulenberatung. Nur heute leider nicht. Enis hat sich einen Termin für morgen geben lassen, 16 Uhr. Das Blöde ist, da kann ich ihn nicht begleiten, ich hab Training. Könntest du vielleicht, Pauli? Das wäre echt groß von dir.«

Anna gibt mir jetzt auch einen Kuss, endlich.

»Ja, Mann, fänd ich auch total geil, wenn du als Mann mich dahin begleiten könntest. Ich hab ein bisschen Schiss davor«, sagt Enis und zuppelt nervös an einem Loch im Sofabezug herum.

Ich auch, denke ich und lasse auf meine Antwort warten. Ich stehe auf und hole mir ein Bier aus dem Kühlschrank, das ich brüder- und schwesterlich weiterreiche, nachdem ich mir den ersten schaumigkühlen Schluck gekippt habe.

»Wollen mal so sagen. Ich bin voll hetero und soll dich zur Schwulenberatung begleiten? Na ja, das ist mal was anderes. Aber ist o.k., Alter. Weil du es bist«, sage ich schließlich.

Aber eigentlich mache ich es nur für Anna.

Am nächsten Tag gegen halb drei ziehen wir los. Enis zeigt mir vorher noch stolz seine ebenso gepimpten wie gefakten Brüste. Er hat die BH-Einlagen fein säuberlich an Annas altem BH festgenäht.

»Damit die Titten sich nicht wieder auf meinen Rücken verirren, Alter«, sagt er stolz.

Wir steigen in die 708 und lassen uns Richtung Düsseldorf-Bilk bugsieren.

Enis ist sichtlich nervös. Er setzt immer wieder zu Sackkratzen an, lässt es dann aber zum Glück. Ständig raunt er mir was zu.

»Seh' ich wirklich echt aus, Mann? Sitzt meine Perücke noch?« Wenn er flüstert, geht seine ohnehin tiefe Stimme noch ein paar Oktaven runter. Das zieht schon den ein oder anderen prüfenden Blick nach sich. Dazu blickt er so unsicher in die Runde, dass eigentlich so gut wie jeder uns irgendwann mustert.

»Ja, du siehst voll girly aus, Ines. Nur einfach Klappe halten, o.k.?«, sage ich und lächle genauso unsicher vor mich hin. Ich bete, dass ich niemanden treffe.

Zum Glück sind wir nicht lange interessant für die durchweg stumpfen Gestalten, die sich an diesem Nachmittag gegen drei im zweiten Wagen der Linie 708 nach Bilk gurken lassen.

Als wir uns am Kirchplatz aus der überfüllten Bahn

befreien, wird Enis von zwei Typen bewundert. Mich streift ein anerkennender Blick.

Scheiße, denke ich. Die denken jetzt, »Ines« und ich wären zusammen.

Falsche Besetzung. Ich möchte mit Anna durch Bilk streifen und bewundert werden, nicht mit einem getürkten Türken.

Endlich sind wir da, Aidsberatung Düsseldorf, Johannes-Weyerstraße bei sattgrauem Himmel und leichtem Nieselregen.

»Wie bist du jetzt auf die Aidsberatung gekommen?«, frage ich, während Enis die Tafel im Eingangsbereich studiert.

»Über das schwule Überfalltelefon. Lach nicht, das heißt wirklich so! Die sitzen auch hier und machen Beratung für Schwule. Ich hab mit einem Denis telefoniert, der war total cool, Mann, hab lange mit dem gesprochen. Er hat mich für heute hierhin eingeladen, damit wir uns kennenlernen.«

»Ah, der schwule Denis berät den schwulen Enis«, sage ich und schau mich um.

Ob jetzt jeder, der hier rumläuft, mindestens schwul ist? Aids hat?

Außer ich natürlich.

Enis rupft sich die Perücke vom Kopf.

»Ist mir jetzt irgendwie peinlich, dieses Outfit«, sagt Enis und verteilt unsichere Blicke im leeren Eingangsbereich. Er taxiert mich prüfend von oben bis unten.

»Guck nicht so, wir werden jetzt auf keinen Fall die Klamotten tauschen! Kannst du doch erklären, warum du so bitchige Klamotten trägst … Außerdem fällt das wahrscheinlich nicht besonders auf«, sage ich und biege mit Enis in den Gang, in dem sich die Schwulenberatung befindet.

Ich hatte ja so Recht. Enis fällt überhaupt nicht auf. Wir lassen uns auf zwei abgeranzte Plastikschalensitze plumpsen, neben zwei relativ auffälligen Gestalten. Einer Art doppeltes Lottchen in trans.

Beide mit platingesträhnten Falschhaarperücken, Leggins in Grünmetallic und Plateauschuhen in Orange. Die Oberteile, die über den Doppel-D-Brustimplantaten spannen, sind eher schlicht. Die beiden gucken interessiert. Eine Tür öffnet sich, ein Kopf erscheint, eine Stimme ertönt.

»Enis Erdal, bitte«, sagt der freundliche unschwul aussehende Typ. Ich möchte aufstehen und Enis vertreten, nur um nicht hier sitzen bleiben zu müssen.

Enis steht auf und läuft weichen Schrittes auf die offene Tür zu.

Ich rutsche nervös auf meinem Schalensitz herum und frage mich, warum ich mich hier so unwohl fühle. Ich habe weder was gegen Schwule noch gegen Transen noch gegen sonstige Schrillomaten. Die Sache ist nur, ich will einfach nicht selbst für schwul gehalten werden.

Ist das jetzt spießig, frage ich mich, da öffnet sich eine andere Tür.

Die beiden Transen staksen auf ihren Briketts an mir vorbei und außer Sichtweite.

Ich hätte mir was zum Lesen mitnehmen sollen. Jetzt

werde ich mir hier locker eine Stunde lang die Kimme in den Steiß sitzen.

Ein Mann mittleren Alters biegt in den Gang und läuft auf mich zu.

»Suchst du den Pierre?«, fragt er mich freundlich und zieht dazu ein übertrieben mitfühlendes Gesicht.

»Nein. Ich warte auf meinen Freund Enis«, sage ich und wunder mich im selben Moment, dass ich Freund gesagt habe. Aber das ist Enis jetzt wieder. Mein Freund.

Der Typ mit dem mitfühlenden Blick sagt »Ah, aha« und geht mit einem Ach-wie-süß-Blick weiter.

Alter, alle halten mich jetzt für Enis' Freund. Also, für seinen Lover.

Ich versuche, Anna anzurufen. Die Mailbox geht dran. Klar, sie hat Training. Ich vertreibe mir die Zeit damit, ihr zwölfmal völlig hirnlos auf die Mailbox zu quatschen. Einfach so. Nur damit gleich auf ihrem Display steht:

12 entgangene Anrufe von Paul.

Ich glaube, so was beeindruckt Mädchen. Dann denken die bestimmt: »Ah … der will ja richtig«, oder so.

Nach einer Dreiviertelstunde kommt Enis mit glücklichem Blick aus verheulten Augen aus Zimmer 216.

»Komm, wir gehen«, sagt er und zieht mich mit gespielter Anstrengung aus meinem Schalensitz.

»Ins *Limelight*, auf einen Bubbletea?«, frage ich.

Wir verlassen das Gebäude und laufen die Johannes-Weyer-Straße entlang, die sich klatschnass vor uns ausbreitet. Es muss heftig geregnet haben in der vergangenen Stunde. Eigentlich tut es das immer noch. Enis dreht sich nach allen Seiten um, dann stülpt er sich seine Perücke über wie einen Regenschutz.

»Worüber habt ihr geredet?«, will ich wissen. »Über Schwulsein im Allgemeinen oder im Besonderen?«

Ich hasse mich selbst für meine blöden Sprüche.

»Auch, ja«, sagt Enis ernst. »Und über das Männerbild im Islam. Über islamische Homophobie. Wir haben über Respekt und Mut gesprochen. Über Liebe. Darüber, dass Liebe immer Respekt verdient, egal wer wen liebt … «

Jetzt geht er sehr aufrecht und reckt sein Gesicht mit einem gewissen Stolz dem stärker einsetzenden Regen entgegen. Sein Make-up leidet ein wenig. Regentropfen bahnen sich ihren Weg durch Rouge und Tubenbräune

Plötzlich erstarrt Enis, er bleibt so abrupt stehen, dass ich es erst merke, nachdem mein Körper wie aufgezogen zwei weitere Schritte in Zielrichtung gegangen ist. Und jetzt sehe ich sie.

Etwa zwanzig Schritte von uns entfernt laufen zwei von Enis' Brüdern in Begleitung eines weiteren Typen direkt auf uns zu.

Enis geht zögerlich weiter, ich verlangsame meinen Schritt deutlich, so kommen wir wieder in Gleichschritt.

»Geh einfach weiter, die werden dich nicht erkennen«, raune ich ihm zu.

»Lass uns die Straßenseite wechseln, Alter, ist sicherer«, flüstert Enis.

»Nein Mann, damit ziehst du Aufmerksamkeit …«, zische ich noch, da wechselt Enis bereits die Straßenseite. Und er zieht Aufmerksamkeit.

Er macht so abrupt die Diagonale, dass die Bremsen des Autos, in das er beinahe rennt, laut aufquietschen. Danach guckt er sich noch unsicher in alle Richtungen um, besonders in Richtung seiner Brüder. Es sind Kaan und Ilker, die beiden Ältesten. Jetzt erkenne ich auch den Dritten. Es ist sein Cousin Can, der früher oft mit uns gespielt hat. Er erkennt mich im selben Moment. Alle drei blicken jetzt in unsere Richtung, sie sind nur noch gut zehn Schritte entfernt. Ich werde gescannt, dann Ines. Was weiß ich, warum sie ihn erkennen. Jedenfalls, was sie sehen, ist Enis.

Sie brüllen ein paar abgehackte türkische Zweiwortsätze über die Straße.

Dann rennen wir los. Alle fünf gleichzeitig. Allerdings müssen die anderen noch die stark befahrene Straße überqueren. Wieder quietschen Reifen. Enis und ich haben einen guten Vorsprung. Wir rennen wie besessen Richtung *Limelight*, obwohl ziemlich klar ist, dass wir dort keinen Bubbletea trinken werden. Nach wenigen Metern verliert Enis seine Perücke. Seine Brüder, die johlend hinter uns herjagen, schwenken sie wie eine Trophäe.

»Wohin, Scheiße, Alter?«, japst Enis und wirft mir einen schockgeweiteten Blick zu. Er sieht aus wie ein gehetztes Tier, mitten in diesem stärker einsetzenden Regen.

Das muss doch ein Regiefehler sein, denke ich, verdammt. Es sind kaum Leute auf dieser gottverdammten Straße unterwegs. Ein paar Omas. Niemand, den man um Hilfe bitten könnte.

Die zündende Idee streift mein lahmgelegtes Hirn, gerade noch rechtzeitig.

Zu Jutta und Bernd. Natürlich. Sie wohnen gleich um die Ecke, auf der Naeglestraße. Mein altes Zuhause. Ich taste im Lauf nach meinen Schlüsseln und ziehe Enis mit mir. Er schluchzt, er wird langsamer, er sieht aus, als würde er gleich zusammencrashen.

»Komm, weiter, Alter, wir laufen zu meinen Eltern! Es ist gleich da drüben!«

Enis macht jetzt fast die Bremse. Ich schubse ihn vorwärts und zerre meinen viel zu dicken Schlüssel aus meiner regennassen Hosentasche.

Ich schelle Sturm und versuche gleichzeitig, den falschen Schlüssel ins Schloss zu rammen. Ich drehe mich halb zu Enis um und sehe, dass seine Verwandtschaft gleich eintreffen wird, es sind vielleicht noch dreißig Sekunden, die ich wie in Zeitlupe erlebe.

Der Türdrücker summt mich in die Echtzeit zurück und wir werfen uns verzögerungsfrei gegen die Tür und in den Hausflur.

Sofort presse ich die schwere Tür, die einigen Widerstand leistet, von innen zu. Wenige Sekunden später prasseln Fäuste gegen die Tür und ich kann hören, wie im zweiten Stock Sturm geschellt wird. Enis' Brüder wissen auch, dass das hier mein altes Zuhause ist.

»Nicht mehr aufdrücken!«, brülle ich durch den Hausflur, in der Hoffnung, dass meine Eltern mal ohne zu prüfen ausführen, was ich verlange.

Jetzt wird überall im Haus geschellt. Bitte, lass niemanden zu Hause sein, nur heute, nur jetzt, denke ich und haste mit Enis die beiden Etagen hoch. Jutta empfängt uns freudig lächelnd, auf der Matte stehend. Ich schubse sie und Enis in die Wohnung und schließe die Tür hinter uns ab.

»Na sagt mal, ist jemand hinter euch her?«, brüllt Bernd aus dem Wohnzimmer. Jutta peilt die Lage langsam.

»Was ist los ... Werdet ihr verfolgt? Wer schellt denn da dauernd? Ihr seht ja schlimm aus«, sagt sie und setzt dazu an, den Türdrücker zu bedienen.

»Nicht aufmachen!«, brülle ich und zerre sie mit mir. Im Wohnzimmer sitzt der halbe politische Stammtisch der SPD, bei Erdnüssen und Flaschenbier. Einschließlich Matthes, dem Bullen.

Also Matthes, Petra, Georg, Theo und meine Eltern.

Obwohl Enis und ich das Wohnzimmer stürmen, als wären die Jedis hinter uns her, bleibt die Stimmung dort noch für ein paar Sekunden entspannt. Nur Petra hebt träge den Blick aus ihrem Glas, sie ist auch die einzige, die ein Glas hat. Sie mustert Enis interessiert von oben bis unten. Dann beamt Bernd sich aus seiner politischen Debatte.

»Hallo, Jungs! Mann, ihr seht ja wild aus. Grüß dich, Enis, hübscher Rock. Stell dir vor, Paul, der Matthes hat gerade eine Wohnung mit seiner neuen Lebensgefährtin angemietet, rate wo ... Kommst du nicht drauf. Auf der Brehm-46!«, schwallt Bernd mir begeistert entgegen, er schnallt gar nichts.

Dem Leergut auf dem Couchtisch zufolge hat er sich auch schon lecker einen eingeschenkt.

Seine Begeisterung wird von heftigem Gepolter unterbrochen. Unsere Wohnungstür wird von jetzt auf gleich regelrecht bearbeitet, begleitet von Dauerschellen.

»Was ist denn hier los?« Jetzt ist Bernd online. Sein Lächeln verliert sich abrupt in seinen Bartstoppeln.

»Das ist Enis' Verwandtschaft. Sie haben uns verfolgt. Sie wollen sicher nicht einfach mal Hallo sagen«, sage ich. Enis nickt und bibbert auf dem abgetretenen psychedelischen Teppich meiner Eltern vor sich hin.

Jetzt schalten sich alle gleichzeitig ein. Enis und ich werden von hektischen Fragen geflutet. Warum, weshalb, wie oft und wie kann das denn. Jutta, die einzige, die glasklar ist und wie immer kein Glas getrunken hat, gibt einen kurzen Abriss der Situation ab.

Gleichzeitig fixieren wir alle die Wohnungstür, die von der Sitzgruppe aus gut zu sehen ist. Die Tür bebt in den maroden Altbauangeln. Geschellt wird jetzt nicht mehr. Nur noch gehämmert und gebrüllt.

Matthes, der Bulle, erhebt sich.

»Ich regel' das mal. Wir sollten sie einfach fragen, was sie möchten.«

Er geht auf die Tür zu und wird fast von ihr erschlagen. Sie müssen sich gemeinsam dagegen geworfen haben. Jetzt liegt die Tür flach auf dem Flokati in der Diele. Kaan, Ilker und Can schubsen Matthes einfach beiseite und gehen schweren Schrittes auf Enis zu. Der bleibt tapfer genau da, wo er ist, zwischen mir und Jutta. Seine Brüder schwenken immer noch die Perücke.

»Alter, bist du so schwul, dass du jetzt sogar rumlaufen musst wie Lady Gaga, oder was? Du bist Schande, Mann! Moslems sind nicht schwul! Du bist krank! Kranke Schande! Komm mal zu dir, Mann!«, schnauzt

Ilker und geht so nah an Enis heran, dass der eigentlich einen Schritt zurückweichen müsste. Enis macht etwas Erstaunliches. Er reckt sich noch ein paar Millimeter näher auf seinen älteren Bruder zu und blickt ihm fest in sein wutverzerrtes Gesicht.

»Ja, ich bin schwul. Und das darf ich auch sein. Steht nirgends im Koran, dass ich nicht schwul sein darf! Außerdem bin ich kein Moslem mehr!«, sagt er leise.

»Hör auf, ich krieg Pickel! Und was soll das Gelaber, du willst raus aus Islam! Du bist Moslem. Du bleibst immer Moslem! Ist das klar?«, brüllt jetzt Kaan und fängt an, Enis vor sich her zu schubsen. Enis kracht schließlich auf den Wohnzimmertisch, zwei Bierflaschen trudeln zu Boden, während Kaan sich auf seinen Bruder wirft und anfängt, auf ihn einzudreschen.

»Stopp, das geht nicht!«, schaltet sich Bernd ein und zerrt am Massiv von Kaans kräftigen Schultern herum. Er kassiert augenblicklich einen Faustschlag von Can. Knapp darauf prügeln sich alle. Einschließlich Jutta und Petra. Ausgenommen Matthes. Er telefoniert. Danach wirft auch er sich ins Getümmel. Nach zwölf Minuten trifft die Polizei ein. Da hat Ilker bereits zugestochen. Irgendwoher kam plötzlich dieses Butterfly. Jutta liegt blutend zwischen den Bierflaschen und den verstreuten Erdnüssen. Sie hat versucht, Ilker das Messer zu entreißen und genau hineingegriffen. Danach hat Ilker noch das Messer in Enis' Bein gerammt. Da steckt es immer noch.

Dann geht alles ganz schnell. Ilker, Kaan und Can

werden festgenommen. Bernd und ich begleiten Jutta und Enis ins Krankenhaus.

Jutta bleibt länger im Krankenhaus als Ilker, Kaan und Can im Polizeigewahrsam. Laut richterlichem Beschluss liegt kein versuchtes Tötungsdelikt vor und bei Körperverletzung mit einem Messer passiert in Deutschland weniger als bei einem Raubüberfall. Die Jungs sind nach zwei Tagen wieder auf freiem Fuß und Enis auf den Fersen.

Jutta bekommt ihren halbamputierten Daumen wieder angenäht und wird ihn fortan nur noch begrenzt bewegen können. Sie ist trotzdem stolz, dass sie sich eingesetzt hat.

Enis wird zunächst zur Düsseldorfer Jugendschutzstelle gebracht. Seinen Eltern wird das Sorgerecht entzogen, er bekommt einen luschigen Vormund, der sich kaum um seine zerfressene Seele kümmert.

Nachdem Enis' Verwandtschaft dreimal sechs- und hitzköpfig bei der Schutzstelle aufgelaufen ist und den Pförtner bedroht hat, wird Enis in Schutzgewahrsam genommen. Man bringt ihn nach Neuss, ins Wohnheim eines Fortbildungsinstitutes der Polizei. Jetzt ist er sicher. Um ihn rum nichts als Bullen.

Als ich ihn dort besuche, sitzt er im Aufenthaltsraum und bastelt.

Er präsentiert mir stolz seine Erfindung.

Er hat eine Kuckucksuhr gebaut, oder sagen wir mal, er hat sie geringfügig umgebaut.

»Alter, das geht in Serie, damit werde ich reich!«, sagt er und schiebt die Zeiger der Uhr auf Zwölf.

Die kleine Tür öffnet sich. Was da herausschießt, ist kein Vögelchen, sondern ein kleines Püppchen, bekleidet wie ein moslemischer Glaubenskämpfer, ein Mujaheddin.

»Dschihad! Dschihad! Dschihad!«, zwitschert der Mujaheddin fröhlich.

3. OG, ROTE UTE

Ich betrachte das weißlich trübe Rinnsal, das sich seinen Weg aus ihrem linken Mundwinkel bis hinunter zu ihrem Kinn bahnt. Am Kinn zittert ein stetig anschwellender Tropfen bedenklich vor sich hin. Ich fixiere ihn, bis er sich entschließt, loszulassen. Er zerplatzt knapp neben ihrer Müslischüssel.

»Mach den Mund zu beim Essen, Schätzchen«, sage ich.

Dann stehe ich auf und hole einen Lappen. Das Kind hebt den Kopf und sieht mich an. Es sieht müde aus. Kein Vergleich zu mir. Die Nacht war wie immer. Kurz und ärgerlich. Wenn Kinder müde sind, sieht man das nur an ihrem Gesichtsausdruck. Dass ich müde bin, posaunt jede Pore meiner Gesichtshaut aus. Damit meine ich Struktur und Farbe. Selbst mein Haar ist müde. Ich versuche morgens im Spiegel hauptsächlich meine Zähne zu betrachten. Ich habe Eins A Zähne, das sagen alle. Weiß und strahlend. Total frisch, im Vergleich zum Rest. Den Rest wasche und creme ich, das war's. Vielleicht sollte ich mal etwas Rouge auftragen, aber ich halte nichts von Schminke.

»Iss, Schätzchen, wir müssen gleich los«, sage ich und werfe einen Blick auf meine orangefarbene fünfziger

Jahre Küchenuhr, die ich mir in den späten Achtzigern in Halle gekauft habe. Es ist 7.02 Uhr.

Das Kind stochert mit dem Löffel in der Flockenpampe herum.

Ich selbst esse morgens nichts. Ich esse nicht gerne in Gesellschaft. Mich stören Kaugeräusche. Und wie die Menschen aussehen, wenn sie essen.

Am schlimmsten war das bei meiner Mutter. Die saß mir früher beim Frühstück schräg gegenüber. Ihr Unterkiefer zermalmte die Nahrung wie ein Pferd. Die meisten Menschen sehen unschön aus, wenn sie essen. Deshalb esse ich gerne alleine.

Ich nehme mir mein Frühstück immer mit ins Büro. In den ersten beiden Stunden bin ich ganz alleine dort. Dann mache ich mir meinen Kaffee und genieße. Ungestört.

Während meine Tochter ihr Frühstück wie auch immer verzehrt, schmiere ich Brote. Zwei Schulbrote für sie, zwei Brote für mich. Danach langweile ich mich.

»Iss.«

»Das schmeckt nicht.«

»Aber du wolltest doch Müsli?«

»Aber nicht das da. Das schmeckt bitter. Ich wollte Lion-Cereals. Das, was die Oma hat«, sagt sie und wirft den Löffel in die Schüssel. Ich hole wieder den Lappen.

»Ja du, das kauf ich aber nicht. Das ist total ungesund. Dieses hier ist hochwertig und gesund.«

»Schmeckt nicht.«

»Gut, dann isst du nichts. Wir müssen gehen.«

Ich springe auf und nehme die halbvolle Müslischüssel.

Ich leere sie in die volle Mülltüte. Die Mülltüte ist immer voll, seit ich ein Kind habe.

Dann spüle ich die Schüssel und pule anschließend angeekelt die Reste aus dem Abfluss.

Das Kind braucht volle fünf Minuten, um sich die Schuhe anzuziehen. Vier Minuten lang stehe ich in der Diele und warte. Manchmal habe ich das Gefühl, dass mein Leben in weiten Teilen daraus besteht, zu warten, dass andere in die Schuhe kommen.

Die Flirtanfragen von gestern fallen mir wieder ein. Diesmal waren zwei Männer dabei, die mir gefallen. Zumindest auf den Fotos. Wer weiß, wie alt diese Fotos sind? Nichts kann so sehr lügen wie ein gutes Foto. Das sagt auch meine Freundin Manuela ständig. Sie muss es wissen, sie ist Fotografin. Ich sehe immer viel besser aus auf Fotos als in echt. Aber nur, wenn man meine Beine nicht sieht. Seit vier Wochen bin ich bei new.de, einer Online-Singlebörse. Ich suche keinen Partner in dem Sinne. Den besten Sex hat man sowieso nur ohne Partnerschaft. Innere Werte interessieren mich nicht. Nicht im Bett. Und nach dem Sex möchte ich in jedem Fall wieder alleine in meinem Bett liegen.

Bisher waren meine Treffen ernüchternd. Ich traf einen ungepflegten Mann bei einem gepflegten Bier. Einen anderen, den ich nicht erkannte. Auf dem Foto muss er zehn Jahre jünger und zehn Kilo leichter gewesen sein. Und noch Haare gehabt haben.

Der nächste sah genauso aus wie auf dem Bild. Genau mein Typ. Ein bisschen wie der frühe Sting. Deshalb habe ich ihn nur noch Nummer 1 genannt. Wir waren uns schnell einig, dass wir uns nur körperlich füreinander interessieren. Es war perfekt. Viermal war es verdammt heiß mit Nummer 1. Dann habe ich mich verliebt, unplanmäßig. Er sich natürlich nicht. Mit ihm hätte ich meine Vorsätze über Bord geworfen und meine Vorbehalte gegenüber Männern gleich hinterher. Er ist ein Mensch mit Bildung, mit kulturellem Hintergrund. Mit Nummer 1 konnte man über Literatur sprechen. Ich meine, er wusste, wer Houellebecq ist, hatte alles von Kafka gelesen und zitierte Sartre. Und dazu war er beim Sex ebenso unermüdlich wie unersättlich. Aber er wollte nicht öfter als vier- oder fünfmal mit derselben Frau vögeln.

Ich sehe das ja anders. Ich bin an langfristigen sexuellen Beziehungen interessiert. So richtig geil wird es doch erst, wenn man sich aufeinander eingeschossen hat. Ich habe ihn nicht mehr getroffen. Eine Weile konnte ich gar nicht mehr schlafen. Zum Trost habe ich mich dann mit Nummer 2 getroffen, einem durchgeknallten Philosophen mit beachtlichem Bauchumfang. Ich habe versucht, darüber hinwegzusehen und zu fühlen. Ging aber nicht. Das Auge vögelt mit. Nicht, dass ich selbst aussehen würde wie eins von diesen klapperdürren Models. Meine Figur läuft wahrscheinlich unter »normal«. Obwohl ich mich natürlich zu dick finde. Mein Oberkörper ist zwar zierlich, also auch, was den Brustumfang angeht. Aber mein Unterkörper geht nicht so weiter. Wenn ich mich bücke, habe ich das Gefühl, dass der Raum nur noch aus Arsch besteht. Vor allem, wenn ich Jeans trage. Ich brauche Größe 33 mit kurzem Bein, das ist nicht gerade das, was als schlank gilt. Meine Oberteile sind dafür Größe 36. Mit meinem Gesicht bin ich immerhin zufrieden. Die Augen sind grün und groß, die Nase fein, die Lippen gut gezeichnet. Die Zähne, wie gesagt, ebenmäßig und weiß. Mein größtes Kapital. Für jede Form von Lächeln geeignet. Die Haare immerhin blond und halblang, von einer südländischen Friseuse etwas lieblos geschnitten.

»Sie hab keine Volume in Haare, musse Schaumfestiga benutze«, sagte sie. Ich hab ihr verlegen den Festiger abgekauft und zu Hause weggeworfen. *Für müdes kraftloses Haar* stand da drauf. So was will ich nicht in meinem Bad stehen haben. Das schmiere ich mir nicht mal in die Haare.

Auf den Portraits, die ich ins Netz stelle, komme ich sehr gut rüber. Trotz des müden Haars. Mein schmales Gesicht gibt keinerlei Hinweis auf meinen breiten Hintern. Beim ersten Treffen trage ich gerne Rock, da fällt er nicht so auf. Dann verfolge ich in der ersten halben Stunde die Blicke meines Gegenübers, bis sie an meinem Unterkörper hängenbleiben. Bisher gab es keine echten Beanstandungen. Nur einer meinte, dass ich auf dem Foto viel schlanker ausgesehen hätte und rief mich nicht mehr an, nachdem er einen schnellen Cappuccino gekippt und sich wegen eines wichtigen Termins, der ihm just wieder eingefallen war, überraschend verabschiedet hatte.

Das Bild des Philosophen jedenfalls ließ durchaus Rückschlüsse auf seinen Körperbau zu. Es zeigte ein klassisch schönes Gesicht, nur eben etwas voll.

Der Bauch, der so unvorteilhaft durch die gespannten Löcher seines teuren Oberhemdes lugte, als wir uns zum ersten Mal trafen, überraschte mich allerdings in seiner Präsenz.

Ich nahm ihn hin, man macht ja Abstriche. Wir trafen uns zweimal, dann war auch das durch.

Der Philosoph philosophierte im Bett einfach zu viel über seine zukünftige Exfrau und warum diese ihn mit dem gemeinsamen Sohn verlassen hatte. Das brachte ihn nicht hoch und mich nicht auf Touren. Nach der zweiten unromantischen Nacht, die wir damit verbrachten, dass er redete und ich zuhörte und wir nebenbei schlechten Sex hatten, verabschiedete ich mich und löschte seine Nummer in meinem Handy. Das mache ich immer so. Wenn es vorbei ist, lösche ich alle Mails, SMS und Profile und natürlich auch die Telefonnummern. Da seine Nummer sehr einfach war, bemerkte ich, dass er es auch nicht mehr bei mir versucht hat.

Die beiden neuen Flirtangebote, die ich gestern vor dem Zubettgehen entdeckt habe, sehen jedenfalls ganz vielversprechend aus, denke ich, während meine Tochter endlos lustlos an ihren Schuhen herumbindet.

Endlich verlassen wir die Wohnung. Um diese Uhrzeit scheint die Brehm-46 noch zu schlummern. Bis auf die Alte im zweiten Stock, die sich ständig über meine Tochter beschwert. Sie scheint in jedem Zimmer einen Stock zu haben. Oder sie hat ihn immer bei sich. Sie klopft, immer dreimal, bei jedem mittellauten Geräusch. Auch bei leisen Geräuschen.

Als ich vor zwei Jahren die Wohnung bezog und mit meiner Freundin Carola die Wohnung strich, abends um 21 Uhr, klingelte sie und stellte sich vor. Oder sagen wir, sie stellte Einiges klar.

»Hören Se mal. So geht das nicht. Man läuft mir jetzt seit zwei Stunden auf dem Kopf herum und die ganze Zeit diese schabenden Geräusche! Ich kann nicht schlafen. Was machen Sie denn da?«

Sie steckte neugierig den Kopf in meinen Flur und erblickte Carola, die mit eingefrorenem Lächeln und arretierter Rolle dastand.

»Renovieren um diese Uhrzeit geht nicht«, sagte die Alte.

Das Kind lief auf sie zu, aus dem Pinsel in seiner Hand troff die Farbe herunter.

»Wer bist du?«, fragte es.

»Ach herrje, ein Kind habense auch noch? Ich bin Frau Althaus. Kein Geschrei im Treppenhaus, hörst du?« Sie trat wieder zurück auf die Matte. »Gute Nacht«, schob sie schließlich überraschend freundlich nach.

Das dachte ich auch, nach dem Auftritt. Ein Wunder, dass sie beim Anblick meiner Tochter nicht »Iii!« geschrien hat.

Vor uns wohnte eine alte bettlägerige Dame in meiner Wohnung. Frau Althaus war es gewohnt, dass aus der Wohnung über ihr keinerlei Lebensgeräusche dringen. Ich bin es satt, das Kind ständig zu ermahnen.

Manchmal reißt Frau Althaus, wenn wir im Treppenhaus sind, einfach ihre Wohnungstüre auf. Dann guckt sie böse. Sonst nichts. Vielleicht ist es aber auch ihre Schwester. Die sieht genauso aus. Ich weiß auch gar nicht, ob die andere Frau ihre Schwester ist. Vielleicht ist Frau Althaus auch eine fünfundsechzigjährige Lesbe. Das würde sie immerhin ein bisschen sympathisch machen. Diesmal bleibt ihre Tür geschlossen. Ich gehe in den Keller und hole die Fahrräder heraus. Irgendwann breche ich mir den Hals auf dieser steilen Kellertreppe. Ich wuchte mein schweres Hollandrad die Treppe hoch, während das Kind im Weg rumsteht. Das tut es immer.

Danach hole ich das Kinderfahrrad. Bis alle Taschen, Tornister und Helme am Platz sind und wir losfahren, vergehen noch mal ungefähr sieben Minuten. Von jetzt an noch achtzehn Minuten bis zur Schule. Nicht, dass es weit wäre. Höchstens ein Kilometer. Aber meine Tochter fährt wahnsinnig langsam. Wenn ich in der gleichen Geschwindigkeit fahre, kippt das Rad wahrscheinlich einfach um. Deshalb fahre ich immer ein Stückchen vor, um dann auf sie zu warten. Sie lässt sich Zeit. Da ist sie wie ihr Vater. Der lässt sich mit allem Zeit. Dieser Mensch, dessen Namen ich aus meinem Vokabular gestrichen habe. Ich nenne ihn jetzt einfach immer Martin. So heißt er nicht. Aber mit diesem Namen kann ich auch in Gegenwart meiner Tochter über ihn abziehen. Sie weiß dann nicht, dass ich ihn meine. Aber alle meine Freundinnen wissen, wen ich mit »Martin« meine.

Wir bewegen uns nun also in enervierender Behäbigkeit auf die Grundschule meiner Tochter zu. Die Entdeckung der Langsamkeit, wie jeden Morgen. Auf der kleinen Brücke, die die Grunerstraße mit der Jülicherstraße verbindet, ist starker Gegenwind, unterstützt von nadelstichartigen Miniregentropfen. Heute Nachmittag, wenn wir zurückfahren, wird der Wind gedreht haben. Auf dieser Brücke ist immer Gegenwind, ich weiß nicht, wie das möglich ist.

Ab 7.45 Uhr können die Kinder an der Lennéschule eintreffen. Mein Kind ist jeden Tag das erste. Wenn ich meine Tochter am Klassenraum der 1D abgeliefert habe, kommen mir im Treppenhaus die ersten Morgenlerchen in Begleitung ihrer verpennten Kinder entgegen. Ich bin keine Morgenlerche. Auch keine Eule. Ich möchte eigentlich immer schlafen, aber es geht fast nie. Allein deshalb macht es mir nichts aus, früh aufzustehen. Später wäre ich genauso unausgeschlafen. Und ich möchte pünktlich um 8 Uhr bei der SPD eintreffen. Ich bin dort Referentin. Also eine Art politisches Mädchen für alles. Wenn ich um 8 Uhr eintreffe, habe ich zwei kostbare Stunden Ruhe. Die anderen Referenten treffen erst gegen 10 Uhr ein.

Wenn ich das Schulgebäude verlasse, befällt mich ein Gefühl der Freiheit. Die leichte Nackenverspannung, die mich jeden Morgen beutelt, löst sich binnen Minuten. Ich fahre jetzt in meinem eigenen Tempo, das ist zügig, aber nicht schnell, die Tußmannstraße entlang. Vorbei an buntgewürfelten Kindern mit Tornistern, die Richtung Lennéschule trudeln. Am Ende der Straße werden die Tornister weniger. Nur noch ein paar Ich-komm-immer-zu-spät-Mütter ziehen mit gehetzter Miene an mir vorbei, ihre sorglos trödelnden Kinder im Schlepp. Es regnet jetzt nicht mehr. Ein unwirklich greller Himmel kündigt einen warmen Tag an.

Ich fahre quer durch die summende Stadt Richtung Hofgarten. Halb Düsseldorf macht sich auf den Weg in irgendein Büro. Die meisten nehmen das Auto. Den größten Teil meiner Strecke lege ich auf der Straße zurück, neben all den Autos, die um diese Uhrzeit auch nicht schneller sind als ich. Heute steht der Verkehr sogar. Ich fahre betont entspannt im Slalom zwischen den Autos hindurch, deren Besitzer offensichtlich nicht Rad oder Bahn fahren möchten, sondern lieber missmutig hinter ihrem unbewegten Lenkrad klemmen und mir neidisch hinterherblicken.

In einem blaumetallic Porsche sitzt ein stiernackiger Mann, auf dem Beifahrersitz fläzt seine Miniaturausgabe. Vater und Sohn tragen Käppi und Sonnenbrille und sind gleichmäßig gelangweilt. Der Vater trommelt nervös auf seinem Sportlenkrad herum und lässt immer wieder sportlich den Motor aufheulen. Der bunte Tornister, der auf der Notbank im Heck klemmt, wirkt deplatziert und wird mit seinem Träger ganz sicher zu spät in der Schule eintreffen, denke ich, während ich versuche, an dem Porsche, der mir den Weg versperrt, vorbeizukommen. Der Porschefahrer fährt die 80 cm Spiel, die ihn vom nächsten stehenden Fahrzeug trennen, nach rechts vorne aus. Mit voller Absicht. Fast wäre ich in die polierte Protzkarre gekracht. Ich möchte ihm mit der Faust aufs Dach hauen, aber der Porsche hat keines.

Ich quetsche mich fluchend vorbei, der Stiernacken

zuckt mit den gestählten Schultern und grinst blöde in meine Richtung. Meine Flüche hört er nicht, weil er gerade wieder im Leerlauf den Motor heulen lässt.

Endlich erreiche ich einen Fahrradweg, der nach fünfhundert Metern an einer vierspurigen Kreuzung endet und erst nach der Kreuzung fortgesetzt wird. Mit Radwegen ist Düsseldorf nicht besonders weit vorne. Es gibt ein paar im Innenstadtbereich. Aber die enden fast alle nach wenigen Metern im Nichts. Endlich biege ich in den Hofgarten. Die Sonne bricht zögerlich durch die Wolken und taucht die feuchtgrüne Stadtoase in hinreißendes Licht. Ich atme in tiefen Zügen den süßlich morbiden Duft der blühenden Bäume. Die weißen und rosafarbenen Blütenblättchen, die zuhauf auf dem erdigen Weg liegen, bilden mit dem Regenwasser der frühen Morgenstunden eine glitschige Pampe, die leise unter meinen Fahrradreifen schmatzt. Um kurz nach acht ist der Hofgarten fast menschenleer. Nur ein paar bettflüchtige Omis und einige bettvertriebene Mütter mit Kinderwagen ziehen ihre ersten Runden. Hier und da ein einsamer Mann mit Aktentasche, der mit leerem Blick und polierten Schuhen seinem Büro entgegenstrebt. Wenige Minuten später erreiche ich mein Büro. Die SPD-Ratsfraktion befindet sich am Düsseldorfer Rathaus, links neben der CDU und rechts von der Ratsfraktion der Grünen. Ein Referent der CDU und ein Ratsmitglied der FDP kommen mir am Rathausplatz entgegen. Die FDP grüßt nicht.

Ich leere den XXL-Briefkasten. Wie jeden Tag beherbergt er die wichtigsten Tageszeitungen und ungefähr zehn Briefe. Kurz vor den Wahlen sind es etwas mehr Briefe. Fast alles Anfragen von Bürgerinnen und Bürgern. Die meisten Anfragen erreichen uns allerdings mittlerweile via Mail. Mein Büro ist das letzte des Ganges, gleich neben dem Versammlungsraum, gegenüber dem Büro des Fraktionschefs. Mein Chef ist langweilig. Sein Schnäuzer spricht Bände. Er besitzt keinerlei Charisma, hat dafür aber Mundgeruch. Ausgerechnet er hat bei der letzten Kommunalwahl die meisten Wählerstimmen gezogen. Keiner weiß, warum. Im Flur hängen alte Plakate mit den echten Größen der SPD. Leider alle tot oder kurz davor. Es gibt ein riesiges Bildnis von Helmut Schmidt aus den Siebzigern. Natürlich mit Zigarette. Sein Gesicht wird partiell von Rauchschwaden vernebelt und ist dennoch völlig klar und präsent. Sein Blick in die Kamera ist direkt, entschlossen, hart und warm zugleich. Was für ein Politiker. Auch heute noch. Leider war ich während seiner Amtszeit noch nicht politisch aktiv, die Windel hätte auch gestört.

Wie sich unschwer erahnen lässt, gehe ich nicht ganz konform mit meiner Partei. Zwar bin ich seit ein paar Jahren Parteimitglied. Das war natürlich auch Voraussetzung für meinen Job. Aber eigentlich ist mir die SPD nicht konsequent genug. Ich mag es roter als rot. Linker als links. Ich liebäugele seit einer Weile mit der Linken. Das Parteiprogramm entspricht genau meinen Idealen. Sie sind die letzten bekennenden Pazifisten, ohne Wenn und Aber. Außerdem wollen sie eine Menge neuer Fahrradwege in Düsseldorf, aber das nur am Rande. Heute Abend ist eine Mitgliederversammlung der Linkspartei.

Sofern ich meine Tochter zur Oma umtopfen kann, werde ich hingehen. Einfach so, als Sympathisantin. Sahra Wagenknecht soll auch erscheinen. Hoffentlich klappt es. Ilse, die Oma meiner Tochter väterlicherseits, wollte mir gegen Mittag Bescheid geben. Ich weiß nicht, wie ich ohne sie klarkäme. Das Kind ist oft bei ihr. Mindestens einmal pro Woche, wenn wir SPD-Ratsversammlung haben. Die Versammlungen gehen immer bis 21 Uhr, ohne Ilse wäre das undenkbar. Auf ihren Sohn hätte ich allerdings auch verzichten können. Und sie vielleicht auch. Sie hält nicht viel von ihrem einzigen Sohn.

Ich gehe in unsere kleine Küche. Das ist ein echter Gerätepark. Hier könnte man kochen, backen, waschen, das alles für dreißig Personen. Aber eigentlich wird fast ausschließlich die Mikrowelle benutzt. Bei Versammlungen wird ein Caterer mit dem Essen beauftragt. Meistens bringt er italienische Vorspeisen. Mir wird immer schlecht von diesen öligen Speisen, obwohl ich alles liebe, was fettig ist. Ich werfe die beiden Kaffeemaschinen an. Während die Kaffeemaschinen fauchend ihren Dienst antreten, gehe ich in mein Büro. Es riecht nach Muff und Arbeit. Ich lege die Zeitungen und Briefe ab und lasse mich auf meinen Bürostuhl fallen. Wir seufzen beide.

Ich rufe alle Mails ab, die mich seit gestern, 15.30 Uhr, erreicht haben. Es sind an die vierzig, nur für mein Ressort. Ich bin Referentin für Gesundheit und Soziales, Kinder- und Jugendhilfe, Schule und Gleichstellung von Männern und Frauen. Eine Menge Holz. All diese Anfragen werde ich persönlich beantworten, sobald ich was gegessen habe. Ich lege mir meine Stullen zurecht. Ein Vollkornbrot mit vegetabiler Kräuterpastete und ein weiteres mit Honig. Dann hole ich mir den ersten Kaffee. Weil der Kaffee in der Maschine erst halb durch ist, schmeckt er angenehm stark. Dann mache ich mich über die Stullen und die Korrespondenz her. Wir stehen kurz vor den Bundestagswahlen, die Fragen der Bürgerinnen und Bürger werden sehr direkt und konkret. Sie wollen sicher sein, dass die SPD ihre Wahlversprechen halten wird. Dabei ist nichts so sicher wie die Unsicherheit.

Ich antworte im Sinne der Partei, obwohl die Unsicherheiten jede erdenkliche Grundlage haben. Ich arbeite ordentlich was weg und verzehre dabei eines der Brote. Das zweite, das leckere, hebe ich mir für später auf.

Um 9.40 Uhr bin ich mit der Post durch. Jetzt rufe ich noch rasch meine persönlichen Mails ab und lege mir die Honigstulle zurecht. Die Kontaktanfragen von gestern erscheinen zuoberst in meinem Postfach. Ich lese die zweite von oben, obwohl ich den kurzen Text auch imaginär abrufen könnte.

Hallo Herr Lehmann, Sie scheinen so zu sein wie ich, nur als hübsche Frau. Ich halte nichts von Umständlichkeiten und meine Telefonkarte ist leer. Wollen wir uns alsbald treffen? Treffpunkt: Neue Vahr Süd.
Schöne Grüße, der fantastische Mr. Fox

Die Mail ist ebenso direkt wie platt. Er möchte nicht lange mailen oder telefonieren. Er will mich direkt sehen.

Damit, dass er mich mit »Herr Lehmann« anspricht, beweist er zumindest etwas Humor. Herr Lehmann ist mein Pseudonym bei new.de. Meine Flirtanfrage hat offenbar auch Sven Regeners Bücher gelesen, das verrät der vorgeschlagene Treffpunkt.

Und er selbst hat als Pseudonym auch einen Buchtitel gewählt. Ich habe das gegoogelt, denn leider kannte ich das Buch nicht. Es ist ein Kinderbuch. Er scheint ebenfalls ein Kind zu haben, zumindest hat er eins in seinem Profil angegeben. Da können auch schon mal spontan fünf daraus werden. Ich hatte das mit einem Flirt des letzten Monats. Der Gute hatte unter Kinder ebenfalls die Zahl eins eingetragen. Als wir dann telefonierten, sind ihm spontan noch vier weitere eingefallen.

Ein Kind fände ich ja noch akzeptabel, am besten im Alter meiner Tochter. Für mehr fehlt mir einfach der Nerv. Mein Mutterinstinkt ist wahrscheinlich degeneriert. Babys zum Beispiel gehen mir richtiggehend auf die Nerven. Als meine Tochter klein war, habe ich sehr gelitten. Ich war überhaupt nicht verzückt von dem kleinen hilflosen Wesen, das sechzehn Stunden am Tag schlief und die restlichen acht Stunden schrie. Ich bekam Kopfschmerzen davon. Also hatte ich in ihrer Wachzeit Kopfschmerzen. Wenn sie schlief, langweilte ich mich entsetzlich. Ich hatte Augenringe bis zum Kinn. Das kam natürlich auch vom Heulen. Der Blues war so blau, blauer ging nicht.

Das lag natürlich auch an »Martin«. Er hat mich verlassen, als ich mit unserem Wunschkind im achten Monat war. Das heißt, eigentlich habe ich ihn rausgeschmissen. Mein Reaktionsspielraum war allerdings auch sehr eingeschränkt, nachdem er ein paar Nächte im Nirvana gewesen war und mir dann seine neue Freundin vorstellte.

Sein neugeborenes Kind hat er sich erst nach einer Woche angeschaut. Er war verzückt und zog verzaubert mit seiner neuen Schnalle seiner Wege.

Ich habe zwei Jahre gebraucht, um ihn nicht mehr zu hassen. Verziehen habe ich ihm bis heute nicht. »Martin« war meine große Liebe. Mittlerweile halte ich die Liebe für eine Illusion. Ich bin nicht mehr daran interessiert.

Aber ich vermisse das haptische, das körperliche. Den Sex. Der ist nicht illusorisch. Sondern handfest, im wahrsten Sinne. Den will ich.

Und darin bin ich mir mit meinen Flirtanfragen aus dem Netz grundsätzlich einig. In meinem Profil steht unter Beziehungswunsch: *eingeschränkt – nur Sex*. Meine Flirtpartner drücken es blumiger aus. Da steht nicht Sex, sondern Erotik. Sie meinen dasselbe.

Der fantastische Mr. Fox schreibt in seinem Profil:

Ich wünsche mir eine körperliche Beziehung, Liebe ausgeschlossen, Freundschaft erwünscht.

Sag ich ja. Und der fantastische Mr. Fox sieht fantastisch aus.

Wie Johnny Depp. O.k., wie Johnny Depp mit weniger Haaren. Dass Johnny Depp sich für Ute Schmittmann interessiert, beeindruckt mich. Auch seine Oldschool-

Ausdrucksweise finde ich ansprechend. *Wir sollten uns alsbald treffen.* Wer sagt heute schon alsbald? Ich benutze gerne diese alten Ausdrücke, die im Brei der Anglizismen und der Umgangssprache mehr und mehr in Vergessenheit geraten sind. Ich sage Fotoapparat statt Kamera, Mobiltelefon statt Handy. Ich benutze Worte wie »keck« und »kess«, »anderentags« und eben »alsbald«.

Ich weide mich noch eine lange Weile an seinem Foto, ohne jede Langeweile. Dann bekommt der fantastische Mr. Fox eine Antwort.

Heute, 21.15 Uhr. Neue Vahr Süd ist zu weit. Pechmarie, *Ackerstraße, Flingern?*, lautet mein knapper Text.

Es ist ziemlich forsch von mir, mich gleich zu verabreden. Auch deshalb, weil ich noch gar nicht sicher bin, ob Ilse meine Tochter nimmt. Falls nicht, müsste ich das Ganze wieder abblasen. Es ist allerdings wahrscheinlich, dass es klappt. Die Oma sagt fast nie nein. Ich glaube, sie versucht einen Ausgleich zu schaffen für das Versagen ihres Sohnes. Ich nutze das nicht aus. Aber es wäre schön, wenn es heute klappen würde. Dann wird das Kind auch bei ihr übernachten. Ich hätte freie Bahn. Für alles.

Ich mache mich noch über die andere Anfrage her. Es ist jetzt 9.45 Uhr, meine Kolleginnen und Kollegen müssten jeden Moment eintreffen.

Aber ich muss mir auch die andere Anfrage noch mal kurz ansehen.

Wagenknecht.

Das ist das Pseudonym dieses Mannes. Zuerst dachte ich, er wäre ein politisch Gleichgesinnter. In seinem Profil gab es allerdings keinen Hinweis darauf. Unter »Ausbildung« stand: *Automechaniker.*

Ich brauchte ein Weilchen, um das zu kapieren, dann fand ich es sehr komisch.

Schade, dass ich kein Auto mehr habe, sonst wäre so ein Wagenknecht sicher angenehm. Das Bild zum Mann zeigt wider Erwarten kein ölverschmiertes Gesicht, sondern eines, das für jede Waschmittelwerbung ordentlich was hermachen würde. Helle Haut, helle Haare, gewellt und nach hinten gekämmt, blaue Augen. Dazu der Ausschnitt eines weißen Hemdes. Ein klassisch schönes Gesicht, total aufgeräumt und klar. Sauber. Zum Glück ist das Lächeln dreckig, sonst könnte er mit seinen zweiundvierzig Jahren so ein Bubityp sein. Da steh ich jetzt nicht drauf.

Ich versüße mir Wagenknechts Anblick durch den Rest meiner Honigstulle. Vielleicht ist es auch umgekehrt. Ein dicker Tropfen des Honigs tropft auf die Tagesordnung des Ausschusses für Gesundheit und Soziales, die ich noch einscannen und an alle Ausschussmitglieder versenden muss. Ich wische den Tropfen mit den Fingern auf und verschmiere ihn dabei gleichmäßig über Zeile fünf. Ich wische noch mal drüber. Ein klebriger Rest glänzt beharrlich vor sich hin. Ich stülpe mir den Rand meines schwarzen T-Shirt-Ärmels bis über die Finger und wische damit über die glänzende Spur. Jetzt kleben feine tiefschwarze T-Shirt-Partikel mit Honig auf der Tagesordnung. Schließlich befeuchte ich ein Taschentuch mit Spucke und reibe an dem Fleck herum. Er wird größer. Er wird Loch. Jetzt werde ich es neu schreiben müssen.

So ist das halt. Wenn man versucht, kleine Fehler zu beheben, entsteht dabei manchmal ein größerer Schaden. So war das neulich auch mit diesen Haaren. Obwohl ich sehr blond bin, neige ich seit ein paar Jahren zu Damenbart. Rechts über meiner Oberlippe wachsen drei Barthaare. Ich habe sie mir vorletzte Woche mit einer Pinzette entfernt. Von meiner Haut wurde das mit einer centstückgroßen Hautirritation beantwortet. Das fiel jetzt deutlich mehr ins Auge als die immerhin blonden Barthaare. Man sollte kleine Makel akzeptieren, denke ich und betrachte wieder das makellose Gesicht des Wagenknechtes. Er ist mir etwas zu schön. Es ist ja nicht so, dass man selbst neben einem schönen Menschen erstrahlt. Im Gegenteil. Man wird sich seiner eigenen Unzulänglichkeiten noch schmerzlicher bewusst. Der knappe Text seiner Anfrage relativiert den augenscheinlichen Eindruck.

Das Foto ist sechs Jahre alt, ich habe es nicht geschafft, ein neues machen zu lassen. Stell dir das Ganze in fünf Kilo mehr und mit Brille vor. Die Haare sind jetzt nicht mehr so voll, dafür kürzer.

Du bist mir sympathisch, wir scheinen ein paar Vorlieben zu teilen. Sogar das fettige Essen. Wollen wir mal telefonieren? Ich bin zurzeit auf Jobsuche, du kannst mich gut erreichen. Übrigens, ich heiße Matze.

Darunter seine Handynummer.

Matze. Was ist das denn für ein Name? Wovon ist das die Abkürzung? Von Matzimilian?

Ich tippe die Nummer in mein Handy und speichere sie. Wenn ich mir Matze Wagenknecht in älter, fünf Kilo schwerer und so weiter vorstelle, gefällt er mir eigentlich noch besser. Die Brille gefällt mir am besten. Die wird er ausziehen, beim Sex. Das ist gut. Ich werde ihn morgen anrufen, oder schon heute Abend, falls das Treffen mit dem fantastischen Mr. Fox nicht stattfindet.

Die Tür geht auf und Bettina weht herein. Sie ist auch Referentin, wir teilen das Büro. Sonst nichts. Aber wir kommen klar miteinander. Ich klicke schnell auf das Schließen-Feld. Es reagiert nicht. Ich klicke und klicke.

»Wer ist das denn? Ein neuer Flirt? Ist der nicht viel jünger als du?«, fragt Bettina und starrt den Wagenknecht an. Bettina weiß, dass ich auf der Suche bin. Natürlich nicht von mir. Dummerweise wird bei uns getratscht, wie in jedem Büro.

»Ja, das ist ein Freund meiner Tochter«, antworte ich geistesgegenwärtig. Endlich schließt das Fenster, Matze verschwindet. Ich reiße das Bürofenster auf. Bettina verströmt ein süßliches Parfüm. Mir wird schlecht davon.

Bettina gleitet auf ihren Stuhl, sie ist gutaussehend, erfolgreich, liiert mit einem SPD-Politiker auf Länderebene. Sie ist ätzend. Wir arbeiten nicht viel zusammen. Nur nebeneinander.

Ich mache mich erneut über die Tagesordnung her. Ich hacke den zweiseitigen Text in zwei Minuten in meine Computertastatur. Tippen kann ich wie eine verdammte Cheftippse. Ich war halbe Ewigkeiten meines Lebens die Sekretärin eines Architekturbüros, obwohl ich eigentlich

Sozialpädagogik studiert habe. Nachdem ich mich in Halle als Sozialarbeiterin ein paar Jahre um schwererziehbare Jugendliche gekümmert hatte, musste ich dringend etwas anderes machen. Ich zog nach Düsseldorf und nahm die Stelle im Architekturbüro an. Jetzt hatte ich es nicht mehr mit schwererziehbaren Jugendlichen zu tun, sondern mit gebildeten, schlecht erzogenen Erwachsenen. Immerhin war es eine gut bezahlte Festanstellung und ich konnte nach der Babypause meine Arbeit fortsetzen. Mit fünfzehn Monaten kam meine Tochter in die Kita. Endlich konnte ich dem Hausfraueneinerlei entfliehen und wieder arbeiten. Ich wurde dafür heftig angefeindet, von Menschen, die keine Ahnung oder vergessen hatten, was es bedeutet, den ganzen Tag auf Kleinkindniveau zu vegetieren. Einmal erzählte ich einer älteren Dame an einer Haltestelle, dass wir gerade unterwegs zum Kindergarten waren.

Sie ließ abrupt ihre Alditüten fallen und fing an, mich anzuschreien. Dabei schoss so viel Blut in ihr Gesicht, dass die feinen roten Äderchen, die ihre faltigen Wangen durchzogen, bläulich aufschimmerten.

»Das ist ja wohl das Letzte, so einen kleinen Wurm in den Kindergarten abzuschieben! Ein Kind gehört mindestens vier Jahre zur Mutter und sonst nirgendwohin! Eine Schande, dass jemand wie Sie Kinder großziehen darf!«

Sie hatte die Hände in die Seiten gestemmt und sich so weit wie möglich zu mir nach vorne gebeugt, ihre Dauerwelle bebte. Den letzten Satz spie sie mir geradezu entgegen, kleine Spuckepartikel flogen in meine Richtung. Es war das Gift, das sie versprühte. Es landete auf meiner Jacke. Zwei Jugendliche, die auf den Plastiksitzen der Haltestelle fläzten und einer Bahn entgegenstierten, die noch gar nicht zu sehen war, wandten ihren stumpfen Blick durch die verdreckte Scheibe zu mir und lachten.

Ich ließ die Alte stehen, ohne ein Wort. Ich hätte ihr sagen können, dass es Väter gab, die sich mitten in der Schwangerschaft verpissten und keinen Unterhalt zahlten. Dass es Mütter gab, die arbeiten mussten. Und Mütter, die mehr wollten als Brei vom Kinn zu kratzen. Aber sie war sowieso taub und blind. Ich ging den ganzen Weg zur Kita zu Fuß. Ich wusste, dass ich alles richtig machte. Ich war glücklich. Die glücklichste schlechte Mutter der Welt.

Im Architekturbüro blieb ich, bis ich die Ausschreibung der Referentenstelle bei der SPD in der Zeitung las. Ich war wegen meiner Gesinnung sowieso für alle die »rote Ute« und wollte mich schon lange wieder politisch engagieren. Ich feilte drei Tage und Nächte an meiner Bewerbung und bekam den Job.

Seitdem sitze ich in der Ratsfraktion. Neben Bettina. Bettina macht sich breit, obwohl sie so schmal ist. Sie schaut mir ständig über die Schulter und kommentiert, was ich mache. Ich glaube, sie möchte auch, dass ich mich für ihre Arbeit interessiere, aber das tue ich nur bedingt.

Ich habe mir angewöhnt, ihre Fragen möglichst nur mit »Ja« oder »Nein« zu beantworten. Dann monologisiert sie noch ein wenig und ich lasse ihre Worte zwischen unseren PCs verebben. Seit die neue Praktikantin da ist, lässt sie ihren ganzen Text bei ihr raus.

Die Praktikantin entert wenige Minuten später das Büro und lässt sich schüchtern auf dem Stuhl nieder, den ich für sie heranziehe. Tatjana ist ein blasses hochaufgeschossenes Ding mit Brille und langen schwarzgefärbten Haaren. Sie ist achtzehn, hat gerade die Schule fertig und steckt voller Hormone und politischer Ideale. Sie ist seit letzter Woche hier und bisher hat ihre Arbeit nicht viel mit ihren Idealen zu tun. Weil sie sich mit Webdesign auskennt, wurde sie von unserem Ratsfraktionschef sofort mit der Pflege unserer Homepage beauftragt. Sie pflegt seit drei Tagen Fotos ein, nur unterbrochen von Ausflügen zum Kopierer und zur Kaffeemaschine. Das Ganze für vier Euro die Stunde. Das finde ich skandalös. Vier Euro für Webdesign. Vier Euro Stundenlohn ist generell eine Unverschämtheit, egal für welche Arbeit. Und das von einer Partei, die sich auf Bundesebene im Wahlkampf für einen flächendeckenden gesetzlichen Mindestlohn starkmacht.

Wirklich durchziehen würden das wahrscheinlich nur die Linken. Die heutige Mitgliederversammlung der Linkspartei fällt mir wieder ein. Ich rufe Ilse an.

»Ist gut, Ute, ich kann die Kleine nehmen. Geh du ruhig zu deinen Kommunisten«, sagt Ilse leichthin.

»Das sind keine Kommunisten! Jedenfalls nicht alle …«

»Ja, ich weiß, war nur Spaß. Du kannst sie mir um halb sechs bringen, ich muss sie dann nur zum Einkaufen mitnehmen.«

»Ja, kein Problem, das macht sie doch gern«, sage ich, obwohl ich weiß, dass meine Tochter Einkaufen hasst. Aber vermutlich nur, weil ich es hasse und weil ich ihr fast nie die Sachen kaufe, die sie zum Wagen schleppt. Das wird bei der Oma wahrscheinlich anders sein. Ich will es gar nicht wissen.

Meine Abendgestaltung ist gerettet, also zuerst die Linken, danach der fantastische Mr. Fox. Falls er zusagen sollte. Bisher hat er nicht geantwortet. Die Arbeit geht mir jetzt viel leichter vom Tisch. Es gibt noch eine lahme Konferenz zum Thema »Handlungskonzept Wohnungsmarkt«, an deren Ende es kein Konzept gibt, dann verlasse ich pünktlich um 15 Uhr das Fraktionsbüro und stehe im Regen. Ich zerre meine brandneue Regenbekleidung aus meiner Tasche. In dem Cape sehe ich aus wie ein Zelt. Ich wische mit einem Taschentuch notdürftig den Sattel trocken und schwinge mich fluchend mit wehendem Cape aufs Rad. Muss das jetzt schon wieder regnen? Ich hätte den Schaumfestiger doch nicht wegwerfen sollen, denke ich und zurre mir das häubchenähnliche Kopfteil des Capes fest ums Gesicht. Der Vorteil dieses Capes ist, dass man es auch über den Lenker inklusive Korb hängen kann. So bleiben auch Taschen und eventuelle Einkäufe trocken. Der Nachteil ist, man sieht einfach nur bescheuert aus. Gut, dass mich weder der fantastische Mr. Fox noch der Wagenknecht so sehen. Der Regen peitscht mir waagerecht entgegen, ich ziehe einhändig fahrend die Schnur noch etwas enger um mein klatschnasses Gesicht. Die billige Perlonschnur reißt und das Kopfteil weht mir haltlos um die Ohren. Jetzt sehe ich wahrscheinlich aus wie Witwe Bolte, die oben aus einem Zelt herausguckt. Ich halte die Kapuze fest und biege wieder in den Hofgarten. Keine Sau ist hier, bei diesem Wetter, der Spielplatz hebt sich verlassen und klatschnass vor einem tiefgrauen Himmel ab. Die einzigen Menschen, die mir entgegenkommen, sind ein paar Männer mit Aktentasche und albernen Regenschirmchen in der Hand. Die Schirmchen biegen und bäumen sich über den Köpfen ihrer Träger und versuchen, die 8,99 Euro wert zu sein, die sie gekostet haben. Es scheinen die gleichen Männer zu sein wie heute Morgen. Ihre Schuhe glänzen nicht mehr, dafür ihre Augen. Sie gehen nach Hause, Aktentasche und Schirm fest im Griff.

Wie zum Hohn hört der Regen auf, als ich an der Grundschule meiner Tochter ankomme, und die Sonne bricht durch die Wolken. Ich parke mein Rad und zerre mir das tropfnasse Ding vom Leib. Das soll mir mal jemand vormachen, wie man so ein Teil auszieht, ohne sich dabei schlussendlich doch total nass zu machen. Ich stopfe das triefende Cape in meinen Fahrradkorb und suche aus dem bunten Kinderknäuel auf dem nassen Schulhof meine Tochter heraus. Sie ist leicht zu finden, weil sie das einzige Kind mit orangefarbenem Haar an dieser Schule ist.

Meine Tochter hat sich mit ihren Freunden die größte Schulhofpfütze ausgesucht. Sie springen gleichzeitig darin herum, die Tornister auf ihren Schultern springen gegenläufig mit. Im Tornister meiner Tochter befindet sich ihre Regenbekleidung und ist trocken. Meine Tochter ist klatschnass.

Ich schaue mir das ein paar Minuten an und erinnere mich vage, dass es als Kind klasse war, in Pfützen zu springen. Meine Tochter sieht mich und meinen verklärten Blick und hüpft noch etwas fester. Viel anrichten kann sie damit nicht mehr. Bevor sie zur Oma geht, muss sie baden und alles wechseln, so viel ist mal klar. Endlich verlassen wir das Schulgelände und fahren langsam Richtung Brehmstraße. Mit langsam meine ich laaangsaaaam. Noch langsamer wäre stehen. Das nervt mich besonders beim Auffahren auf die Brücke. Eine Steigung ungewollt langsam zu nehmen, ist wahnsinnig anstrengend. Und natürlich ist auf der Jülicher Brücke auch jetzt Gegenwind.

Der Tütenmann kommt uns entgegen. Der Tütenmann ist ungefähr vierzig Jahre alt, hat ein gepflegtes Äußeres und pendelt den ganzen Tag mit zwei dick gefüllten Tüten und leerem Blick zwischen der Heinrichstraße und der Nordstraße. Ich treffe ihn fast täglich auf dieser Strecke, zu unterschiedlichen Uhrzeiten. Er überquert die Jülicher Brücke viele Male am Tag. Wie oft, weiß er wahrscheinlich selbst nicht. Wenn ich ihn sehe, frage ich mich immer, was in den Tüten ist. Es sind scheinbar immer die gleichen, eine rechts, eine links. Es muss etwas Schweres darin sein, sie ziehen ihn fast zu Boden. Die Tüten sind ganz abgewetzt und knittrig, man kann die Aufschrift nur noch erahnen. Es könnte das Logo von Otto Mess sein, das immer noch rötlich schimmernd dem Verfall trotzt. Eine Supermarktkette, die es schon seit zehn Jahren nicht mehr gibt.

Er kommt uns in der Mitte der Brücke entgegen, die Tüten fest im Griff. Natürlich macht er keinerlei Anstalten, uns auszuweichen, er macht nicht einmal Anstalten, uns wahrzunehmen. Ich mache dem Kind ein Zeichen, sich ganz rechts zu halten. Ich drehe mich zu ihr um und ziehe gleichzeitig selbst nach rechts rüber.

Ich sehe sie einfach zu spät. Die Taube stakst gemächlich gluckend direkt in mein Rad. Ich bremse und ziehe den Lenker nach rechts, es ist zu spät. Ein Flügel und der Kopf der Taube hängen zwischen meinen Speichen. Ich schreie, das Tier kreischt auf wie ein Kätzchen, meine Tochter prallt gegen den Tütenmann, wir schreien alle. Das Tier kämpft um sein Leben und flattert wie wild mit dem freien Flügel, seine Körperflüssigkeiten ergießen sich längst auf dem nassen Asphalt unter meinem Vorderreifen. Blut und Federn spritzen in alle Richtungen, ein paar dunkelrote Tropfen sprenkeln die linke Tüte des Tütenmanns. Ich stehe reglos da und heule. Mein Fahrrad schwankt bedenklich, weil ich selbst schwanke. Die Taube hat eines ihrer paillettenförmigen fahlen Augen auf mich gerichtet, ich kann sehen, wie das untere und das obere Augenlid gleichzeitig in rascher Frequenz auf und zu klappen. Sie kreischt und zappelt immer noch, einige ihrer bläulichgrauen Federn schweben ungerührt in der dunstigen Feuchtigkeit über dem Brückengeländer davon. Das Kind hat sein Fahrrad fallen gelassen und kotzt. Der Tütenmann lässt seine Tüten fallen. Er bückt sich über mein Fahrrad und zerrt die Taube aus den Speichen. Das Tier zuckt in seinen Händen und schreit mit weit geöffnetem Schnabel. Der Tütenmann packt den Kopf des Tieres. Ich schließe die Augen. Ich höre ein dumpfes Knirschen, einen letztes raues Kreischen, dann ist es still. Ich öffne meine Augen. Der Tütenmann wirft die Taube über das Brückengeländer auf die Schienen der S-Bahn. Dann nimmt er seine blutüberströmten Tüten in die schmutzigen Hände und geht.

Ich werde ihn in Zukunft weiterhin mit seinen Tüten sehen. Es sind immer noch dieselben. Er muss sie sorgfältig gereinigt haben.

Ich lehne mein Fahrrad an das rostige Brückengeländer und werfe einen zwanghaften Blick nach unten. Die S-Bahn rast vorbei. Doppelmord an einer Taube. Meine Tochter steht neben mir und blickt ebenfalls in die Tiefe.

Sie schiebt ihre kleine warme Hand in meine und ich atme einmal tief durch. In dem Moment, in dem der Zug endet und den Blick auf die Schienen freigibt, wenden wir uns beide ab und nehmen unsere Räder. Jetzt bin ich froh über die fehlende Geschwindigkeit. Meine Beine zittern immer noch. Die Pfützen, durch die wir fahren, befreien mein Vorderrad von Blut und kleinen Federn. Eine letzte große Feder baumelt noch am Schutzblech, als wir vor der Brehm-46 halten. Das Kind steigt zuerst ab und nimmt die Feder.

»Die beerdigen wir. Im Blumenkasten«, sagt sie mit ernster Miene.

Im Hausflur begegnet uns Nadja von oben. Sie muss mittlerweile im siebten Monat sein. Sie ist eine schöne Schwangere und sie sieht glücklich aus.

»Wie geht es euch? Ihr seht aus, als hättet ihr ein Gespenst gesehen«, sagt sie.

»Ja, so ähnlich ist es auch. Nichts für deinen Zustand.

Frag nicht«, presse ich durch meine Zähne. Sie nickt. Ich mag sie.

»Hübsche Feder«, sagt sie noch und streicht meiner Tochter über die verklebten Haare, dann zieht sie weiter.

Ich dusche sehr heiß. Anschließend stecke ich das Kind in die Wanne. Die Feder, die meine Tochter im Blumenkasten verbuddelt hat, während ich geduscht habe, lugt ein bisschen heraus. Ich sammele stöhnend die feuchten Klumpen Blumenerde auf, die bei der Beerdigung heruntergefallen sind. Ungefähr der halbe Blumenkasten. Dann will ich endlich auf andere Gedanken kommen und schalte den Computer an.

Der fantastische Mr. Fox hat geantwortet.

Gern, steht da. Sonst nichts. Hektisch lese ich mir die Einwortnachricht ein Dutzend Mal durch, so als könnten sich hierdurch noch weitere Worte hinzufügen. Dann lese ich noch mal meine eigene Nachricht, weil seine einfach zu kurz ist. Und weil ich vergessen habe, was ich vorgeschlagen hatte. 21 Uhr in der *Pechmarie*, Ackerstraße. Dank Ilse ist heute alles möglich. Ich werde von 19 Uhr bis 20.30 Uhr zu der Mitgliederversammlung der Linken gehen und danach diesen Mann treffen, der aussieht wie Johnny Depp. Und wie werde ich denn aussehen? Ich habe so gut wie nichts Schönes anzuziehen.

Ich probiere unterschiedliche Kombinationen meiner verwaschenen alten Klamotten und drehe mich vor dem großen Spiegel in der Diele nach allen Seiten. Ich finde meinen Hintern von allen Seiten zu dick, auch von vorne, und ich bedaure, dass ich in letzter Zeit nicht mal etwas

Geld in schönere Textilien investiert habe. Schließlich möchte ich nicht zu jeder Erstverabredung den einzigen hübschen Rock anziehen, den ich besitze, denke ich und entscheide mich im gleichen Moment dafür. Ich ziehe den rot-schwarz gemusterten Rock aus dem Schrank, er ist etwas zu kurz für mich. Und etwas zu eng. Ich drehe mich mit eingezogenem Hintern wieder vor dem Spiegel, dann lasse ich locker. In diesem Rock sieht mein Hintern nicht zu dick aus, sondern geil.

Meine Tochter taucht hinter mir im Spiegel auf, ihre Haare tropfen auf den Boden, sie hat sich nicht richtig abgetrocknet. Ich hole ein großes flauschiges Handtuch, wickele sie hinein und trage sie in ihr Zimmer. Wir sitzen eine Weile auf der Bettkante ihres Kinderbettchens und halten uns fest. Ich atme diese unglaubliche Mischung aus Kinderduft und Babyshampoo ein und bin plötzlich so glücklich, dass dieses Kind wie ein kleiner Eckpfeiler in meinem unsteten Leben ruht.

Wenige Minuten später schellen wir bei Ilse. Sie wohnt in der Brehm-44, gleich nebenan. Ilse umarmt zuerst das Kind, dann mich. Sie fast mich an den Händen und tritt einen Schritt zurück, sie schaut an mir rauf und runter.

»Schick! Sag mal, gibt es attraktive Männer bei den Linken?«

Ich trete verlegen von einem Bein aufs andere. Die rote Strumpfhose ist ungewohnt farbenfroh und die neuen Stiefeletten mit den halbhohen Absätzen sind total unbequem.

»Nein, oder, was weiß denn ich … Ich hab hinterher

noch was anderes vor«, sage ich und spüre, dass mein Gesicht jetzt super zur Strumpfhose passen dürfte.

»Na dann. Viel Spaß! Lass nichts anbrennen«, sagt Ilse und zwinkert mir zu. Als ich mich, so gut das mit einem engen kurzen Rock möglich ist, auf mein Rad schwinge, frage ich mich, was das überhaupt heißt, nichts anbrennen lassen. Komische Formulierung. Empfehlung einer Siebzigjährigen, die laut eigener Aussage mal ein flotter Käfer war. Also, nicht nur vor Horst, dem Vater von »Martin«.

O.k., Ilse, denke ich, während ich Richtung Karlstadt durch den abendlich feuchtwarmen Maitag strampele. Ich weiß nicht genau, was das heißt, aber es ist sicher was Versautes. Ich guck mal, was ich machen kann.

Als ich im Bürgersaal der Bilker Arkaden eintreffe, sitzen schon ungefähr vierzig Linke an kleinen schäbigen Vierertischen, auf denen eine auseinandergefaltete Serviette als Minitischtuch unter Papptellern mit billigen Keksen drapiert ist. Daneben Plastikbecher, Kaffee und eine Flasche Sprudel an jedem Tisch. Ich halte nach Sahra Wagenknecht Ausschau, sie scheint noch nicht da zu sein. Stattdessen scheinen hier alle Gebrechlichen und Greise aus Düsseldorf vertreten zu sein. Ich sehe Menschen, die im normalen Stadtbild mittlerweile fehlen. Einen buckeligen, einen superfetten, einen klumpfüßigen, einen mit Kehlkopfprothese.

Letzterer beugt sich zu mir herüber und legt einen Finger auf das Loch unterhalb seines Halstuches.

»Nimm Platz, Genossin«, röchelt er. Ich bleibe unschlüssig stehen und werfe unsichere Blicke in den mies beleuchteten Raum.

Das Durchschnittsalter beträgt ungefähr sechzig Jahre. Es gibt einen Tisch, an dem zwei Typen in meinem Alter sitzen, aber auch davon sieht mindestens einer nicht ganz takko aus.

Der Mann mit der Kehlkopfprothese schaut mich immer noch freundlich an und ich setze mich schließlich zu ihm an den Tisch und nehme ein Waffelröllchen.

Ganz vorne sind drei der weißen Resopaltische aneinandergeschoben worden, gleich neben dem Rednerpult. Hier sitzen drei Vorstandsmitglieder. Herr Gerlach, Frau Lubitz und Herr Bermann. Sie sitzen mit Blick auf die Vierertische und scheinen zu warten, dass Ruhe einkehrt. Alle drei haben ein Mikrophon. Frau Lubitz hat ihren Hund dabei. So ein kleiner verfilzter Fifi, der abwechselnd zu ihren Füßen lungert und bald aufspringt und zwischen den Tischen herumwedelt. Er lässt sich mit Keksen füttern und leckt Hände, während Herr Gerlach das Wort ergreift.

»Liebe Genossinnen und Genossen. Da ich nun aus Altersgründen meinen Rücktritt erklärt habe, sind wir hier zusammengekommen, um meine Nachfolgerin oder meinen Nachfolger zu wählen …«

Ich kann mich kaum auf seine Worte konzentrieren, weil ich immer noch interessiert die Menschen beäuge, die mit ernster Miene der Rede lauschen. Ich bin zweifelsfrei die normalste Person im Raum. Das hier ist eine reine Freakshow. Und damit meine ich nicht nur das Publikum. Ich sehe, wie Herr Bermann sich mit Blick zum

Publikum ungeniert zwischen den Zähnen herumpult und die Genossin Lubitz gleich mehrfach herzhaft gähnt. Ich sehe, wie der fette Mann sich ebenso breitbeinig wie gelangweilt den Schritt kratzt.

Während Frau Lubitz ihre Rede hält, geht plötzlich ein Raunen durch den Raum und alle Köpfe recken sich nach hinten. Frau Wagenknecht erscheint, flankiert von zwei jungschen Vorzeigegenossen auf Länderebene. Sie grüßt wie Queenmum jovial lächelnd nach allen Seiten und geht zum Tisch mit den Rednern. Ausgiebiges Händeschütteln und Nicken. Dann tritt Sahra Wagenknecht an das Rednerpult, das offenbar nur für sie aufgestellt wurde. Ob sich das gelohnt hat, weiß ich nicht. Ihre Ansprache dauert exakt 2.20 Minuten, ich habe auf die Uhr gesehen.

Was sie sagt, klingt professionell, überzeugend, engagiert. Was nicht überzeugt, das ist sie selbst. Sie liest ihre Rede ab, ohne ein einziges Mal den Blick zu heben. Sie hält sich am Pult fest und lässt die schmalen Schultern hängen. Meine große rote Heldin wirkt klein und zerbrechlich.

Die Genossinnen und Genossen scheinen das anders zu sehen. Sie bekommt haltlose Ovationen und nimmt an einem der Tische auf einem freien Stuhl Platz. Sofort wird sie umringt und schüttelt wieder Hände. Es gibt eine kleine Pause, die auch genutzt wird, um die Stimmzettel zu verteilen.

Die beiden Linken, die sich nun erheben, um die Zettel auszuteilen, sind ein visueller Knaller. Es sind ein Mann und eine Frau, die gegensätzlicher nicht sein könnten. Der Mann ist ungefähr zwanzig Zentimeter breit und zwei Meter hoch, bei der Frau ist es, mit wenig Übertreibung, genau umgekehrt.

Der Mann trägt eine Hose, die ihm beulig um die Streichholzbeine schlottert und nur von einem Paar Hosenträgern festgehalten wird. Er hat sie sich bis zum Rippenbogen hochgeschnallt, über einem schlabberigen Pullover. Die Hose, die normalerweise vielleicht lang genug gewesen wäre, gibt den Blick auf seine abgelatschten Birkenstocks und rötliche Socken frei. Er hat einen auffällig faltigen Hals und ein sehr kleines Gesicht, in dem unstete Augen unsicher zu seiner weiblichen Begleitung äugen.

Die beiden sind ein Paar, das sieht man sofort. Die Dame reicht ihm trotz der hochtoupierten Haare höchstens bis zum Brustbein. Sie hat ein dreistelliges Lebendgewicht, das in eine Art bodenlangen Umhang in dezenten Erdtönen gehüllt ist. Ihr Gesicht ist groß und strahlt vollflächig den dünnen Mann an. Die beiden halten sich an den Händen und halten in der freien Hand die Stimmzettel, die sie langsam und bedächtig verteilen.

Ich bekomme keinen, weil ich kein Mitglied bin. Ich erhebe mich und gehe zum Tisch von Frau Wagenknecht. Ich schiebe mich dezent vor die beiden letzten Gesprächsanwärter, es ist spät, ich muss gleich gehen. Dafür hat doch sicher jeder Verständnis.

»Hallo, Frau Wagenknecht. Ähm … Ich bin Sympathisantin«, sage ich. Ich beuge mich zu ihr herunter und stelle wie zum Beweis ein rotbestrumpftes Bein vor.

»Ah ja …«, sagt Sahra. Das ist alles. Sie wendet mir ihre straffe Hochsteckfrisur zu.

»Ähm … Wird wohl ein hartes Stück Arbeit … Also, der bevorstehende Wahlkampf«, schiebe ich irritiert nach.

Sie blickt kurz zu mir zurück.

»Ja. Wir müssen im Kontakt mit den Menschen bleiben. Das ist das Wichtigste«, sagt sie und wendet sich erneut ab. Und das war's.

Einer der Länderlinken, der neben ihr sitzt, drückt mir noch das Parteiprogramm und den Mitgliedsantrag in die Hand. Er lächelt gewinnend. Ich verlasse die Veranstaltung und stopfe das viele Papier in den ersten Mülleimer vor den Bilker Arkaden. Das Parteiprogramm ist überzeugend. Das wusste ich schon längst. Aber die Menschen, die es vertreten, nicht, denke ich und radele nachdenklich durch die abendlich belebten Straßen nach Flingern.

Zehn Minuten später biege ich in die Ackerstraße. Die neonrotfarbene Leuchtschrift der *Pechmarie* blinkt mich schon aus der Ferne an.

Ich parke mein Rad vor dem *Laternchen*, einem gutbürgerlichen Ambiente direkt neben der *Pechmarie.* Bevor ich dem fantastischen Mr. Fox begegnen kann, muss ich dringend die Lage peilen. Also, die Lage meines einzigen Push-up-BHs, der heute zum dritten Mal zum Einsatz kommt und um die Rippen herum kneift. Außerdem will ich alles noch mal im Spiegel kontrollieren. Nachschauen, ob mir der desaströse Beginn dieses Mittwochabends anzusehen ist.

Ich betrete die Kneipe und ernte ein paar aufmerksame Blicke der durchweg Ü-55-Hartz-4-Belegschaft. Hagere Männer und solche mit Bäuchen lehnen am Tresen vor ihren Herrengedecken, Bier mit Korn. Sie unterhalten sich nicht. Zumindest nicht, als ich hereinkomme. Im Hintergrund singt Marianne Rosenberg, im Vordergrund hantiert eine betagte Bardame mit frisch Gezapftem. Sie blickt auf und mustert mich ungeniert. Ihr ist völlig klar, dass das hier ein Irrtum ist.

»Wat suchen Sie, wenn isch fraren darf?«, fragt sie. Ihre Stimme ist überraschend hell für ihr Gesicht.

»Ich würde gerne kurz die Toilette benutzen, wenn das ginge«, sage ich dünn und sehe mich suchend um.

Die Bardame reckt ihr Kinn in die Richtung, aus der gerade ein Mann mit wenig Haar, viel Bart und zu kurzen Cordhosen kommt. Die Hose ist nicht nur zu kurz, sie ist offen. Er schließt sie im Gehen und stellt sich wieder vor sein Bier.

Ich finde die Toilette und stoße die Tür mit dem Fünfzigerjahre-Damensymbol auf. Es stinkt ekelhaft. Das Licht ist grell. Ich sehe in diesem Energiespardeckenlicht gar nicht aus, als hätte ich gleich ein Rendezvous. Ich sehe nicht mal so aus, als hätte ich jemals wieder eines, denke ich und schiebe schnell alles auf das miese Licht. Ich hole meinen Lippenstift heraus und male meine Lippen nach. Es wird nicht besser. Mit Lippenstift fühle ich mich irgendwie verkleidet und es schmeckt so fettig.

Ich bürste meine halblangen blonden Haare, die sich sofort statisch aufgeladen vom Kopf erheben. Danke, Schaumfestiger.

Ich gehe so nah an den Spiegel heran, dass ich fast meinen ganzen Körper sehen kann. Immerhin. Der Rock sitzt, die Strumpfhose ist geil, was soll mir passieren? So overdressed, wie ich mich eben bei den Linken gefühlt habe, werde ich mich in der *Pechmarie* sicher nicht mehr fühlen. Ich lächele mir selbst zu und bewundere kurz meine schönen Zähne, einfach als Affirmation.

Dann verlasse ich die Toilette und durchquere die Kneipe nun von der anderen Seite. Die gleichen Köpfe drehen sich träge in meine Richtung, ich versuche, niemanden anzusehen, mit Ausnahme der Bardame.

»Vielen Dank«, sage ich.

»Iss schon jut. Getz könnense nach nebenan jehn«, sagt sie.

Als ich wenige Sekunden später die Glastür zur *Pechmarie* aufdrücke, dröhnt mir laute Independent-Musik entgegen. Ich stolpere ins Dunkel der Bar, die ihrem Namen alle Ehre macht. Die Wände sind pechschwarz, die plüschigen Sofas, die Stehtische und die Barhocker ebenfalls. Nur der verchromte Tresen ist gut zu erkennen, er wirft etwas von dem schummrig roten Licht zurück, das von der Decke zuckt. Aber am Tresen sitzt niemand. Ich hätte mir das Ambiente vorher mal ansehen sollen, denke ich und fange an zu schwitzen.

Ich hatte mich voll auf die Angaben meiner Freundin Caroline verlassen, die hier schon einige Dates hatte. Sie sagte, die Bar wäre total super, klasse Atmosphäre. Die Musik ziemlich laut, das wäre gut, weil man beim ersten Treffen sowieso nur blöde rumstammeln würde. Hier würde man automatisch eher nonverbal kommunizieren. Außerdem wäre das Licht sehr schmeichelhaft, niemand würde ihre Pickel sehen. Glaube ich sofort. Ich sehe fast gar nichts. Ich erkenne auch niemanden, bis auf die weiß gekleideten Personen. Das sind zwei. Der fantastische Mr. Fox ist nicht dabei. Ich tappe unsicheren Schrittes in die Tiefe der schlauchförmigen Bar und versuche, nicht zu verloren auszusehen, während ich mich durch zwei Dutzend vorwiegend stehende und vorwiegend schwarzgekleidete Menschen drücke. Mir bricht der Schweiß aus, meine Beine sind weich. Mein Gott, ich finde ihn hier einfach nicht.

»Herr Lehmann?«, höre ich plötzlich eine Stimme direkt hinter mir.

Ich drehe mich abrupt um und pralle fast gegen ihn.

Er sieht tatsächlich genauso aus wie auf dem Foto. Zumindest in diesem Schummerlicht. Wie Johnny Depp mit sehr kurzem Haar. So wie in dem einen Film, dessen Titel mir gerade nicht einfällt. Wo er diese dicke Mutter hat. Ist ja auch egal. Wie Depp in Groß, er ist gut 1,85 m und sehr gut gebaut. Und ausgerechnet ich bin mit ihm verabredet. Wie kann das denn sein? Auch das ist mir egal. Er nimmt meine Hand, die ein bisschen feucht ist und zieht mich durch die umstehend Rumstehenden zu einem freien schwarzen Plüschsofa. Davor steht ein wackeliger kleiner Tisch, darauf ein Longdrink und die neonrosafarbene Getränkekarte. Er muss schon hier gesessen haben. Ich muss an ihm vorbeigestolpert sein, wie peinlich.

»Was willst du trinken?«, brüllt er.

»Mal sehen, äh …«, ich greife mir die Karte und erkenne

bei dem funzeligen Licht so gut wie nichts. Meine Lesebrille habe ich nicht dabei. Wenn ich sie dabeihätte, würde ich sie jetzt keinesfalls aufsetzen.

»Ich nehme einfach das, was du da hast«, sage ich schließlich und lasse mich tief in den schwarzen Plüsch sinken. Ich schlage die Beine übereinander und zupfe mir unauffällig den Rocksaum weiter nach unten, während er der Bedienung ein Zeichen gibt. Er zeigt auf seinen Drink und hebt lässig Zeige- und Mittelfinger. Dann betrachtet er mich. Mir wird ganz komisch davon. Es ist nicht nur, dass ich denke, jetzt, genau jetzt wird er feststellen, dass das hier ein Irrtum ist. Es ist auch die Art, wie er guckt. Da ist etwas Eigenartiges in seinem Blick.

»Wie heißt du eigentlich wirklich?«, brüllt er mir ins Ohr. Die Musik ist wirklich zu laut. Wir heben den Höflichkeitsabstand von einer Arschbacke auf und rücken ganz nah nebeneinander.

»Ute, und du?«

»Ernst.«

»Wie?«

»Ernst!«

Das muss ein Spaß sein. So kann jemand doch nicht heißen, mein Gott noch mal. Er sieht aus wie Jim, Jack oder Johnny, aber nicht wie Ernst!

Ist das ein Name, den ich in Ekstase brüllen könnte, frage ich mich kurz, dann nehme ich meinen Drink entgegen, den mir ein schlaksiges großes Ding in schwarzem Petticoat anreicht. Es ist eine türkisfarbene Flüssigkeit, am Rand des Glases klemmt eine aufgeschlitzte

Orangenscheibe. Ich nippe daran. Es schmeckt süß, irgendwie nach Anis.

»Der Name passt nicht zu mir, ich weiß. Meine Mutter war ein großer Hemingway-Fan, das ist wohl der Grund … Ich hasse Hemingway. Hast du etwas von ihm gelesen?«

»Ja, natürlich. Ich finde ihn großartig. Am besten gefallen mir *Wem die Stunde schlägt* und *Gefährlicher Sommer*«, sage ich und kippe den Rest des Cocktails auf ex.

Banause. Wie kann man Hemingway hassen? Kann ich mit einem Mann, der Hemingway hasst und schon nach fünf Minuten seine Hand auf meinem Knie ablegt, etwas anfangen? Ich brauche eine Art verbales Vorspiel. Gute anregende Gespräche. Über Kultur zum Beispiel. Über Hemingway zum Beispiel.

Natürlich war schon im Vorfeld klar, dass es darauf hinauslaufen würde, dass irgendwelche Hände beim jeweils anderen landen würden. Falls die Chemie stimmt. Das war der erklärte und eigentliche Sinn und Zweck unserer Verabredung. Aber wir haben bisher kaum vier Sätze miteinander gewechselt. Gut, das war auch schlecht möglich in der *Pechmarie*. Aber das hier geht mir doch ein bisschen zu schnell, denke ich und betrachte unverwandt die Hand, die auf meinem Knie ruht. Sie drückt nicht, reibt nicht, knetet nicht. Sie liegt einfach da. Sie sieht gut aus, das muss ich zugeben. Großer kräftiger Handteller, leicht behaarte lange Finger mit großen gepflegten Nägeln. An Ring- und Mittelfinger je ein Ring. Ein dünner Silberring am Ringfinger, ein Ring mit Totenkopf am Mittelfinger.

Ein Hauch von Jack Sparrow, sehr fantasieanregend. Nur halt zu früh. Und ich habe das Gefühl, hackedicht zu sein von dem einen Cocktail.

»Lass uns woanders hingehen«, raune ich und schiebe seine schöne Hand von meinem weichen Knie.

Wir gehen zum Tresen, er bezahlt.

Dann drängen wir aus dem soften Rosa der *Pechmarie* in das harte Laternenlicht der Ackerstraße. Im Kegel der Laterne von schräg oben sieht Ernst viel älter aus. Und ich mit Sicherheit auch. Die Stille, die uns jetzt umfängt, ist laut. Wir stehen unschlüssig herum und schauen hierhin und dorthin.

Ich überlege kurz, ob wir nun zu zweit im *Laternchen* einkehren sollten, verwerfe den Gedanken aber sofort.

»Gehen wir jetzt zu dir oder zu mir?«, fragt Ernst und lacht mich an. Er legt eine Reihe sehr schöner großer Zähne frei. Ich glaube dieses Lachen war's. Das hat mir so gut gefallen, dass ich leichtsinnig wurde.

»Also, wenn du so fragst, dann lieber zu mir«, höre ich mich sagen.

Wir lassen mein Fahrrad stehen und steigen in seinen dunkellila BMW.

Kaum habe ich den Sitz berührt, legt er eine CD ein und fährt los.

Morning Glory, ein uralter Song von Oasis, macht sich im Wagen breit.

Nicht ganz so laut wie die Musik in der *Pechmarie*. Und natürlich viel schöner. Oasis ist meine Lieblingsband. Ich habe das auf meiner Seite bei new.de angegeben.

»Du magst Oasis?«, frage ich ziemlich aufgekratzt.

Er nickt.

»Wo wohnst du?«

»Auf der Brehm. Nummer 46. Du musst hier nur noch geradeaus.«

Ich lasse mich von der Musik fluten und betrachte Ernst jetzt ungeniert von der Seite. Ach was, Ernst. Von der Seite sieht er noch mehr aus wie Johnny Depp. Ich gleite mit Johnny Depp durch die nächtlichen Straßen Düsseldorfs. Gleich werden wir ... Ach, was weiß denn ich.

Wir sind nach sechs Minuten da, *Morning Glory* ist gerade zu Ende, und brauchen noch weitere drei Oasis-Stücke, um einen Parkplatz zu finden. Ironischerweise ist nach einer Viertelstunde rastlosen Rumgeeiers um die anliegenden Blocks eine Parktasche direkt vor der Brehm-46 frei.

Ich steige vor Ernst die Treppe hoch. Es ist mir etwas unangenehm. Wenn ihm mein Hintern bisher noch nicht aufgefallen ist, dann spätestens jetzt. Auf Höhe der zweiten Etage winke ich wie immer kurz in Richtung der Wohnungstür von Frau Althaus. Ich weiß genau, dass sie immer vor der Tür steht und durch ihren Spion späht, sobald das Flurlicht angeht.

Ernst hält mich jetzt wahrscheinlich für völlig meschugge, aber er sagt nichts. Wir stolpern beim Betreten fast über die Inliner, die meine Tochter unbedingt mit zur Oma nehmen wollte und die ich kurzerhand zurück in die Wohnung geworfen habe.

»Ach ja, du hast ja ein Kind, eine Tochter, nicht wahr? Wo ist sie jetzt?«, fragt Ernst und blickt in sämtliche

Richtungen, auch hinter mich, so als müsste das Kind jeden Moment hinter mir hervorlugen.

»Sie ist nebenan, bei ihrer Oma«, sage ich und gehe in die Küche. Siedendheiß fällt mir ein, dass ich ganz vergessen habe, etwas Alkoholisches zu besorgen. Über den Taubentod am Nachmittag habe ich eigentlich den gesamten Einkauf vergessen. Ich zerre ein paar Erdnüsse aus dem Schrank und suche die Flasche Sekt, die von Silvester übriggeblieben ist.

»Du hast doch auch ein Kind? Wo ist das? Nur, damit wir alles komplett haben«, sage ich und finde die Flasche in meinem Wandschrank, hinter dem Staubsauger.

»Meine Tochter lebt bei ihrer Mutter. Ich habe sie nur jedes zweite Wochenende. Sie ist elf und heißt Maditha«, sagt er und trägt eine Mischung aus Stolz und Schmerz im Auge. Er ist mir sehr sympathisch in diesem Moment.

Ich setze mich zu ihm an den Tisch, schütte die Erdnüsse in ein kleines grünes Schälchen und kippe zwei Weingläser etwas zu voll. Sektgläser besitze ich nicht.

»Maditha? Das klingt hübsch. In Anlehnung an Astrid Lindgren? Was für ein Zufall. Meine Tochter sieht aus wie Pippi Langstrumpf.«

»Ah, o.k., aber sie heißt nicht so, nehme ich an. Das hast du ihr sicher nicht angetan?«

»Nein. Sie heißt Anika.«

»Eine Anika, die aussieht wie Pippi Langstrumpf. Cool«, sagt er und lacht.

Dann blickt er sich in meiner Küche um. Die Küche ist klein, so wie die ganze Wohnung. Ich habe jeden Zentimeter genutzt. Überall sind große und kleine Schränke und Regale auf den Zehntelmillimeter genau eingepasst, damit ich all meine Dinge und Bücher unterbringe. Ich habe verdammt viele Dinge und Bücher. Die Schränke sind fast alle von Ikea. Ich habe sie samt und sonders alleine zusammengeschraubt und wenn nötig auf die krummen Altbauwohnungsmaße zurechtgesägt. Auch die Arbeitsplatte in der Küche habe ich selbst ausgesägt und verflanscht. Ich bin die Königin der Bohrmaschine. Damit hätte ich ihn jetzt gerne beeindruckt. Es beeindruckt jeden Mann. Aber er fragt nicht nach den Möbeln. Nur nach dem Herd.

»Du kochst nicht gerne?«

Ich gebe zu, dass man diesen Schluss ziehen muss, wenn man meinen Herd betrachtet. Die Abdeckung ist heruntergeklappt. Seit Jahren.

Auf der Abdeckung türmen sich Unterlagen.

»Tja, bei mir ist der Herd für die eigentlich wichtigen Dinge des Lebens da, für meine Arbeit«, sage ich selbstbewusst.

»Aha. Ich koche ganz gerne«, sagt er. Das ist zwar schön zu hören, aber er ist leider nicht auf das Stichwort »Arbeit« eingegangen.

Sein Blick schweift weiter durch meine vollgestopfte bunte Küche und bleibt an dem Erich Honecker-Portrait über meiner Spüle hängen.

»Bist du politisch aktiv?« Endlich stellt er die richtigen Fragen.

»Ja, aber nicht, was du jetzt vielleicht denkst. Ich habe

nur lange in Halle gelebt und liebe diese DDR-Reliquien, fast mein gesamter Hausrat ist im DDR-Design. Aber ich bin keine Kommunistin. Ich bin Referentin bei der SPD.«

Ich kippe ihm und mir Sekt nach, beschließe aber, meinen nicht mehr zu trinken. Sonst bin ich gleich natterbreit.

»Aha. Das ist ja interessant.«

Warum stellt er dann keine Fragen, Herrgottnochmal!

»Was machst du eigentlich beruflich?«, frage ich und nippe nun doch an meinem zweiten Glas Sekt.

»Ich bin Geschäftsführer von Sporetex. Wir stellen dieses grüne kratzige Scheuerzeugs her, das an der Rückseite von Spülschwämmen ist. Das ist viel spannender, als es jetzt im ersten Moment klingt. Wir sind gerade dabei, den asiatischen Markt zu erobern!«

»Na, das klingt ja …«

Weiter komme ich zum Glück nicht. Mir wäre wahrscheinlich nicht viel dazu eingefallen. Der großen ausladenden Geste, mit der Ernst mir die Weite des asiatischen Marktes verdeutlichen wollte, fällt das Weinglas zu Opfer. Der Sekt ergießt sich auf dem Tisch und tropft nun gleichmäßig in meine rote Strumpfhose. Ich springe auf und hole einen Lappen.

Seitlich neben Ernst stehend wische ich das perlige Zeugs vom Tisch, als er mich plötzlich zu sich auf den Schoß zieht.

Ich halte immer noch den gesättigten Lappen, der Sekt tropft jetzt auf sein schönes weißes Hemd. Das scheint ihn nicht zu stören. Er fängt an, mich zu küssen. Er küsst toll. Nicht zu nass. Nicht zu laff. Er küsst ein wenig fordernd, das mag ich. Und das Wichtigste: Er riecht überhaupt nicht aus dem Mund. Komischerweise nicht mal nach dem Sekt, den er gerade getrunken hat. Relativ schnell tastet er nach meinen Brüsten, die schon seit geraumer Zeit darauf drängen, aus diesem sperrigen Wonderbra befreit zu werden. Ich möchte ihn allerdings am liebsten anbehalten, egal, was jetzt kommen mag. Seine Hände flattern über meinen halben Körper und ich denke, wie eigenartig, dass ich mich unter diesen Händen augenblicklich beklemmend weiblich fühle. Ich werde jetzt auch mutig und befühle seinen Oberkörper. Er ist total durchtrainiert. Ich öffne ein paar Knöpfe seines Hemdes und lasse meine Hand daruntergleiten. Seine Brust ist wenig behaart und bebt leicht.

»Zieh doch das nasse Zeugs aus«, flüstert Ernst und schiebt seine Hand weit oberhalb des nassen Fleckes zwischen meine Beine. Er selbst beginnt sein Hemd auszuziehen. Sofort nehme ich seinen Geruch wahr. Er riecht wunderbar nach Mann. Sein Geruch macht mich schwindelig. Den Rest erledigt der ungewohnte Alkohol, der durch meine Blutbahn kreist.

Ich ziehe ihn in mein Schlafzimmer, auf mein Bett.

Ein paar Minuten betasten wir uns wie die ersten Menschen. Er hat einen beeindruckenden Penis. Ziemlich groß. Leicht nach links geknickt. Total steil. Ich möchte dringend von ihm gevögelt werden.

Plötzlich sagt er: »Was hältst du davon, ein bisschen zu spielen?«

»Hä?«

»Ich meine Sexspiele …«

»Wie meinst du das?«, frage ich.

»Ich würde dich gerne ans Bett fesseln. Nur so, weißt du? Das macht mich an … Und dein Bett ist dafür gut geeignet.«

Er rüttelt ein wenig an dem Gestänge meines alten Messingbettgestells.

Ehrlich gesagt kenne ich mich mit so etwas nicht aus. Mir ist normaler Sex in Missionarsstellung eigentlich ganz recht. Am liebsten sogar. Aber ich möchte nicht langweilig erscheinen.

»Wie stellst du dir das vor?«, frage ich.

»Na ja, ich zeig's dir am besten.«

Er geht in die Küche und holt seine Jacke. Unglaublicherweise holt er ein Bündel Schnüre aus seiner Jackentasche und legt sich damit zurück zu mir aufs Bett.

»Das hier sind Hanfschnüre. Die sind ganz locker gedreht, du könntest sie mit wenig Anstrengung zerreißen. Das heißt, du wärest nicht wirklich gefesselt, also, zumindest bist du damit nicht so gefesselt, dass du mir ausgeliefert wärest. Du könntest dich leicht befreien, weißt du? Komm, es ist einfach geil … Lass es uns probieren«, sagt er und dreht nervös an seinen Schnüren herum. Ich hätte bei meiner Entscheidungsfindung nicht auf seinen herrlichen Schwanz schauen sollen.

»Ja, o.k.«, sage ich und kichere wie ein Mädchen. »Aber nur kurz. Und nur die Arme. Wenn ich nicht mehr will, bindest du mich sofort los.«

»Natürlich«, sagt er und wickelt seine Schnüre auseinander.

Ich lasse mich seelenruhig mit den Handgelenken an das Kopfteil meines Bettgestells binden und kann nicht aufhören zu kichern. Mein Gott, ist das aufregend. Und erregend. Ich spüre tatsächlich große Lust. Gleichzeitig bin ich erwartungsvoll aufgekratzt.

»Spreiz die Beine«, sagt Ernst, als ich festgezurrt vor ihm auf meinem Bett liege. Ich geniere mich ein wenig. Ich kichere immer noch herum.

»Spreiz die Beine!«, fordert er jetzt mit bebender Stimme und wichst sich im Stehen den Schwanz.

Das ist der Moment, in dem sich meine Lust abrupt in Angst verwandelt und seine in Zerstörung.

»Na hör mal …«, sage ich matt, da reißt er mir schon die Beine auseinander und dringt hart in mich ein. Ich schreie auf vor Schmerz. Seine Ohrfeige trifft mich mit der Handkante an der linken Schläfe. Mir wird schwindelig. Ich glaube sogar, ich bin kurz ohnmächtig.

»Du dreckige Fotze! Du willst, dass ich es dir besorge? Ich mach dich fertig, das vergisst du nie!«, brüllt er. Es ist Ernst.

Er stößt wie besessen in meinen Unterleib und presst dabei meine Beine nach oben. Ich zerre wie wild an den Schnüren, sie bohren sich in meine Handgelenke, ich schreie, so laut ich kann. Ein Faustschlag trifft mein Gesicht, meine Oberlippe ist auf der Stelle taub, sie blutet. Eisengeschmack macht sich in meinem Mund breit. Hoffentlich schlägt er mir nicht meine schönen Zähne aus, denke ich noch, da trifft mich der nächste Faustschlag am Wangenknochen. Jetzt habe ich Angst um mein Leben.

Ich zerre wieder an den Stricken, ich versuche meine Beine frei zu bekommen, aber er stemmt sich mit seinem ganzen Gewicht darauf. Meine Befreiungsversuche scheinen ihn noch aggressiver zu machen. Er fängt an, auf meine Brüste zu schlagen, auf meinen Bauch, meine Oberschenkel. Immer wieder springt er halb von mir herunter, wichst mit einer Hand hart an sich rum und prügelt mit der freien Hand auf mich ein. Dann dringt er wieder ein. Ich habe das Gefühl zu sterben. Ich schreie nicht mehr. Ich habe keine Kraft mehr. Ein Gemisch aus Tränen und Blut rinnt mir in den Mund, ich höre auf zu atmen. Plötzlich habe ich glasklar meine Tochter vor Augen. Ein letztes Mal brülle ich aus Leibeskräften.

Dann schellt es Sturm. Gleichzeitig hämmert es wie wild an der Tür.

Ernst springt vom Bett auf. Er schleicht wie ein Tier zur Zimmertür und horcht. Ich weiß nicht, wo ich die Kraft hernehme. Ich zerre mit aller Gewalt an den Stricken. Hanf ist tatsächlich nicht besonders reißfest. Eine Schnur reißt und gibt meinen rechten Arm frei. Dann fällt mir die Bohrmaschine ein. Sie muss noch neben meinem Bett liegen. Gestern habe ich bei Ikea neue CD-Regale geholt und angefangen, sie neben meinem Bett aufzubauen. Ich taste nach der Maschine. Es ist keine Amateurbohrmaschine. Sondern eine Hilti. Es schellt weiter Sturm. Jetzt höre ich Frau Althaus.

»Wat is denn da los? Ich hol die Polizei! Machense die Tür auf!«

Ernst kommt zurück zum Bett. Er beugt sich über mich.

»Du hältst die Fresse, verstanden?«, sagt er. Dann schlage ich zu.

Ich ziehe ihm die Hilti von hinten über den Schädel. Er sackt augenblicklich neben mir zusammen.

»Ich sollte dir noch die Eier damit am Bein festdübeln«, flüstere ich, während ich meinen anderen Arm befreie.

Dann lasse ich mich auf den Boden fallen und krieche heulend zur Wohnungstür, vor der immer noch meine Nachbarin steht und schellt. Ich bin zum ersten Mal froh, sie zu sehen, als ich hockend, nackt und blutend die Wohnungstür öffne.

»Ja, holen Sie bitte die Polizei, Frau Althaus«, sage ich.

2. OG, FRAU ALTHAUS

Hildegard schläft schon. Sie liegt auf dem Rücken, ihr Mund ist leicht geöffnet. Sie schnarcht ein bisschen. Ich greife nach ihrem Kinn und klappe ihren Unterkiefer einfach nach oben. Das Schnarchen verstummt. Jetzt wird es ungefähr drei Minuten dauern, bis es von vorne losgeht. Hildegard schläft immer mit Kissenberührung ein. Das ist der Schlaf der Unschuldigen. Ich liege wach.

Für gewöhnlich brauche ich zwei bis drei Stunden zum Einschlafen. Das war schon immer so. Ich kann mich nicht erinnern, dass es jemals anders war. Ich liege da und schwitze. Es sind nicht die Wechseljahre. Die liegen schon hinter mir. Ich bin nervös. Hildi sagt, ich bin zu empfindlich. Sie hat ja Recht. Aber wie soll man bei dem Lärm auch zur Ruhe kommen? Das Haus liegt an einer vierspurigen Straße.

Manchmal habe ich das Gefühl, es ist eher eine Autobahn. Eine Autobahn mit Straßenbahnen, das muss man sich mal vorstellen. Lärm rund um die Uhr. Erst gegen zwei in der Früh wird es etwas leiser. Das ist die Zeit, in der mich meistens der Schlaf holt. Gegen sechs werde ich wieder geweckt, weil das Haus langsam in Bewegung kommt. Die Nachbarn sind laut. Die Wände sind dünn. Die Straßenbahn fährt auch wieder. Es ist schrecklich.

Ich schaue auf die Uhr. Es ist halb eins. In der Wohnung unter mir beginnt gerade erst der gemütliche Teil des Abends, um das mal vorsichtig auszudrücken. Die beiden sind vor acht Wochen eingezogen. Vielleicht sind die auch gar nicht eingezogen. Sie scheinen nur nachts da zu sein.

Dann aber unüberhörbar. Vielleicht benutzen die diese Wohnung auch als Stundenhotel. Man weiß es ja nicht. Ich sag nur, Geschlechtsverkehr, bis die Wände wackeln. Ich kann hören, dass sie gerade wieder loslegen. Die Frau stöhnt wie eine brunftige Hirschkuh. Ekelhaft. Ich merke, wie mein Blutdruck steigt. Mein Internist, Dr. Brunnen, hat gesagt, ich soll mich nicht aufregen.

»Wie soll ich das machen?«, hab ich gefragt. »Wohnen Sie mal in so einem Tollhaus, dann reden wir weiter.«

Er kennt das Haus, ich erzähle ihm ständig, was hier los ist. Er war auch schon da. Er hat neulich noch einen Hausbesuch gemacht, als Hildegard die Lungenentzündung hatte.

»Dann ziehen Sie um. Oder benutzen Sie Ohropax«, sagt er einfach.

Ich ziehe nicht um. Wir wohnen seit gut sechzig Jahren hier. Also, Hildi und ich. Ich war fünf, als wir in die Brehmstraße zogen, meine Schwester wurde ein Jahr später hier geboren. Unser Halbbruder Theo war zwölf. Die Wohnung hat unser Vater damals gekauft, das ist das einzig Gute, was man über ihn sagen muss. Der Vermieter war ein Dr. Blumfeld, ein praktischer Arzt. Er hat damals nur diese eine Wohnung verkauft, um seine Praxis zu finanzieren. Die war in der Erdgeschosswohnung und dort lebte er auch, mit seiner Familie. Der Doktor war sehr nett. Ich verdanke ihm viel. Sehr viel. Er hatte einen Sohn in meinem Alter. Das ist der jetzige Vermieter, der Neurologe Dr. Blumfeld. Der ist nicht nach seinem Vater geraten. Er lässt das Haus verkommen, es kümmert ihn nicht. Und er lässt all diese windigen Gestalten hier einziehen. Dabei war das hier mal ein gutes Haus.

Bis in die achtziger Jahre konnte man hier ein anständiges ruhiges Leben führen. Jetzt hält man es wirklich nur noch mit Ohropax aus. Bis zum Trommelfell ramme ich mir die Dinger in den Gehörgang. Die tiefen Töne kommen trotzdem an. So wie dieses Gestöhne da unten. Es ist unerträglich.

Der Mann soll Polizist sein, da kann man sich schlecht beschweren, sagt Hildi. Die sitzen am längeren Hebel. Matthes Born heißt der. Über die Dame weiß ich noch nichts, nur ihren Namen. Manuela Hirsch. Das passt zu ihrem Gebrüll. Verheiratet sind die auf keinen Fall. Die benehmen sich wie die Teenager, dabei sind die gar nicht mehr so frisch. Ich stehe auf und nehme den Stock, der in der Zimmerecke lehnt. In der Küche habe ich einen zweiten Stock. Dann muss ich nicht immer hin und herrennen, um ihn zu suchen. Ich stoße den Stock so fest ich kann dreimal auf den Boden. In einem Abstand von einer Sekunde, ungefähr. Danach lege ich mich wieder neben Hildegard und warte. Ich zähle, mein Herz rast.

Ich komme bis zweiundsiebzig. Länger sind die nicht still. Ich weiß trotzdem, dass ich sie gestört habe. Mehr kann ich nicht machen. Nach jedem Klopfen sinkt mein Blutdruck etwas. Ich klopfe oft. Man muss sich doch nicht alles bieten lassen. Und auch, wenn danach nur kurz Ruhe ist, habe ich ein bisschen Dampf abgelassen.

Jetzt rappelt das Bett schon wieder heftiger. Ich wälze mich aus dem Bett und laufe im Nachthemd in den Hausflur.

»Is da mal Ruhe jetzt!«, brülle ich. Ich höre sie kichern. Sie machen sich über mich lustig. Ich lege mich wieder ins Bett neben die friedliche Hildi.

»Irmi, du hörst aber auch wirklich das Gras wachsen«, hat Hildegard eben zu mir gesagt. Bis vor kurzem war sie eigentlich ähnlich empfindlich. Wir haben uns mit den Stöcken abgewechselt. Gut, sie ist nicht bei jedem Geräusch zusammengezuckt, so wie ich. Aber Lärm hat sie auch gestört.

Gleich hat die Hirschkuh da unten ihren Höhepunkt, danach der Kerl. Dann ist kurz Ruhe. Meistens fangen die nach einer halben Stunde von vorne an. Schrecklich. Mir ist Körperlichkeit zuwider. Ich muss mir das alles anhören und auch noch alleine, Hildi schläft ja selig. Wenn wir uns wenigstens zusammen aufregen könnten. Ihren Schlaf möchte ich haben. Hildi hatte immer diesen Dornröschenschlaf. Ich weiß das. Wir haben immer zusammen in einem Bett geschlafen. Schon als wir Kinder waren. Und später im Heim. Man hatte uns getrennt, aber nachts, wenn alles schlief, bin ich zu ihr herübergeklettert.

Die Heimleiterin hat uns ständig dafür bestraft. Sie fand das unnatürlich. Was soll daran unnatürlich sein, wenn Schwestern ein Bett teilen? Wir wollten es so. Die Strafen haben wir einfach in Kauf genommen. Wir ließen uns nicht trennen.

Vor zwei Jahren kam Hildi dann auf diesen Selbsterfahrungskurs. Sie ist zu diesem Seelenklempner gegangen. Der fand das auch unnatürlich, dass wir zusammen wohnen und das Bett teilen. Hildi hat sich eine eigene Wohnung genommen, zum ersten Mal. Wenn man von den sieben Wochen mit ihrem Walter, 1978, absieht. Ging total in die Hose damals. Sie spricht nicht mehr darüber. Vor anderthalb Jahren zog sie auf Anraten dieses Psychiaters in eine kleine Wohnung direkt um die Ecke, Harleßstraße 72. Seitdem ist sie die halbe Woche dort. Also drei Tage. Und auch die Nächte. Das sind die Nächte, in denen Hildi auch nicht schlafen kann. Wir telefonieren dann manchmal.

»Warum kommst du nicht einfach rüber?«, frage ich sie oft.

»Dr. Steiner findet es ganz wichtig, dass ich unabhängig werde. Er sagt, es ist besser für uns beide.«

Warum glaubt sie ihm, der hat doch keine Ahnung. Wir brauchen uns. Wir haben uns immer gebraucht. Dieser unfähige Seelenklempner will mir den einzigen Menschen nehmen, der zu mir gehört. Aber Hildi ist ganz angetan von ihm. Dr. Steiner hier, Dr. Steiner da. Jetzt soll ich nächste Woche auch noch mit ihr dort hingehen. Sie hat mich sehr darum gebeten. Ich werde es tun, nur für sie. Aber ich lasse mir nichts von ihm einreden.

Ich muss eingeschlafen sein. Als ich vom Zuschnappen der Haustür hochschrecke, ist es 2.30 Uhr. Sofort bin ich hellwach. Ich laufe zum Wohnzimmerfenster und sehe nach, wer das Haus verlässt. Eigentlich weiß ich es. Ich schließe Wetten mit mir selbst ab. Wenn Hildi mal nicht schläft, wetten wir gemeinsam, wer gerade kommt oder geht. Ich gewinne fast immer. Aber jetzt schläft sie ja.

Die meisten Bewohner unseres Hauses kann ich am Schritt erkennen. Und an ihren Atemgeräuschen. Außerdem kenne ich ihre Zeiten. Ich weiß, wann wer das Haus verlässt und wann die Person für gewöhnlich zurückkehrt. Eine Weile habe ich mir das notiert. Ich weiß zum Beispiel, dass Frau Havelmann aus der Parterrewohnung nach Hause kommt, wenn abends um 18.20 Uhr die Haustür ins Schloss fällt. Da habe ich noch gar keine Schritte gehört. Oder morgens um 7.30 Uhr. Das ist Frau Schmittmann mit ihrer Tochter, vom Dritten. Seit dem, ich sag mal »Vorfall« neulich, ist die Schmittmann sehr nett zu mir. Nur ihr Kind hat sie immer noch nicht im Griff. Diese kleine Rotzgöre kennt nur eine Gangart. Hüpfen. Meistens singt sie auch noch! Nicht schön, aber laut. Muss doch nicht sein. Ich bin ja auch nicht für preußische Strenge. Obwohl die auch ihr Gutes hatte. Aber ein bisschen Rücksichtnahme auf die Nachbarn sollte man seinen Kindern beibringen. Da hat das ganze Haus was davon, wenn die Schmittmann mit ihrer Tochter kommt und geht. Der Vorteil ist natürlich, dass ich sofort höre, dass sie es sind, die das Haus verlassen.

Nur bei den jungen Dingern im vierten und fünften

Stock komme ich manchmal ins Schleudern. Die haben keine festen Zeiten. Ich erkenne sie trotzdem an der Art, wie sie die Treppen hochgehen. Das Schwangerchen von ganz oben stampft wie ein Pferd. Hoffentlich wird das bald besser. Der SPD-Sprössling geht unglaublich langsam. Wie so ein alter Mann. Kein Pepp, der Junge.

Meine Eigenwette habe ich auch diesmal gewonnen. Es ist das verkommene Pärchen aus der ersten Etage. Ich stehe hinter der Gardine meines dunklen Wohnzimmers und beobachte, wie der Polizist und seine Bekannte die Fahrräder aufschließen, die sie wie immer achtlos an die Hauswand gelehnt haben. Kaum haben die ihre Räder aufgeschlossen und die Lenker in der Hand, lassen sie die Lenker auch schon wieder los und küssen sich. Minutenlang! Das ist auch kein Küssen mehr. Die fressen sich die Köpfe ab. Auf offener Straße. Haben die denn gar kein Schamgefühl!

Gut, um diese Uhrzeit ist selbst auf der Brehmstraße nicht mehr viel los. Ungefähr alle vier Minuten kommt ein Auto vorbei, das haben wir mal gestoppt. Also, das ist natürlich ein Durchschnittswert. Seit die sich da unten verlustieren, ist noch kein Auto vorbeigefahren. Vielleicht sieht es keiner. Aber ich. Ich sehe es! Kann man denn nicht mehr nachts um halb drei aus dem Fenster gucken, ohne einen halben Porno zu sehen? Jetzt greift der Polizist seiner Hirschkuh auch noch in den Ausschnitt! Und, oh mein Gott. Zwischen die Beine.

Plötzlich guckt die Frau nach oben. Sie sieht mich. Mit dem ausgestreckten Arm zeigt diese Hure auf mich und lacht.

Ich koche vor Wut. Mein Blutdruck steigt mit jeder Sekunde, die ich mir das da unten ansehen muss. Der Polizist hebt auch den Blick.

Beide starren mich jetzt an und tuscheln. Weil immer noch kein Auto vorbeifährt und das Fenster auf Kipp ist, höre ich fast alles. Sie sprechen auch nicht gerade leise.

»Die stalkt uns! Ist das gruselig! Die Alte steht da im Dunklen hinter der Gardine und guckt! Dass die da stehenbleibt … Die sieht doch, dass wir sie gesehen haben, das müsste der doch peinlich sein«, sagt die langhaarige Schlampe.

Wieso soll mir das peinlich sein? Wenn hier jemandem was peinlich sein müsste, dann diesen beiden schamlosen Personen! Ich kann aus dem Fenster gucken, sooft ich will und wann ich will.

Jetzt hebt der Mann einen kleinen Gegenstand nach oben und richtetet ihn auf mich. Ich kann nicht erkennen, was es ist. Es blitzt.

Himmelherrgott. Er hat mich fotografiert! Mit seinem Handy.

Was hat der damit vor? Jetzt gehe ich doch einen Schritt zurück, so dass sie mich nicht mehr sehen und auch kein Foto mehr schießen können. Vielleicht ist das erste ja nichts geworden. Ich kann nicht mehr gut verstehen, was sie sagen, aber ich höre was von »Anzeige wegen Stalking«.

Vor Schreck laufe ich so weit nach hinten in die Wohnung, wie es überhaupt möglich ist. Bis auf meinen Balkon. Dort lasse ich mich auf unsere Gartenbank fallen.

Ich muss mich beruhigen. Mein Herz pumpt, als käme ich gleich ins Fegefeuer. Was soll der schon machen, mit diesem Foto? Das beweist gar nichts. Da kann der tausendmal Polizist sein.

Ich versuche, ruhig zu atmen. So wie Dr. Brunnen es mir neulich gezeigt hat. Bis in den Unterbauch. Ich komme nicht mal in den Oberbauch mit meinem Atem. Das ist wieder diese Schnappatmung, ich hechele richtig.

»Ruhig Irmi, ruhig«, flüstere ich mir selbst zu. So wie unsere Mutter es früher gesagt hat. Das hilft. Ich beruhige mich.

Ich rieche die Hyazinthen, die Hildi gestern in die Blumenkästen gepflanzt hat. Sie verströmen einen schweren süßen Geruch. Hübsch sehen sie aus. Von außen nach innen eine rote, eine blaue, eine weiße, zu beiden Seiten. Ganz symmetrisch. Im mittleren Blumenkasten Begonien, im letzten Geranien. Die Geranien sehen traurig aus. Ich habe vergessen, sie zu gießen. Sie brauchen viel Liebe. Ich stehe auf und fülle die Gießkanne in der Küche. Dann gieße ich die Blumen. Im Haus gegenüber ist noch Licht in zwei Fenstern. In der Dachwohnung im fünften Stock und in der Parterrewohnung. Es beruhigt mich immer, wenn um diese Uhrzeit auch noch andere Menschen wach sind. Dann kommt mir meine eigene Schlaflosigkeit nicht so komisch vor. Manchmal schlafe ich immer noch nicht, wenn der Morgen sich zaghaft im Innenhof ausbreitet und auch die beiden Schlaflosen von gegenüber endlich das Licht gelöscht haben. Dann fühle ich mich wie der einsamste Mensch auf der ganzen Welt.

Das ist besonders häufig der Fall, wenn Hildegard in ihrer Wohnung ist. Aber jetzt ist sie ja hier. Ich gehe zurück ins Schlafzimmer, drehe aber wieder um und gehe noch mal zum Fenster im Wohnzimmer. Ganz langsam nähere ich mich der Gardine und spähe hinunter auf die Straße.

Die beiden sind weg.

Die Haustür fällt mir ein. Mit Sicherheit haben sie die Tür nicht abgeschlossen. Ich habe schon vor Jahren extra ein Schild anfertigen lassen. Darauf steht:

Bitte die Haustür ab 22 Uhr abschließen. Danke.
Der Eigentümer.

Das mit dem Eigentümer habe ich einfach so gemacht. In der Hoffnung, dass man sich dann daran halten würde. Aber außer mir und Frau Havelmann schließt niemand die Tür ab. Das Schlimmste ist, alle wussten, dass ich das Schild aufgehängt habe. Ich habe gehört, wie die anderen Mieter gelästert haben. Sie haben sich darüber lustig gemacht. Dabei ist das so wichtig! Wer weiß denn, wer sich hier nachts herumtreibt?

Passiert ja allerhand. Und neulich habe ich den Beweis bekommen, dass es richtig ist, auf die Tür zu achten. Das war, als ich Frau Schmittmann das Leben gerettet habe. Der Kerl, der sie vergewaltigt hatte, wollte abhauen, als er wieder zu sich kam. In Unterhose und offenem Hemd ist der die Treppe runtergestolpert. Unten kam der aber nicht raus. War ja abgeschlossen. Der rappelte da rum und brüllte, bis die Polizei da war. Da habe ich aufgeschlossen.

Die mussten ihn dann aus dem Keller pflücken, in den er geflüchtet war. Den Krankenwagen für die Schmittmann hab ich dann auch noch bestellt.

Sollen mich doch alle belächeln. Dabei können sie froh sein, dass sie mich haben.

Ich gehe im Nachthemd die beiden Etagen hinunter und drücke vorsichtig die Klinke der Haustür nach unten. Auch diese innere Wette habe ich gewonnen. Die Tür ist offen. Kurz öffne ich die Tür und schaue nach draußen. Ein Awista-Reinigungsfahrzeug rödelt vorbei. Der Fahrer guckt mich an, als wäre ich ein Gespenst.

Ich schließe ab. Erschöpft falle ich endlich neben Hildi ins Bett. Das Bett ächzt, bis ich mich zurechtgelegt habe. Es ist schon sehr alt. So lange ich denken kann, steht es hier, an dieser Stelle. Unsere Mutter hat schon in diesem Bett geschlafen. Bis ich dreizehn Jahre alt war und Hildi sieben.

Dann kam unsere Mutter ins Krankenhaus, um ihr drittes Kind zu gebären.

Es sollte eine Hausgeburt werden, so wie bei mir und Hildegard. Aber es gab Komplikationen. Schließlich fuhr unser Vater mit ihr und der Hebamme zum Vinzenz-Krankenhaus. Uns Kinder nahm er mit. Nur Theo nicht, der war noch auf der Arbeit. Unser Vater gab uns Geld für ein Eis. Dann verschwand er mit unserer Mutter und der Hebamme im Inneren des Krankenhauses. Hildi und ich suchten ein Büdchen. Wir kauften zwei Vanilleeis mit Schokoglasur und setzten uns damit auf die Stufen des Krankenhauses. Dann spielten wir vor dem Krankenhaus

Fangen und Verstecken. Wir spielten, bis es dunkel wurde. Endlich kam unser Vater durch den Haupteingang nach draußen. Er ging ganz langsam. Er ging immer langsam, wegen seiner Kriegsverletzung. Aber da ging er besonders langsam. Wir liefen ihm entgegen.

»Kommt mit«, sagte er.

»Können wir jetzt das Baby sehen?«, fragte ich.

Wir konnten kein Baby ansehen. Stattdessen sollten wir uns von unserer Mutter verabschieden. Sie hatten einen Notkaiserschnitt gemacht. Das haben sie damals noch nicht oft gemacht. Es war schiefgegangen. Sie hatten es beide nicht überlebt. Die Hebamme hatte unseren Vater überredet, dass er uns die Gelegenheit gibt, Abschied zu nehmen.

Wir hatten genau die Zeit, die es brauchte, die Treppe hochzusteigen, um das zu begreifen. Dann standen wir vor diesem Bett. Man hatte unsere Mutter bis oben hin zugedeckt. Ganz klein und weiß war sie. Ihr Gesicht sah anders aus. Das tote Kind hatte man neben sie gelegt. Ich habe nur einen kurzen Blick auf das kleine Bündel in dem riesigen Tuch geworfen. Ich hasste es. Es hatte mir meine Mutter genommen.

Hildi begriff nicht. Sie kletterte an dem Bett herum und rief immer: »Mama, wach auf!«

Unser Vater schrie sie an. Dann brach er zusammen. Er lag vor uns auf dem gelbgrünen Linoleum, die Beine ausgestreckt.

»Jetzt sind sie beide tot«, dachte ich. Man sah seine Beinprothese. Unser Vater hatte vor dem Krieg mit beiden

Beinen im Leben gestanden. Er war mit einem Bein aus dem Krieg zurückgekehrt. Dieser Tag, an dem unsere Mutter starb, hatte ihm endgültig den Boden weggezogen.

Hildi begriff endlich. Wir weinten. Unser Vater kam wieder zu sich und weinte auch. Ich habe ihn nie wieder weinen sehen. Auch nicht bei der Beerdigung.

Sie liegt auf dem Heerdter Friedhof, Grab Nummer 13, schräg gegenüber den Toiletten. Hildi und ich gehen nicht oft hin. Wenn wir dort sind, pflanzen wir Hyazinthen. Das waren ihre Lieblingsblumen. Unseren Vater besuchen wir nicht. Dabei liegt er im selben Grab. Nur ein Jahr später ist er auch hier beigesetzt worden. Aber an ihn denken wir nicht mehr. Er existiert nicht mehr für uns.

Nach Mutters Tod haben Hildi und ich in ihrem Bett geschlafen. Das hat sich bis heute nicht geändert. Bis auf die sieben Jahre im Kinderheim und Hildis Zeit mit Walter. In diesem Bett habe ich unsere Mutter manchmal noch gespürt. An manchen Tagen konnte ich sie fast riechen. Ansonsten war sie weg. Ich war jetzt Hildis Mutter. Ich bin es immer noch. Ich habe mich mein Leben lang für sie verantwortlich gefühlt. Das wird sich nie ändern, denke ich noch, da holt mich endlich der Schlaf.

Als ich erwache, ist es taghell. Hildi hat schon die Vorhänge geöffnet und macht sich summend in der Küche zu schaffen. Ich hatte einen ungewöhnlich klaren Traum, aus dem ich nur schwer erwache. Theo kam darin vor. Theo, wie er früher aussah, als wir ihn zuletzt gesehen haben. Er lebt irgendwo bei Braunschweig, wir haben keinen

Kontakt. Wir standen uns nie nahe. Er ist aus der ersten Ehe unseres Vaters hervorgegangen.

Im Traum habe ich ihn beängstigend deutlich gesehen. Wir könnten ihn mal ausfindig machen und uns bei ihm melden. Wir verschieben das seit fünfundvierzig Jahren. Aber er hätte sich auch melden können. Ich frage mich, was er wohl macht. Wahrscheinlich ist er längst Großvater.

Ich werfe einen Blick auf den Wecker und fahre erschrocken hoch. Es ist 8.20 Uhr! Es muss Jahre her sein, dass ich zuletzt so lange geschlafen habe. Ich bin nicht von der kleinen Schmittmann aufgewacht, auch nicht von Frau Havelmann, die für gewöhnlich um 8.10 Uhr das Haus verlässt. Ich muss fünf Stunden am Stück geschlafen haben. Normalerweise sind es höchstens vier. Mehr brauche ich nicht. Schon als Kind habe ich höchstens sechs Stunden geschlafen. Mit zunehmendem Alter ist es immer weniger geworden. Ich mache mir Sorgen. Irgendetwas stimmt nicht mit mir. Ich werfe mir meinen Morgenrock über und gehe schnurstracks zu Hildi in die Küche.

»Morgen, Hildi. War alles wie immer, heute Morgen? Ich habe gar nichts mitgekriegt. Bis gerade eben habe ich geschlafen, kannst du dir das vorstellen?«

»Natürlich. Ich habe es ja gesehen.«

»War nichts Besonderes?«

»Nein, das Übliche. Sei doch froh, dass du mal ein bisschen mehr geschlafen hast«, sagt Hildi und stellt mir meinen Kaffee zurecht. Sie lässt zwei Stücke Zucker in die Tasse gleiten und füllt sie mit einem Schluck Milch auf.

»Das war etwas zu viel Milch, Hildi, du weißt doch, ich mag ihn fast schwarz.«

Hildi lacht. Das tut sie morgens nie.

Sie schiebt mir die Grahambrötchen über den Tisch, die sie wie immer beim Bäcker an der Ecke gekauft hat.

»Ich glaube, Dr. Steiner hat Recht. Du hast einen Kontrollzwang«, sagt sie.

»Ich habe … was?«

Mir fällt fast der Kaffee aus dem Gesicht.

»Einen Kontrollzwang. Du musst alles im Griff haben. Wenn nicht, fühlst du dich schlecht.«

»Ich fühle mich hervorragend!«

»Aber eben hast du dir Sorgen gemacht, weil du mal nicht alles mitbekommen hast.«

»Ja, weil ich normalerweise alles mitkriege. Und weil ich nie so lange schlafe. Da kann man sich doch mal Sorgen machen, Himmelsakra…«

»Nein.«

»Was geht das Dr. Steiner an, ob ich wasauchimmer angeblich kontrolliere?«

»Er sagt ich wäre coerkrankt. Ich hätte auch Zwänge, aber nicht so ausgeprägt wie du. Bei mir sieht er gute Heilungschancen.«

»Ach, und bei mir vielleicht nicht?«

»Ich denke, du meinst, du hast gar nichts?«

»Nein, hab ich auch nicht. Aber jetzt nur mal angenommen, dein Seelenklempner hätte Recht? Meint der denn, ich hätte keine Heilungschancen?«

»Doch. Aber er meinte, er sähe bei dir keine Bereitschaft.

Weil du dich ja auch bisher weigerst, mit zu ihm zu kommen. Er hat dich jetzt schon öfters eingeladen, mich zu begleiten.«

»Was heißt denn hier weigern? Bist du warum auch immer bei ihm in Behandlung, oder ich? Ich habe kein Problem mit mir. Wenn der eins mit mir hat, soll er doch bei mir vorbeikommen.«

»Ihm geht es doch eigentlich um mich, weil ich ihn aufgesucht habe. Ich weiß, dass ich Probleme habe. Und du hast auch welche, du weißt es nur nicht.«

»Gar nicht.«

»Wohl.«

Hildi hat sich zu mir an den Tisch gesetzt und pflückt ein paar Brötchenkrümel aus der Bügelfalte der Tischdecke. Über uns ist plötzlich lautes Gepolter zu hören. Dann ertönt Kindergeschrei. Wie kann das sein? Das Schmittmannkind muss doch in der Schule sein? Ich springe auf und nehme den Küchenstock. Gerade möchte ich ihn dreimal gegen die Decke stoßen, da nimmt Hildi mir den Stock aus der Hand. Auch das hat es noch nie gegeben. Ist heute Gegenteiltag oder was ist hier die Situation?

»Das Kind ist krank. Ich habe die Mutter eben getroffen.«

»Dann sollte es erst recht nicht solchen Krach machen! Kranke Kinder gehören ins Bett.« Ich nehme den Stock wieder an mich und hämmere damit gegen die Decke. Dreimal.

»Dr. Steiner sagt, Kinderlärm sollte man ein Stückweit tolerieren«, sagt Hildi schüchtern.

»Was ist denn jetzt los? Möchtest du vielleicht zu deinem großen Dr. Steiner ziehen?«, fahre ich Hildegard an.

»Nun übertreib mal nicht, Irmgard. Ich finde nur, er hat Recht, in vielen Punkten. Und ich wünschte, du würdest nicht alles verdrängen und wärest nicht zu feige, mal mit ihm zu sprechen.«

Ich springe so plötzlich von meinem Stuhl auf, auf dem ich gerade wieder Platz genommen hatte, dass er krachend zu Boden fällt.

»Ich und feige? Das kann doch wohl nicht dein Ernst sein! Gut, Hildegard. Ihr wollt es, ihr kriegt es. Wann soll ich mit dir hingehen?«

»Heute habe ich einen Termin …«

Am Nachmittag gehe ich also mit meiner Schwester zu diesem Übermenschen, Dr. Steiner. Seine Praxis ist am Staufenplatz in bester Wohnlage. Hildi hat ihn heute Morgen noch angerufen und ihm mitgeteilt, dass sie mich mitbringen wird.

Wir gehen den ganzen Weg zu Fuß. Es ist ein Junitag wie gemalt, der Himmel blau mit Schäfchenwolken, die Luft angenehm warm, wenn auch ein bisschen schwül. Wir laufen schweigend durch den Zoopark zur Graf-Recke-Straße. Hildi geht mir zu schnell. Ich habe seit drei Jahren Probleme mit der Hüfte. Ich will nicht klagen. Wenn Hildi wüsste, welche Schmerzen ich habe, würde sie darauf bestehen, dass ich die Operation nicht länger herausschiebe. Dr. Brunnen hat mir schon Anfang letzten Jahres gesagt, dass ich um die Titanhüfte nicht herumkommen werde. Seitdem behaupte ich immer, die Schmerzen wären besser geworden. Dabei wird es immer schlimmer. Bei jedem Schritt spüre ich dieses Stechen im rechten Hüftknochen. Ich muss mich darauf konzentrieren, nicht das Gesicht zu verziehen. Die Physiotherapeutin hat gesagt, Bewegung hilft. Man könnte den Schmerz auch willkommen heißen, dann ginge er manchmal von selbst. Sie ist so ein junges Ding und ziemlich esoterisch. Sie weiß noch gar nicht, was Schmerzen sind. Bei mir ist der Verschleiß schon zu weit fortgeschritten, da hilft nicht mal mehr die bunte Willkommen-Girlande.

Die Operation will ich einfach nicht. Ich habe panische Angst vor Krankenhäusern. Meinen Blinddarm habe ich mir auch erst entfernen lassen, als er durchgebrochen war und der Tod mir schon die Hand reichen wollte.

»Können wir vielleicht ein bisschen langsamer gehen?«, sage ich so beiläufig wie möglich, auf halber Strecke zwischen der Graf-Recke-Straße und dem Staufenplatz. Ich spüre Schweißtropfen auf meiner Stirn zittern.

»Hüfte?«, fragt Hildi und schaut an mir herunter.

»Nein, nein, ich bin heute nur etwas kurzatmig. Die Hitze macht mir etwas zu schaffen.«

Hildegard verlangsamt ihren Schritt.

»Na hör mal, ist doch nicht so heiß. Bist du aufgeregt, wegen des Termins?«

»Ich? Nein. Ganz und gar nicht. Pah. Als ob ich mir in die Hose mache wegen diesem kleinen Seelenklempner.«

Dr. Steiner ist wirklich nicht besonders groß. Kaum größer als Hildegard und ich.

Er reicht zuerst mir die Hand, dann Hildegard.

»Althaus mein Name«, sage ich. Vollkommen überflüssig. Das weiß er ja wohl.

»Schön, dass Sie heute beide hier sind, kommen Sie gleich mit mir durch«, sagt er und geht mit flinken Schritten voran. Hildi folgt ihm lächelnd, ich gehe zögernd hinterher. Ich habe jetzt noch mehr Schweiß und nicht nur auf der Stirn. Das liegt nicht mehr an meiner Hüfte.

Der Behandlungsraum ist hell und sehr modern eingerichtet. Alles in Weiß.

Ich lasse mich Millimeter für Millimeter in einen weißen Polsterstuhl sinken, beim Setzen muss ich ein wenig aufpassen, wenn ich längere Strecken gelaufen bin.

Der Doktor sitzt uns gegenüber, er schlägt die Beine übereinander. Hildi tut es ihm gleich. Bei mir geht das im Moment nicht.

Dr. Steiner sieht ganz anders aus, als ich ihn mir vorgestellt habe. Er ist Mitte fünfzig, nicht sonderlich groß, nicht besonders kräftig und hat trotzdem diese große Ausstrahlung. Er sieht gut und wichtig aus, ich weiß nicht, woran das liegt. Es gibt diese Menschen. Seine Nase ist fein und lang, die Stirn ist hoch, das graue Haar dick, die Brille ebenfalls.

Vielleicht ist es auch seine Stimme. Die klingt sehr gut. Ungefähr wie die Stimme von Bernhard Grzimek, falls den noch jemand kennt. Das war dieser berühmte Tierfilmer.

Dr. Steiner sitzt einfach da und legt seine Fingerkuppen aneinander. Er schaut uns abwechselnd an und sagt nichts.

»So, jetzt haben sie die beiden alten Häuser da sitzen«, bricht Hildegard schließlich das Schweigen. Sie ist offenbar zu Scherzen aufgelegt. Sie kichert. Mir wird schlecht. Ich mag keine Witze über unseren Namen. Als wir noch beide bei der Post gearbeitet haben, sagte ständig jemand so was wie: »Na altes Haus, wie steht's?«

Ich mag überhaupt keine Witze.

Dr. Steiner lacht höflich. Dann betrachtet er mich.

»Sie sehen Ihrer Schwester sehr ähnlich, Frau Althaus«, sagt er.

»Ja. Das liegt daran, dass wir Schwestern sind«, sage ich. Mein Gott. Ich weiß gar nicht, was ich sagen soll.

»Also, ich weiß ja nicht, was das hier soll«, sage ich schließlich. »Sie wollten mich sprechen, sagte Hildi … also, Hildegard. Schießen Sie los.«

»Ja, richtig, Frau Althaus. Ich würde mich gerne mit Ihnen beiden über Ihre Lebenssituation unterhalten. Die scheint mir etwas … ungewöhnlich.«

»Was soll daran ungewöhnlich sein?«, blaffe ich ihn an.

»Es kommt nicht oft vor, dass Schwestern Ihres Alters zusammenleben und schon immer zusammengelebt haben. Und nun bin ich ja schon seit Längerem regelmäßig mit Ihrer Schwester im Gespräch und weiß, dass sie diese Situation nicht in allen Punkten als gelungen empfindet, um nicht zu sagen, sie hat einen gewissen Leidensdruck …«

»Was ist los? Hildi hat Leidensdruck?«

Ich schaue zu Hildi herüber.

Hildi stiert an mir vorbei, aus dem Fenster. Da gibt es

nichts zu sehen. Die Fenster sind zur Hälfte mit einer undurchsichtigen Folie beklebt. Man sieht nur ein Stück blauen Himmel. Leidensdruck! Davon hat sie mir nie etwas gesagt.

»Hildegard! Ist das wahr? Was ist in dich gefahren? Wir führen doch ein gutes Leben! Oder etwa nicht?«

Hildegard schaut mich kurz an, senkt aber sofort den Blick. Ihr Auge zuckt wieder, das hat sie immer, wenn sie nervös ist.

Bei mir zuckt gleich womöglich alles, ich spüre, wie mir mein ganzes Blut in den Kopf steigt.

»Reg dich bitte nicht so auf, Irmi«, sagt Hildegard leise.

»Ich reg mich auf, wann ich will!«, poltere ich. »Du hast Leidensdruck? Jetzt sag doch endlich!«

»Was heißt Leidensdruck? Ich merke nur in letzter Zeit, dass ich mein eigenes Leben brauche. Wir beiden waren immer zusammen, solange ich denken kann. Versteh das bitte nicht falsch, ich bin gerne mit dir zusammen. Aber, verstehst du, jetzt sind wir schon so alt und ich habe gar nichts für mich.«

»Du hast doch schon deine eigene Wohnung, weil der da«, ich zeige auf Dr. Steiner, »dir das eingeredet hat! Und seitdem kann ich gar nicht mehr schlafen!«

»Moment, Frau, äh, Althaus. Ihre Schwester ist nicht für Ihren Schlaf verantwortlich. Ich verstehe ja Ihre emotionale Erregung. Aber ich muss Sie bitten, etwas mehr Contenance zu bewahren. Wie empfinden Sie denn das Zusammenleben mit ihrer Schwester?«

»Wir führen ein bescheidenes, aber gutes Leben.

Hildegard ist für mich wie eine Tochter. Ich habe mich immer um sie gesorgt. Und das ist jetzt der Dank dafür …«

»Aber sie ist nicht Ihre Tochter. Und selbst wenn sie es wäre, sie ist sechzig Jahre alt. In diesem Alter können auch Töchter auf eigenen Beinen stehen, finden Sie nicht?«

»Natürlich. Das ist wahr. Aber wir wollten es doch so, all die Jahre, nicht wahr, Hildi? Wir hatten immer diese besondere Beziehung zueinander, schon als wir noch Kinder waren. Und was ist dann dagegen einzuwenden, wenn Schwestern die Wohnung teilen?«

»Nun ja. Dagegen ist schon etwas einzuwenden, wenn eine Abhängigkeit in emotionaler Hinsicht besteht, die sich negativ auf Ihrer beider Wohlbefinden auswirkt.«

Dr. Steiner drückt, während er redet, seine Zeige- und Mittelfinger gegen seine Schläfen, lässt kurz locker und drückt erneut. Offensichtlich bereite ich ihm Kopfschmerzen. Dazu hat er diesen Blick. Er sieht mich an, als wäre ich nicht ganz bei Trost. Durch meine eigenen Schläfen peitscht mein Blutdruck im kritischen Bereich, das spüre ich.

»Hörense mal, Sie Oberschlauer. Wat soll dat denn heißen? Uns jehdet doch beiden jut! Und wat jeht Sie dat überhaupt an? Kümmernse sisch um Ihre eigene Emotionalität!«

Wenn ich sehr aufgewühlt bin, spreche ich Düsseldorfer Platt. Nur dann.

»Irmgard!«

Meine Schwester stößt mich in die Seite und knetet nervös am Bezug der Sitzfläche ihres Sesselchens herum. Sie wirft Dr. Steiner einen unsicheren Blick zu. Der macht eine beschwichtigende Handbewegung in meine Richtung.

»Bitte beruhigen Sie sich, Frau Althaus. Niemand möchte Ihre gute Beziehung zueinander infrage stellen. Weder ich noch Ihre Schwester. Allerdings hat Ihre Schwester mich aufgesucht und ist bei mir seit längerem in Behandlung, weil sie sich mit ihrer Lebenssituation nicht mehr uneingeschränkt wohl fühlt. Dies gilt es zu respektieren, auch und gerade, wenn Sie so an Ihrer Schwester hängen.«

Er wendet sich Hildi zu.

»Frau Althaus, teilen Sie ihrer Schwester doch an dieser Stelle mit, was Sie sich wünschen«, sagt er mit Nachdruck.

Hildi macht sich ganz klein. Wir schauen uns einen Moment an. Der Moment ist kurz. Ich sehe plötzlich, dass sie alt ist. Es ist eigenartig. Ich habe in ihr immer das kleine hilfsbedürftige Mädchen gesehen, das sie mal war.

»Irmgard, ich möchte mehr in meiner Wohnung sein. Ab nächsten Monat werde ich nur noch die Wochenenden mit dir verbringen. Ich muss entdecken, wer ich selbst bin«, sagt sie mit überraschend fester Stimme.

»Wenndedisch in seschzisch Johren nit jefunden hess, dann vill Spass beim Söken«, blaffe ich.

Meine Atmung ist flach und schnell. Mein Blut pulsiert in meinen Ohren, ich höre ein Rauschen. Gleich werde ich bestimmt ohnmächtig. Aber vorher muss ich noch was sagen. Ich bemühe mich, Hochdeutsch zu sprechen, damit der feine Herr Doktor mich auch versteht.

»Jetzt haben wir all die Jahre so gut zusammengelebt. Oder etwa nicht, Hildegard? Ich war immer für dich da. Und jetzt, wo ich alt bin, verlässt du mich? Wer hat dich denn beschützt? Vor unserem Vater und auch später? Na? Ist das jetzt der Dank, dass du mich alleine lässt?«

Ich bin bei meinem letzten Satz so schnell aufgesprungen, dass meine Hüfte sticht.

»Frau Althaus, setzen Sie sich bitte wieder. Ich würde dieses Gespräch gerne im Interesse Ihrer Schwester fortsetzen. Und auch in Ihrem Interesse. Ich möchte Ihnen ein paar Fragen stellen. Wäre das vielleicht möglich?«, fragt dieser Quacksalber übertrieben höflich. Er ist mit aufgesprungen, steht mir gegenüber und nestelt nervös an seiner Brille herum.

Ich lasse mich wieder auf meinen Sessel fallen. Aber nur für Hildi. Die hat nämlich angefangen zu weinen. Automatisch nehme ich ihre Hand, die bis heute viel kleiner ist als meine, und drücke sie. Mein Ärger weicht jetzt tiefer Traurigkeit. Ich kann nicht mehr.

»Was wollen Sie wissen?«, frage ich und betrachte den hellen Teppich unter meinen Gesundheitsschuhen.

»Mich interessieren die Umstände, die zu dieser engen geschwisterlichen Beziehung geführt haben, in der Sie seit Jahrzehnten leben. Ihre Schwester kann sich nicht an alles erinnern. Sie hat da ein paar blinde Flecken. Soweit ich weiß, war sie erst sieben, als ihre Mutter verstarb und acht, als auch der Vater mit nur dreiundvierzig Jahren unerwartet starb. Sie waren etwas älter, dreizehn Jahre, beim Tod des Vaters vierzehn. Ihre Schwester erinnert zwar den tragischen Tod der Mutter, bei der Geburt des jüngeren Bruders. Was den Tod des Vaters angeht, hat sie allerdings nur sehr diffuse Erinnerungen. Sie sagt, sie hätte das Gefühl gehabt, etwas Schlimmes wäre passiert. Sie erinnert sich an eine Blutlache, wie nach einem Unfall. Man habe ihr aber immer gesagt, der Vater wäre eines natürlichen Todes gestorben.«

»Das ist Quatsch. Da war kein Blut, das bildet Hildegard sich ein. Wir haben hundertmal darüber gesprochen. Eine Herzattacke hatte er, das hat unser Hausarzt Dr. Blumfeld damals bestätigt. Der wohnte ja im Haus und war sofort vor Ort. Dr. Blumfeld hat den Totenschein ausgefüllt. Eine Herzattacke. So steht es in den Akten!«

»Aber ich weiß, dass da Blut war, direkt vor unserem Bett! Du hast es aufgewischt, als Theo kam! Der muss es auch noch wissen …«, sagt Hildegard mit gepresster Stimme.

»Dann ruf ihn doch an, den großen Theo! Auch der hat uns alleine gelassen! Ruf ihn an, wenn du den Mut hast, nach fünfundvierzig Jahren!«, schnauze ich.

Dr. Steiner rückt mit seinem Sessel näher an uns heran. Er nimmt seine Brille ab und setzt sie gleich wieder auf. Dann wendet er sich mir zu.

»Bitte beruhigen Sie sich, Frau Althaus. Ich möchte Sie auch nicht überfordern, bei diesem ersten Gespräch. Diese tragischen Begebenheiten liegen sehr weit zurück. Vielleicht sollten wir das jetzt einfach so stehen lassen und bei weiteren Gesprächen das Thema wieder aufnehmen, sofern Sie dazu bereit sind. Ich würde das begrüßen. Ihrer Schwester fehlen da ein paar Puzzlesteine ihrer Biografie, die sie gerne füllen würde. Da sie noch so jung war, sind wir da eventuell auf Ihre Hilfe angewiesen. Mir ist bewusst, dass diese Zeit auch für Sie sehr schwer gewesen sein muss. Sie mussten nach dem Tod der Mutter alles übernehmen, so hat es Ihre Schwester beschrieben. Das muss schwierig gewesen sein für ein so junges Mädchen.«

Den letzten Satz sagt er mit besonders sanfter Stimme. Dazu wirft er mir einen mitfühlenden Blick zu. Damit kriegt er mich.

»Ja, da sagen Sie was. Das war schwer. Wir durften nicht mehr zur Schule gehen, Hildi wurde nicht eingeschult. Das Amt ist unserem Vater aufs Dach gestiegen, aber er hat alles abgeschmettert. Als ehemaliger Lehrer hat er behauptet, er könnte uns selbst unterrichten. Das hat er aber nicht gemacht. Um Hildegard hat sich keiner gekümmert außer ich. Sie brauchte mich. Alle brauchten mich. Ich habe gekocht, gewaschen, gebügelt, geputzt. Hildegard hat mir geholfen, aber sie war ja noch so klein. Theo hat mich gehasst. Ich war der Grund, warum unser Vater seine Mutter verlassen hatte. Weil meine Mutter mit mir schwanger war. Theo war in dieser Zeit, als unsere Mutter nicht mehr da war, sehr viel bei seiner leiblichen Mutter. Er hätte uns helfen müssen, aber das hat er nicht gemacht. Er kam zwischendurch, um unseren Vater zu besuchen, den hat er trotz allem abgöttisch geliebt. Auch Hildi mochte er sehr, für sie hat er immer Bonbons mitgebracht. Für mich nicht. Ich musste arbeiten, keiner hat es mir gedankt. Ich musste unsere Mutter ersetzen. In jeder Hinsicht. Wenn Sie wissen, was ich meine …«

»Ja. Also, wenn Sie nun selbst dieses Thema andeuten. Ihre Schwester hat Andeutungen gemacht«, sagt Dr. Steiner ernst und räuspert sich.

»Ich habe nach dem Tod unserer Mutter mit Hildegard zusammen im Ehebett unserer Eltern geschlafen. Unser Vater schlief in einem Bett in der Küche. Einmal in der Woche musste ich zu ihm ins Bett. Ich war noch gar nicht richtig aufgeklärt. Ich wusste nicht, was er da macht. Es war das, was ich bei Tieren gesehen hatte. Er hat mir wehgetan. Ich habe nichts verstanden. Ich habe dabei immer auf seinen Beinstumpf geguckt, der hat sich auf und ab bewegt. Ich habe mich geekelt. Hinterher hatte ich oft entsetzliche Bauchschmerzen. Ich war ein Spätzünder, noch gar nicht geschlechtsreif mit meinen vierzehn Jahren. Ich hatte noch keine Monatsblutung. Einmal hatte ich so starke Schmerzen, dass ich den ganzen Tag im Bett bleiben musste. Hildi hat Dr. Blumfeld zu uns nach oben geholt, als der Vater gerade nicht im Haus war. Der hat lange mit mir geredet, nachdem er mich untersucht hatte. Ich hatte Angst, über das zu sprechen, was mein Vater mit mir machte. Ich wusste ja auch gar nicht, wie ich es beschreiben sollte. Ich habe nur ein paar Andeutungen gemacht. Dr. Blumfeld wirkte sehr bestürzt. ›Hör mal, Irmgard. Wenn ich dich richtig verstehe, ist das sehr schlimm, was dein Vater dir antut. Das darf er nicht. Ich werde darüber nachdenken, wie ich dir helfen kann.‹

›Sagen Sie ihm nicht, dass ich Ihnen das erzählt habe, das findet er bestimmt nicht gut‹, sagte ich noch.

›Keine Angst. Das werde ich nicht tun. Aber ich werde auf anderem Wege versuchen, mich um die Sache zu kümmern‹, hat er gesagt. Zwei Wochen später ist unser Vater dann gestorben. In diesen beiden Wochen, bevor er starb, war mir klar geworden, dass es Missbrauch ist, was er mit mir macht. Vergewaltigung. Sein Tod war gerecht. Es war die Strafe Gottes.«

»Mein Gott, was müssen Sie durchgemacht haben«, sagt Dr. Steiner. Hildi weint immer noch. Mir ist schlecht.

»Möchten Sie ein Glas Wasser, Frau Althaus?«, fragt der Doktor.

»Ja, gern. Und dann möchte ich bitte gehen. Ich habe viel mehr gesagt als ich wollte. Wer weiß, ob das gut war.«

Ich werde mit einem Mal sehr traurig. Bilder schießen durch meinen Kopf, tote und lebendige Bilder, blass und in schwindelerregender Reihenfolge. Da war Blut. Ich werde nie darüber reden. Das nehme ich mit ins Grab.

Wir laufen schweigend durch die belebte Graf-Recke-Straße Richtung Zoopark. Die Sonne scheint nicht mehr. Es regnet in Strömen. Hildi und ich ziehen zeitgleich unsere Knirpse aus den Handtaschen. Zum Glück haben wir sie immer dabei. Die Regentropfen, die auf unseren Schirmen mit den Schottenmustern zerplatzen, sind laut. Ich brauche jetzt Ruhe. Das hat sogar Dr. Steiner zum Abschied gesagt. Ich will nach Hause. Auch wenn ich weiß, dass ich dort wahrscheinlich nicht die Ruhe haben werde, die ich brauche. Hildi will ein Eis. Sie ist immer so schnell unterzuckert. Vor allem, wenn sie Stress hat. Dann braucht sie auf der Stelle eine Portion Zucker, in irgendeiner Form. Wir gehen also zum Eiscafé auf der Rethelstraße.

Hildi bestellt sich den Eisbecher *Sommertraum*, den sie mit Blick auf die regennasse Scheibe ruckzuck weglöffelt. Ich brauche für meinen Cappuccino wesentlich länger.

Wir sagen nichts. Als Hildegard ihren Eisbecher aufgegessen hat, sitzen wir Hand in Hand auf unseren Cafégestühlchen. Der Türke, der uns bedient hat und immer »Prego, signora«, sagt, um sich als Italiener auszugeben, betrachtet uns argwöhnisch. Wahrscheinlich hält er uns für uralte Lesben.

»Willst du mich wirklich verlassen?«, frage ich irgendwann bei meinem letzten Schluck Kaffee. Mit diesem Schluck spüle ich meinen Blutdruckzügler herunter, auch wenn mein Hausarzt mir zig Mal gesagt hat, dass ich das nicht machen soll.

»Aber Irmi. Ich verlasse dich doch nicht. Ich werde an den Wochenenden bei dir sein. Und du kannst natürlich immer herüberkommen, ist ja nicht weit. Kannst du mich gar nicht verstehen? Hattest du denn nie das Bedürfnis, alleine zu sein?«

»Nein«, sage ich. »Nein, das hatte ich wirklich noch nie.« Dann weine ich.

Ich komme schwer atmend bei der Brehm-46 an. Meine Hüfte sticht entsetzlich. Ganz zu schweigen von meinem Herz. Ich muss mich dringend ein Stündchen hinlegen. Vor der Haustür fragt Hildi, ob sie noch etwas für unser

Abendessen einkaufen muss. Wir haben diese Aufteilung. Sie kauft ein, ich koche. Es ist wieder so viel Verkehr auf der Brehmstraße, dass man sein eigenes Wort nicht versteht. Ich schreie ihr die Zutaten für die Kohlrouladen zu, die wir später, am Abend, beide auf unseren Tellern liegen lassen. Wir bekommen einfach nichts herunter.

Den Blick auf unser fast unberührtes Essen geheftet sitzen wir da und schweigen. Die Küchenuhr tickt. Ich stehe auf und nehme die Batterie heraus. Das mache ich manchmal, wenn ich Ruhe brauche. Ich sollte eine digitale Küchenuhr kaufen, die tickt nicht. Aber ich hänge an dieser Uhr. Sie hing von Anfang an hier. Ich setze mich wieder und lausche.

Unter uns wird es mit einem Mal laut. Die Kopulationsgeräusche des Paares aus dem ersten Stock machen sich in unserer kleinen Küche breit.

Die sind früh dran heute. Normalerweise fangen sie erst gegen 23 Uhr an. Ich halte das nicht aus. Ich laufe zur Wohnungstüre und reiße sie auf.

»Jehdet noch?«, brülle ich in den dunklen Hausflur. Dann schmeiße ich die Tür so heftig zu, dass die kleine Gardinenstange über dem Türfenster mitsamt der Gardine zu Boden fällt.

Ich hebe sie stöhnend wieder auf und befestige sie mit zittrigen Fingern. Kaum hängt sie, schellt es. Vor dem Gardinchen hebt sich ein Schatten ab. Die Person steht bereits vor der Tür. Ich lupfe die Gardine und sehe Frau Havelmann aus dem Erdgeschoss auf der Matte stehen. Auch das noch. Frau Havelmann ist eine gutaussehende

Enddreißigerin, die einsam ist. Kein Mensch weiß, warum.

Sie tritt ein und faltet einen Zettel auseinander.

»Darf ich stören? Ich wollte Ihnen diesen Brief zeigen. Der ist für dieses Fickpärchen aus dem ersten Stock, entschuldigen Sie diesen Begriff, aber anders kann man es ja wohl nicht nennen. Ich weiß, dass Sie sich auch daran stören, also was mich angeht, ich ertrage das nicht länger. Ich fühle mich extrem belästigt! Ich dachte, wir sollten uns zusammentun. Ich habe das hier aufgesetzt und wollte fragen, ob Sie mitunterschreiben würden. Die anderen im Haus habe ich auch gefragt, aber die fühlen sich komischerweise nicht gestört. Sie sind ja auch nicht so nah dran wie wir …«

Sie hält mir den Brief hin, ich nehme ihn und gehe in die Küche, um meine Lesebrille zu holen.

Hildi reicht sie mir und wir lesen gemeinsam.

Ihr Ficken geht uns auf die Nerven und raubt uns den Schlaf. Wir werden Sie beim nächsten Mal wegen Ruhestörung anzeigen.
Claudia Havelmann

Frau Havelmann kichert wie eine nervöse Zwölfjährige und schaut uns erwartungsvoll an. Hildi räuspert sich.

»Ja, also, ist das nicht ein bisschen zu ordinär formuliert?«, fragt sie.

»Das ist der zweite Brief, Frau Althaus. Den ersten habe ich schon letzte Woche unter der Tür von Born und

Hirsch durchgeschoben. Der hörte sich ganz anders an. Darin habe ich sie nur höflich gebeten, ihre leidenschaftlichen Aktivitäten nicht zu diesen Uhrzeiten auszuüben. Die haben natürlich nicht darauf reagiert. Das hat die überhaupt nicht gekratzt. Ihm bin ich am nächsten Morgen sogar im Hausflur begegnet. Da hat der nur übertrieben freundlich gegrüßt, aber ansonsten so getan, als wär nichts. Und es ist ja seitdem nicht besser geworden. Im Gegenteil! Ich habe das Gefühl, es wird immer schlimmer! Wir können uns hier Tag für Tag den akustischen Porno reinziehen!«

»Ich bin ganz Ihrer Meinung, Frau Havelmann, und du doch auch, nicht wahr, Hildi? Da rennen Sie sozusagen offene Türen ein. Geben Sie her, wir unterschreiben. Ich nehme den Zettel und setze mein »I. Althaus« unter das »Claudia Havelmann«. Dann will ich den Brief an Hildi reichen, aber die entschuldigt sich, weil sie zur Toilette muss.

»Na ja, eine Unterschrift von uns reicht ja auch, würde ich sagen.«

Frau Havelmann nimmt den Zettel wieder entgegen und verschwindet mit geröteten Wangen. Ich bin nicht die einzige empfindliche Person, denke ich im Stillen. Andere sind genauso empfindlich. Jetzt fühle ich mich ein kleines bisschen besser.

Hildi und ich sehen uns noch einen alten Film mit Heinz Rühmann an, den sie im Dritten bestimmt zum siebten Mal wiederholen. Wir müssen ihn alle sieben Male gesehen haben. Ich schaue gar nicht wirklich hin, ich bin unruhig. Ich habe andere Bilder im Kopf. Auch Hildi rutscht ruhelos auf dem Sofa herum und geht während des Films mehrmals zur Toilette.

Um 23 Uhr gehen wir zu Bett. Ich stelle mich auf eine schlaflose Nacht ein. Ich beobachte die tanzenden Scheinwerfer auf unserer Schlafzimmertapete. Zuerst erscheint der Lichtkegel. Er wandert ruhelos und stetig wachsend über die Wand und die Gardinen. Dann schwillt das Motorgeräusch des nahenden Autos an. Schließlich verliert sich das Scheinwerferlicht so abrupt, wie es erschienen ist. Das Motorgeräusch verliert sich langsamer. Es hallt noch eine Weile nach.

»Ich kann nicht schlafen«, sagt Hildi plötzlich in die Dunkelheit des Schlafzimmers.

»Woran denkst du?«, frage ich.

»An alles, was heute passiert ist. Und was vor vielen Jahren passiert ist. Es hat alles miteinander zu tun. Nichts verjährt.«

»Da sachse wat«, sage ich und drehe mich zu ihr auf die Seite. »War alles ein bisschen viel heute.«

»Ja.«

Wir liegen eine Weile schweigend nebeneinander und fassen uns bei den Händen. Als sie klein war, konnte Hildi nur so einschlafen. Sie brauchte immer meine Hände.

»Irmi? Wieso stört dich das eigentlich so sehr, dass unsere neuen Nachbarn so geräuschvoll leidenschaftlich sind …?«

»Verstehe ich jetzt nicht. Dich stört es doch auch!«

»Ja, dass sie so laut sind, gefällt mir nicht. Aber ich

würde da nichts sagen. Ich fand auch diesen Brief nicht gut. Irgendwie ist es doch auch ganz schön, dass wir Jungverliebte im Haus haben.«

»Soll das ein Witz sein? ›Jungverliebt‹ … in dem Alter! Wenn du mich fragst, ist das reine Fleischeslust. Wie die Tiere. Schamlos!«

»Hattest du eigentlich nie das Bedürfnis nach einem Mann?«, fragt Hildegard. Da regt mich ja schon die Frage auf.

»Hast du noch alle Tassen im Schrank? Ich hatte einen Mann. Unseren Vater. Das reicht mir fürs ganze Leben!«

»Aber andere Männer sind anders.«

»Ach Papperlapapp. Kennste einen, kennste alle.«

»Das ist ein hartes Urteil.«

»Kann man es mir verdenken?«

»Nein.«

»Sag ich doch.«

»Du musst Schreckliches durchgemacht haben. So richtig bewusst geworden ist mir das vielleicht erst heute. Ich habe es ja schon so lange gewusst. Aber du hast selten darüber gesprochen.«

»Ja. Und dass ich mich heute daran erinnert habe, war ein Fehler. Ich will diese Bilder nicht mehr sehen. Wenn ich daran erinnert werde, kann ich ihn wieder riechen. Sei froh, dass ich dich beschützt habe, Hildi, sei froh … «

Zwei Lkws brausen vorbei. Wenn wir noch sprechen würden, müssten wir jetzt unterbrechen, so laut sind sie. Aber mein letzter Satz hat uns beiden vorübergehend das Maul gestopft.

Ich will auch kein Gespräch über die heutigen Gespräche. Ich will in Ruhe im Dunklen liegen und die Bilder wieder dorthin schicken, wo sie hergekommen sind.

Aber es ist noch nicht vorbei. Es fängt gerade erst an.

»Wie meinst du das, du hättest mich beschützt? Das hast du eben bei Dr. Steiner auch gesagt.«

»Frag nicht.«

Hildi setzt sich so abrupt auf, dass ich zusammenfahre. Sie schaltet die Nachttischlampe an und setzt sich mit verschränkten Armen gegen das Kopfende des Bettes.

»Doch. Irmgard, ich frage. Und du musst mir antworten. Was sollen diese Andeutungen? Ich will das wissen, verdammt!«

Ich erschrecke mich ein bisschen über die Heftigkeit und Entschlossenheit, mit der sie das sagt. Hildi, die im Gegensatz zu mir immer sanft und besonnen ist.

»Ich weiß nicht, ob du das verkraftest.«

»Jetzt sag endlich!«

Plötzlich werde ich wütend. Warum muss sie an mir herumzerren? Sie könnte mich vergessen lassen und einfach froh sein, dass sie davongekommen ist. Aber das begreift sie wohl nur, wenn ich ihr klarmache, was ihr glücklicherweise entgangen ist. Weil sie schlief. Sie hat immer so gut geschlafen.

Ich springe aus dem Bett und halte mich am Fußende dieses Jugendstil-Monstrums fest. Dem Ort des Geschehens.

»O.k. Dann werd ich dir jetzt alles erzählen. Alt genug bist du ja inzwischen.

Es war der Tag vor Theos einundzwanzigstem Geburtstag. Wir hatten den ganzen Abend für ihn gebastelt. Eine Wartestation für seine Märklin-Eisenbahn, weißt du noch? Wir hatten nicht mehr aufgeräumt, weil Vater uns zu Bett geschickt hatte. Ich lag wach, weil ich ahnte, was unweigerlich kam. Er wartete immer eine halbe Stunde, um sicherzugehen, dass du schon schläfst. So war es auch diesmal. Er trat nackt ein und befahl mich zu sich in die Küche. Ich musste mein Nachthemd ausziehen und mich zu ihm legen.

Ich weiß nicht, warum ich nie geweint habe, wenn er es machte. Keinen Mucks habe ich von mir gegeben. Als wäre ich tot. Ich war tot, in diesen Momenten. Ich habe dagelegen wie ein Stein und gebetet, dass es bald vorbeisein würde.

Aus irgendeinem Grund wurde er nicht fertig.

›Hol Hildi‹, sagte er plötzlich.

›Nein!‹, sagte ich.

Er schlug zu. ›Hol deine Schwester zu mir, sage ich!‹

›Aber sie ist noch so klein!‹, sagte ich und fing an zu weinen.

Er stand auf und humpelte zu unserem Zimmer. Seine Beinprothese machte dieses ›Klack-Klack‹, ich habe das bis heute im Kopf.

Ich lief hinter ihm her und klammerte mich an ihn. Er schüttelte mich ab wie ein Insekt.

Dann beugte er sich über dich. Du hast so süß ausgesehen im Schlaf. Wie eine Puppe. Er schlug die Decke zurück und hob dein Nachthemd hoch. Sein Geschlecht war immer noch groß.

Dann hatte ich mit einem Mal diese Schere in der Hand. Diese lange Papierschere, erinnerst du dich? Ich habe sie ihm mit aller Kraft in den Rücken gerammt. Ich spürte keinen besonders großen Widerstand. Ich muss eine Stelle zwischen den Rippen getroffen haben. Vater kippte schreiend zur Seite. Dann kam Theo nach Hause. Er sah und begriff gar nichts. Er rannte hinunter zu Dr. Blumfeld. Ich stand einfach da und habe beobachtet, wie du schliefst. Du bist nicht aufgewacht. Noch nicht. Ich fühlte mich gut. Ich hatte dich gerettet.

Dr. Blumfeld stürzte in die Wohnung, gefolgt von Theo, der völlig außer sich war.

Dr. Blumfeld fühlte Vaters Puls. Vater hatte längst aufgehört zu schreien. Das war, als Theo und Dr. Blumfeld noch auf der Treppe waren. Er war tot.

Der Doktor zog die Schere aus Vaters Rücken und verband die Wunde fein säuberlich.

›Hol etwas zum Anziehen für deinen Vater‹, sagte er zu Theo.

Theo machte, was ihm gesagt wurde. Er ging wie eine Holzpuppe aus dem Raum. Völlig mechanisch. Er stand unter Schock.

›Hat er es wieder getan?‹, fragte Dr. Blumfeld leise, als Theo draußen war.

›Ja. Und diesmal wollte er auch Hildi. Das konnte ich doch nicht zulassen!‹

Und als hättest du gehört, dass wir über dich gesprochen haben, hast du die Augen geöffnet und warst wach.

Theo kam mit der Kleidung. Dr. Blumfeld beeilte sich,

unserem Vater etwas überzuziehen. Du warst ganz schlaftrunken und hast noch gar nichts mitgekriegt.

Plötzlich hast du dich umgesehen.

›Was ist mit Papa?‹, hast du gefragt.

›Dein Vater hatte einen Herzanfall‹, hörte ich den Doktor sagen.

›Deine Schwester wird sich jetzt um dich kümmern. Ich muss kurz mit deinem Bruder sprechen. Ich schaue gleich noch mal nach euch Mädchen‹, hat er noch gesagt, dann hat er den betäubten Theo aus dem Zimmer gezogen. Er hat lange mit Theo gesprochen. Was er ihm genau gesagt hat, weiß ich nicht. Ich habe zuerst das Blut weggewischt. Dann habe ich mich zu dir ins Bett gelegt. Der Doktor hatte ja gesagt, dass ich mich jetzt um dich kümmern würde. Also habe ich das gemacht. Irgendwann bist du wieder eingeschlafen.

Dr. Blumfeld kam noch einmal zu uns ins Zimmer. Das war kurz bevor der Leichenwagen kam. Er steckte die Schere ein.

›Irmgard. Ich werde in den Totenschein schreiben, dass dein Vater einen Herzinfarkt erlitten hat. Das erspart dir den Jugendarrest. Das hier war Notwehr, ich weiß das und du weißt es auch. Aber ein Richter sieht das vielleicht anders. Der will Beweise. Es ist skandalös kompliziert. So ist es einfacher. Ein Problem könnte Theo sein. Er hat alles gesehen. Ich habe versucht, ihm die Sache zu erklären und ihn eindringlich gebeten, uns keine Probleme zu bereiten. Hoffen wir, dass er versteht. Ich setze meine Approbation aufs Spiel … ‹«

Ich lasse mich keuchend aufs Bett fallen. Jetzt ist es raus. Ich werde es trotzdem mit ins Grab nehmen.

Hildi hat die ganze Zeit mit verschränkten Armen und weit aufgerissenen Augen im Bett gesessen und mich kein einziges Mal unterbrochen. Tränen laufen ihr zu beiden Seiten die Backen herunter und bleiben unten an ihrem Kinn hängen. Sie wischt sie mit einer plötzlichen, fahrigen Bewegung weg.

»Also hatte ich Recht, all die Jahre. Da war Blut. Und jetzt weiß ich auch, was Theo gemeint hat, als ich ihn das letzte Mal gesprochen habe«, sagt Hildi und schaut angestrengt in Richtung Fenster.

»Wovon sprichst du?«

»Ich habe da drüben mit ihm am Fenster gestanden. Wir waren gerade aus dem Heim entlassen worden. Du warst einundzwanzig geworden und hattest angegeben, dass Theo und du mich fortan versorgen würdet, sonst hätten sie mich mit meinen fünfzehn Jahren noch dort behalten. Theo, der alleine in dieser Wohnung gewohnt hatte, während wir im Kinderheim waren, wollte schon am Tag unserer Ankunft hier zu Hause ausziehen. Und zwar weit weg. Nach Braunschweig. Er hätte ein attraktives Arbeitsangebot dort erhalten und hätte nur die Stellung gehalten, bis wir zurück wären, hat er gesagt. Dich hat er sehr reserviert begrüßt, um nicht zu sagen feindselig. Als du nicht im Raum warst, hat er dort drüben am Fenster mit mir gestanden. Ich weiß noch, dass ich auf die Straße hinuntergesehen habe und ein roter Karmann Ghia vorbeifuhr.

›Ich gehe, weil sie mir meinen Vater genommen hat. Das verzeihe ich ihr nie‹, hat er zu mir gesagt. Ich habe die Dimension überhaupt nicht verstanden. Ich dachte, er meinte immer noch die Trennung unseres Vaters von seiner Mutter. Er hat sich nie wieder bei uns gemeldet, all die Jahre nicht. Er hat gar nichts verstanden.«

»Du wolltest mich retten … «, sagt Hildegard und nimmt mich in die Arme. Sie hält mich fest. Sonst habe immer ich sie festgehalten. Aber diesmal hält sie mich ganz fest.

Dann geht sie in die Diele. Ich höre, wie sie eine Nummer in unser Telefon eintippt.

»Guten Abend … nein, guten Morgen, Althaus mein Name. Ich hätte gerne eine Nummer aus Braunschweig. Theo Gunnar Althaus. Ich buchstabiere …«

1. OG MANU UND MATTHES

Der Kellnerin ist das Gespräch unangenehm. Es ist eigentlich auch gar kein Gespräch. Eher ein Monolog. Eine direkte Ansage. Wahrscheinlich hat der Kneipenchef, dieser unangenehme Mittfünfziger mit dem breiten Scheitel und den schmalen Schultern, sie dazu gedrängt, das zu sagen. Sie hat sich zu uns hinuntergebeugt, der Diskretion wegen. Ihr Ausschnitt hängt jetzt derangiert und tief, ich kann ihren billigen Sport-BH sehen. Sie sieht uns beim Sprechen direkt in die Augen, so als hätte sie sich fest vorgenommen, dass dieses Gespräch nicht peinlich wird. Es ist peinlich. Während sie spricht, errötet sie heftig.

»Ähem … hören Sie … Sie fallen hier unangenehm auf. Es haben sich schon mehrere Gäste über Sie beschwert. Dass Sie hier seit mehreren Wochen ständig sitzen und knutschen, also das geht einfach nicht. Sie sind hier schon als »Knutschpärchen« bekannt! Das hier ist ein Esslokal. Was Sie machen, ist unappetitlich. Kein schöner Anblick. Also, wenn Sie am Nachmittag kämen, wenn es leer ist … Aber jetzt möchten die Leute hier ungestört essen. Also, was ich damit sagen möchte: Entweder, Sie lassen das oder Sie müssen gehen.«

Matthes starrt zuerst die Kellnerin ungläubig an, dann mich. Dabei lässt er meinen Schenkel nicht los. Er bearbeitet ihn unter der verranzten Tischplatte gleichmäßig weiter.

Ich lasse meinen Blick durch die halbleere Kneipe schweifen. Die wenigen speisenden Gäste beachten uns gar nicht.

Es stimmt, wir waren oft hier. Wir haben unsere Zeit nicht mit Essen oder gepflegter Konversation verbracht. Ständig müssen wir uns anfassen. Wir kennen uns erst seit wenigen Wochen und die Anziehung ist enorm. Enorm schön. Und wo sollen wir denn hingehen? Wir sind verheiratet. Aber nicht miteinander.

»Aha«, sage ich schließlich und muss lachen. Wir sind also das Knutschpärchen. Klasse Name. Der gefällt mir.

»Dann gehen wir halt woanders hin. Was meinst du, Matthes?«

»Natürlich. Komm, lass uns gehen«, sagt Matthes.

Wir greifen gleichzeitig zu unseren unberührten Milchkaffees, die lauwarm darauf gewartet haben, endlich beachtet zu werden. Der Milchschaum ist schon ganz durchscheinend und dünn. In wenigen Minuten hätte er sich dazu entschlossen, nur noch Kaffeeweißer zu sein.

Jetzt schaut die Kellnerin uns nicht mehr an. Sie holt den groben Bleistift, der gemeinsam mit ihren langen dunklen Haaren hinter ihrem Ohr klemmt, hervor und kritzelt damit unsere Bestellung auf einen durchgeweichten Bierdeckel. Matthes zieht sein winziges Portemonnaie, in dem immer viel drin ist. Meines ist riesig und fast immer leer.

Er zählt der Bedienung den Betrag in kleinen Münzen passend in die schwitzende Hand. Der Kneipenbesitzer hinter dem Tresen hebt den Blick von dem Bierglas, an dem er herumreibt, und grient uns hinterher. In der Tür umfasst Matthes mich eng und küsst mich noch mal ausgiebig. Dann gehen wir.

Draußen vor der Tür umfängt uns lauwarmer Sommerregen. Wir rennen Hand in Hand zu meinem Auto, das nur ein paar Meter entfernt auf der Tußmannstraße steht.

Wir lassen uns regenfeucht in die durchgesessenen Sitze des Citroëns fallen. Die Scheiben beschlagen binnen Sekunden. Ratlosigkeit macht sich breit. Wir küssen uns nur kurz. Dann richten wir unsere Blicke auf die trübe Frontscheibe. Man kann gar nichts mehr sehen. Auch weil uns eine blöde Kellnerin aus nördlicher Richtung in die Sonne gelaufen ist.

»Hör mal«, sagt Matthes schließlich und reißt seinen Blick von dem milchigen Trüb. »Ich hatte da eben eine Art Vision. Man hätte uns wegen Knutschens aus der ollen Kneipe da drüben rausgeschmissen. Aber das muss ich ja wohl geträumt haben, denke ich mal …«

Er lacht.

»Ja, und ich habe dasselbe geträumt. Ich denke, es ist wahr …«

»Ich glaub's nicht. Das stimmt doch nicht mal, wenn es wahr ist!«

Wir lachen und kneten unsere Hände. Das machen wir schon seit Wochen. Ständiges Lachen und Händekneten. Aber wir sind auch sauer, irritiert und beleidigt.

»Wie kann das sein, dass die uns als störend empfinden?«, überlege ich. »Ich war neulich mit Sandra in dem gleichen Laden und am Nebentisch war ein grölender Ü-50-Damen-Kegelklub. Alle hackedicht. Zehn Amazonen jenseits der Menopause, die lauthals eine Zote nach der anderen gerissen haben. Die haben echt gestört. Und die haben sie nicht rausgeschmissen.«

»Na ja, die Damen sind gut fürs Geschäft. Die haben wahrscheinlich kräftig konsumiert. Wir haben jedes Mal zwei Stunden vor nur einem Kaffee gesessen.«

»O.k., aber wir sind angeblich anstößig! Man hat sich über uns beschwert! Wir sind das Knutschpärchen!«

»Genau. Bist du darauf auch so stolz wie ich?«, sagt Matthes und beugt sich zu mir herüber. Wir küssen uns lang und tief. In jede erdenkliche Richtung. Matthes küsst umwerfend. Es haut mich tatsächlich jedes Mal um. Wie kann etwas nur so gut passen, in jedem Detail, inklusive Geruch, Geschmack und Temperatur. Ein bisschen fordernd und gierig, das mag ich. Offenen Auges. Wir schließen nie die Augen. Unsere Augen knutschen mit, vielleicht machen sie sogar mehr als das.

»Glaubst du, dass sich wirklich irgendwelche Leute über uns beschwert haben?«, frage ich.

»Keine Ahnung. Kann ich mir nicht gut vorstellen. Wahrscheinlich hat sich einfach nur der Kneipenbesitzer daran gestört. Vielleicht hat er Liebeskummer, der Arme. Vielleicht ist er auch einfach nur ein Arschloch. Eigentlich sieht er eher wie ein Arschloch als ein Kneipenbesitzer mit Liebeskummer aus. Es gibt diese Leute, die sich an der offensichtlichen Freude anderer stören. Das missfällt denen weit mehr als Volltrunkenheit. Wir sollten ab heute vielleicht jeden Tag dort hingehen und uns rausschmeißen lassen.«

»Nein, viel besser. Wir bestellen noch andere Paare da hin, die gerne knutschen!«, sage ich.

»Ja! Was meinst du: Wir organisieren einen Flashmob. An einem bestimmten Tag sollen zu einer bestimmten Uhrzeit alle Knutschpärchen aus Düsseldorf und Umgebung in diese Kneipe kommen und knutschen. Sieben Minuten oder so. Dann muss sich das Ganze blitzartig auflösen.«

»Nur so lange, dass alle schon wieder weg sind, wenn die Bullen … also, die Kollegen kommen«, sage ich und habe sofort grelle Bilder vor Augen. Das ist genau mein Ding. Es ist unser Ding. Wir sind Feuer und Flamme. Mattes holt sein uraltes Smartphone raus und googelt www.flashmob.de. Dann organisiert er unseren Flashmob bei Facebook. Alle, die gerne knutschen wollen, übermorgen ins *Ab der Fisch* in Düsseldorf Derendorf kommen und knutschen. Nicht mittags zur Essenszeit. Sondern abends zur Essenszeit. Da sind mehr Gäste da. 19.30 Uhr, Primetime.

Wir sind total aufgekratzt und albern, knutschen und lachen vor uns hin, in dem Citroën, von dessen Scheiben das Dunstwasser jetzt langsam in dünnen Rinnsalen abperlt und wieder ein paar Streifen Außenwelt erkennbar macht.

Ich greife nach der Zeichnung, die auf dem Armaturenbrett liegt. Sie ist schon ein bisschen feucht geworden. Meine Tochter hat sie mir heute Morgen in die Hand gedrückt. Eine Frau und zwei Männer hat sie gezeichnet. Sie kann wunderbar zeichnen, sie hat Talent. Die Frau mit den langen dunklen Haaren bin ich. Matthes erkennt man sofort an der Polizeiuniform. Dabei trägt er sie selten, er ist Kommissar. Der andere Mann trägt Brille. Das ist ihr Papa, Ringo. Mein zukünftiger Exmann.

Sofia nimmt die Trennung am schwersten. Meine beiden Jungs, Vincent und Leo, scheinen sich schnell mit der Situation arrangiert zu haben. Der siebenjährige Leo findet es cool, dass Matthes Bulle ist. Er verschlingt Die drei Fragezeichen-Bände und hält ihn für eine Art *Kommissar Reynolds*.

»Hast du schon mal jemanden abgeknallt?«, platzte er bei der ersten Begegnung mit aufgerissenen braunen Knopfaugen heraus.

»Nein, nur einmal beinahe. Willst du mal meine Dienstwaffe sehen?«, fragte Matthes. Die beiden mochten sich sofort.

Vincent hält sich bedeckt. Keine Fragen, keine Vorwürfe. Er ist wahrscheinlich auch viel zu sehr mit seinem ständig größer werdenden Körper und all seinen Hormonen beschäftigt. Ob hinter der Fassade des pubertären Sechzehnjährigen Ängste und Zweifel schlummern, weiß nur er selbst, wenn überhaupt. Nur Sofia schießt ständig kleine Giftpfeile auf mich ab. Mit ihren zwölf Jahren hat sie noch keine klare Vorstellung von diesen Phänomenen. Von Liebe, Laster, Lust und Leid, die so eng miteinander verknüpft sind.

»Wieso schickst du diesen Matthes nicht einfach weg

und bleibst beim Papa, dann wird alles so wie früher! Ich will, dass es so wird wie früher! Wieso musst du jetzt diesen Matthes so toll finden?«

Ich habe in den letzten Wochen oft versucht, ihr zu erklären, dass Liebe genauso bindend wie flüchtig ist und selten für die Ewigkeit. Dass es verschiedene Formen gibt und ich Ringo auch liebe, aber nicht auf die gleiche Weise wie Matthes. Sie hat mir angestrengt zugehört und dabei die Augen nach links oben verdreht, so als suchte sie im Inneren ihres Kopfes nach einem Bild, das ihr die Sache verständlich macht. Sie hat es nicht gefunden. Für sie bin ich ganz einfach eine Mutter, die ihre Aufgabe erfüllen muss. Gleichbleibend zuverlässig. Und vor allem in vertrauter Besetzung gemeinsam mit Ringo. Immerhin konnte ich ihr vermitteln, dass meine Beziehung zu ihr und ihren Brüdern verlässlich ist. Dass ich sie nicht verlassen werde. Das hat sie verstanden. Aber nicht, dass ich mehr vom Leben möchte, als Mutter zu sein. Das ich mit Ringo schon länger nicht mehr glücklich war. Sie muss es auch nicht verstehen. Sie muss es nur akzeptieren. Ich habe ihr nicht erzählt, dass sich unsere Liebe irgendwann zwischen Windeln und unbezahlten Rechnungen verkrochen hat. Wir sind beide freie Fotografen, kein festes Einkommen, kein sicherer Boden, kein Fallnetz. Zwei beinahe brotlose Künstler, die sich im Familienallerlei und den ständigen Verpflichtungen zunehmend gefangen fühlten. Die Familie wurde zum Abenteuer Überleben, das Abenteuer Leben haben wir schließlich beide anderswo gesucht. Irgendwann waren wir so etwas wie

Freunde, die im gleichen Boot bei starkem Wellengang einem unsichtbaren Ziel entgegenruderten und sich fragten, wo die Reise eigentlich hingehen soll.

»Deine Tochter sieht eindeutig mich als Täter, als den Schuldigen«, sagt Matthes plötzlich und reißt mich aus meinen Gedanken. Er zeigt auf den schlecht gekleideten Polizisten in Sofias Zeichnung. Der Bulle im Bild trägt eine riesige Uniform, ein hämisches Grinsen und hat überdimensional große Hände.

»Da, guck dir diese Hände an. So malen Kinder die Bösen«, sagt er mit kriminologischem Gespür. Dabei war Matthes nie Kriminalkommissar. Er ist Kommissar für Öffentlichkeitsarbeit und Kontaktbeamter.

»Ja. Das muss sie so sehen. Dabei sind wir alle Täter und alle unschuldig. Wie soll sie das begreifen?«, frage ich.

»Schon gut. Ich kann das aushalten. Damit war zu rechnen«, sagt Matthes. Er kann was aushalten. Er ist bodenständig. Vielleicht war er bisher etwas zu bodenständig. Er hat viel ausgehalten. Seit über zwanzig Jahren ist er verheiratet. Seit zehn Jahren fragt er sich, wie er in diesem spießigen Vorort in einem Reihenhaus landen konnte, mit Vorgarten und festem Garagenplatz. Seine Frau hatte mit der Geburt der Töchter ihre Arbeit für immer niedergelegt und führte seither ein seltsam hobbyloses Leben zwischen Bügelbrett und Wischmopp, das ihn mehr und mehr befremdete. Das Bett teilten sie in den letzten acht Jahren nur noch zum Schlafen. Wenn überhaupt. Matthes hatte viele Außentermine und irgendwann auch Außenbeziehungen. Die Töchter waren die einzigen Bindeglieder der Beziehung gewesen. Jetzt waren sie junge Erwachsene. Er war zu feige gewesen, um zu beenden, was längst zu Ende war.

Es ist unglaublich, wie lange unglückliche Paare sich was in die Tasche lügen können. Matthes sammelte Fahrradtaschen. Nicht nur, weil er ständig auf dem Rad flüchtete. Sondern wahrscheinlich auch, um all die Lügen unterzubringen, denke ich manchmal.

Wir lebten also in derselben Stadt in völlig unterschiedlichen Welten. Unsere Wege waren so unterschiedlich und haben sich doch gekreuzt. Zum Glück. Denn jetzt sind wir das Knutschpärchen.

Zwei Tage später kommen um Punkt 19.30 Uhr ungefähr fünfundzwanzig weitere Knutschpärchen zum *Ab der Fisch* auf der Tußmannstraße. Es ist alles dabei. Einige Teeniepaare und ein Paar um die achtzig. Jede Menge Mittelalte. Heteros, Schwule, Lesben, Gothics und Emos, Springerstiefel und Blümchenkleid. Und relativ unauffällige Durchschnittsknutscher, so wie Matthes und ich. Wie üblich bei Flashmobs gibt es keine Begrüßung.

Wir strömen durch den Eingang wie durch ein Nadelöhr und machen uns in der halbbesetzen Kneipe breit. Einige stehen einfach mitten im Raum, zwei Paare besuchen die Toilette. Das achtzigjährige Paar klettert auf zwei freie Barhocker. Matthes und ich quetschen uns zwischen zwei speisende Paare.

Ich brülle »Jetzt!« und teile damit augenblicklich den Raum in zwei Lager.

Die Knutschpärchen knutschen los, in jeder vorstellbaren Stellung und Intensität. Die normalen Gäste verfallen in abrupte Bewegungslosigkeit. Bis auf den Kneipenwirt, der ein gepresstes: »He! Was soll das denn werden?« hervorstößt. Keiner beachtet ihn. Im Hintergrund singt Duffy *Oh boy*. Ein Song, in dem es nur ums Knutschen geht. Aber das hat wahrscheinlich kein Schwein gemerkt.

Matthes guckt beim Knutschen auf seine Uhr. Das ist zwar unromantisch, muss aber sein. Schließlich sind wir heute nicht nur zum Vergnügen hier. Das ist im weitesten Sinne eine gesellschaftspolitische Aktion. Knutschen an öffentlichen Plätzen sollte im Großraum Düsseldorf genauso toleriert werden wie besinnungsloses Saufen, Lachen und Fressen. Denn letztere Aktivitäten werden schließlich toleriert, auch wenn das daraus resultierende Glück auch nicht immer von den anderen Gästen geteilt wird.

Nach fünf Minuten, die sich angenehm in alle Richtungen ausdehnen, ruft Matthes: »Stopp!«

Und wie verabredet brüllen jetzt alle den gleichen Satz.

»Wir sind das Knutschpärchen!«

Genauso plötzlich, wie wir gekommen sind, springen wir nun alle auf und strömen Richtung Ausgang. Natürlich ergibt sich dieser Sanduhreffekt und wir kommen nicht so schnell ins Freie, wie wir möchten.

Der Kneipenwirt nutzt die Gelegenheit und stellt sich Matthes und mir in den Weg.

»Hören Sie mal. Was fällt Ihnen ein! Dafür waren ja wohl Sie verantwortlich!«, bellt er.

Wir strahlen und nicken.

»Sie bleiben mal schön hier! Die Polizei ist schon unterwegs!«, setzt er nach.

»Ah, gut. Dann kann ich mit meinen Kollegen ein bisschen plaudern«, sagt Matthes freundlich und zieht nebenbei seinen Dienstausweis. »Die wissen natürlich auch, dass weder Küssen in Kneipen noch Flashmobs verboten sind.«

Wir wenden uns ab und kommen endlich raus.

Draußen ist von der Aktion nichts mehr zu sehen. Wie es sich für einen gutorganisierten Flashmob gehört, sind alle Paare in größter Eile verschwunden. Auch wir haben es eilig. Es ist 19.50 Uhr. Wir haben in zehn Minuten einen Besichtigungstermin auf der Brehmstraße 46.

Meine Freundin Ute hatte mir den Tipp gegeben, dass in ihrem Haus eine Wohnung im ersten Stock frei geworden ist. Sie fände es total cool, wenn wir diese Wohnung bekommen würden. Nicht nur unserer Freundschaft wegen, sondern auch, weil ihre Tochter Anika mit meinem jüngsten Sohn Leo befreundet ist. Die beiden gehen auch zur selben Grundschule.

Allerdings hatte sie auch Bedenken. Aus Erfahrungen lernen ja manche. Besonders aus den schlechten.

»Sag mal, bist du dir denn so sicher, mit deinem Bullen? Ich mein, ihr kennt euch gerade mal sieben Wochen! Ist das nicht ein wenig überstürzt?«

Es war überstürzt. Weil wir es eilig hatten. Ich war mir noch nie so sicher gewesen.

Allerdings wäre Leo nur selten auf der Brehmstraße. Ringo, Matthes und ich haben uns in den letzten Wochen in nächtlichen Endlosdiskussionen für das »Nestmodell«

entschieden. Das heißt, unsere Kinder bleiben, wo sie immer waren, in der Wohnung auf der Golzheimer Straße. Ringo und ich werden uns dort abwechseln. Eine Woche ist er auf der Golzheimer Straße bei den Kindern, die nächste Woche werde ich dort sein. So behalten die Kinder ihr Zuhause und müssen nicht pendeln. Die Eltern werden pendeln, schließlich sind sie es auch, die eine Veränderung wollen. Ein Elternteil ist immer bei den Kindern. Ringo sucht sich eine kleine Wohnung für seine freien Wochen und Matthes und ich suchen uns ebenfalls eine kleine Wohnung für die Wochen, in denen Ringo bei den Kindern ist. Also drei Wohnungen für sechs Menschen. Zusätzlich ein Haus, in dem Matthes Exfrau bisher ungerührt weiterbügelt, während er mit ihr über die bevorstehende Scheidung sprechen will. Das versucht er oft in letzter Zeit. Sie lebt in einer Welt, in der seine Entscheidung nicht ist, weil sie nicht sein darf. Bisher hat sie mit niemandem darüber gesprochen, dass ihr Mann sie verlassen hat. Nicht mal mit den gemeinsamen Töchtern.

Um 19.52 Uhr suchen Matthes und ich einen Parkplatz in der Nähe des Hauses mit der Nummer 46. Die Brehmstraße ist geizig mit Parkmöglichkeiten. Sie scheint in erster Linie aus Einfahrten zu bestehen.

Schließlich parken wir in einer kleinen Seitenstraße im absoluten Halteverbot. Matthes hat gute Kontakte zum Ordnungsamt.

Wir setzen mehrmals dazu an, die Brehmstraße zu überqueren. Es ist, als würde man zu Fuß die Autobahn passieren. Hier wird achtzig gefahren. Straßenbahnen rücken aus dem Off kommend von beiden Seiten an, als wir in der Mitte der Straße festhängen. Die Brehmstraße ist wirklich eine Hauptverkehrsstraße. Eigentlich wusste ich das von meinen Besuchen bei Ute, aber es ist mir bisher nie aufgefallen. Ich frage mich kurz, ob das hier die richtige Adresse ist, um ein bisschen zur Ruhe zu kommen und zu schreiben. Denn das möchte ich vor allem, in meinen freien Wochen. Schreiben. Endlich landen wir auf der richtigen Seite und blicken die Fassade hoch. Ich sehe Ute aus einem Fenster im Dritten winken, neben ihr zappelt der Scheitel ihrer Tochter. Die Fenster der freien Wohnung im ersten Stock stehen auf Kipp und sehen extrem schmutzig aus. Aber vielleicht kommt mir das auch nur so vor, weil die im zweiten Stock blitzblank sind. Dort müssen die beiden grimmigen Schachteln wohnen, von denen Ute so oft erzählt.

Auf dem belebten Bürgersteig eilt uns ein Mann entgegen. Gesetztes Alter, untersetzter Körper. Das muss der Vermieter sein, denke ich, Utes Beschreibung passt genau. Er blickt im Gehen hektisch auf seine Armbanduhr und streicht sich eine seiner spärlichen Haarsträhnen aus der Stirn. Dann bleibt er genau vor der Nummer 46 stehen. Er steht jetzt praktisch neben uns vor dem Hauseingang und blickt sich suchend um, so als erwarte er jemanden. Von uns nimmt er keine Notiz, bis Matthes ihm die Hand hinstreckt.

»Herr Blumfeld, richtig? Ich glaube, wir hatten telefoniert.«

»Ach. Sie sind das?«, sagt er und mustert uns mit interessiertem Blick aus trüben Augen. Er ist bestimmt schon Ende sechzig. Ute hat mir erzählt, dass er immer noch als Neurologe tätig ist. Sehr gut laufende Praxis. Herr Blumfeld ist teuer, aber geschmacklos gekleidet. Vielleicht hätte ich meine Flipflops noch gegen seriöses Schuhwerk tauschen sollen, aber jetzt ist es so.

Matthes hatte Herrn Blumfeld angerufen und der hatte ihn gleich nach seinem Beruf gefragt.

»Polizist«, hatte Matthes geantwortet. Nun hatte Herr Blumfeld wohl jemanden in Uniform erwartet. Ansonsten hätte er bei der Wärme vielleicht auch auf sein Jackett verzichtet. Als hätte er gerade denselben Gedanken gehabt, legt Herr Blumfeld jetzt ab und wurstelt in der Tasche seines Jacketts herum.

»Ich dachte, ich hätte den Schlüssel zur Wohnung eingesteckt. Nun, das macht nichts. Der Vormieter müsste jeden Moment kommen.«

Die Straße ist zum Glück zu laut für ein Verlegenheitsgespräch und so stehen wir zu dritt vor der Tür und warten auf Herrn Koslowski, den Vormieter.

»Ah, da ist er ja«, sagt Herr Blumfeld und blickt einem jungen Mann entgegen, der auf uns zu schlendert. Haare schwarz, Kleidung schwarz, Sonnenbrille ebenfalls schwarz. Er schlendert an uns vorbei.

»Ach, der sah ihm wirklich zum Verwechseln ähnlich …« Herr Blumfeld entnimmt seinem Jackett ein Stofftaschentuch und tupft sich damit die Stirn ab. Verlegen tastet sein Blick nach Verständnis, er lächelt. Dann betrachtet er die belebte Straße und blickt angestrengt in Richtung Brehmplatz. Aus der anderen Richtung kommt ein junger Mann eiligen Schrittes auf uns zu. Er hat schwarze Haare.

Herr Blumfeld wendet sich um.

»Aber das ist er nun wirklich«, sagt er. Seine Stimme klingt unsicher. Der kennt seine Mieter gar nicht richtig, denke ich und überlege, ob das ein Vorteil oder ein Nachteil ist.

Diesmal ist es jedenfalls wirklich Herr Koslowski. Bis auf die schwarzen Haare sieht er dem anderen überhaupt nicht ähnlich.

Herr Koslowski schließt die Haustür auf. Der Hausflur ist wie geleckt. Herr Blumfeld bleibt kurz vor einem Schild im Treppenhaus stehen.

Bitte die Haustür ab 22 Uhr abschließen. Danke.
Der Eigentümer

Bei Herrn Blumfeld sorgt sein eigenes Schild für abrupte Heiterkeit. Er lacht, bis wir vor der Wohnungstür stehen. Vielleicht ist dieser Neurologe ein bisschen verrückt, wer weiß. Während Herr Koslowski die Tür aufschließt, schaue ich neugierig den Treppenschacht hoch. Sofort weiche ich erschrocken zurück. Da war ein Gesicht. Direkt über mir. Ein altes zerfurchtes Frauengesicht, das zu mir herunterblickte. Wie ein Gespenst. Das Gespenst ist genauso erschrocken wie ich, wir ziehen gleichzeitig unsere Köpfe aus dem Treppenschacht.

»Manu, kommst du?«

Matthes steht in der offenen Wohnungstüre, Herr Blumfeld und Herr Koslowski sind bereits eingetreten.

Die Wohnung ist sehr schön, wenn man von der farblichen Gestaltung der Wände absieht. Zur Straßenseite liegt ein riesiges Zimmer mit einer roten und drei schmutzigweißen Wänden. In vergilbten Rahmen eine dreißig Jahre alte Doppelverglasung, die sich bemüht, dichtzuhalten. Ich öffne ein Fenster, der Straßenlärm flutet den Raum. Ich schließe es rasch wieder. Nach hinten raus gibt es eine mittelgroße Küche mit braunen Kacheln und hellblauen Wänden und ein quadratisches Schlafzimmer in taubenblau. Beide Räume haben einfach verglaste Fenster und Balkontüren. Die Scheiben, die von bröckeligen Dichtungen in den blättrigen Holztüren gehalten werden, weisen konvexe Biegungen und blinde Flecken auf. Wir gehen auf den Balkon. Er ist wunderbar. Groß und breit, mit Blick in die umliegenden Gärten.

Die Gärten kuscheln sich klein und verwildert zwischen die umliegenden Häuser. Auf einem der gegenüberliegenden Balkone wird gestritten. Eine dickliche Frau staucht einen schmächtigen Mann zusammen.

»Dat habbich dir jesacht! Ich hab jesacht: Uwe. Lasset sein. Die binden dir den Arsch hoch. Aber auf mich hört ja keiner.«

Man versteht jedes Wort.

Herr Koslowski schaut Matthes und mir auf die gespitzten Ohren und in die aufmerksamen Gesichter.

»Ja, hier brauchen Sie keinen Fernseher. Sie können sich einfach auf den Balkon setzen und sich ›Düsseldorf live‹

anhören, das ist besser als jede Dokusoap«, scherzt er. Wir wollen gar keinen Fernseher.

Ich lächele Matthes zu.

»Also, vögeln auf dem Balkon iss nicht«, flüstere ich ihm zu.

Herr Koslowski zeigt uns noch das Bad. Das ist ein hell gekachelter Schlauch mit weißer Wanne und braunem Waschbecken. Das Badezimmerfenster ist über der Wanne angebracht, sodass man beim Duschen aus dem Fenster schauen könnte. Allerdings kann man durch das Riffelglas nicht viel sehen. Die Wände sind in allen Zimmern krumm und dick tapeziert, besonders in der kleinen Diele. Dafür ist die gesamte Wohnung mit einem teuren Parkettboden ausgelegt, der in seiner Solidität dem leicht gammeligen Ambiente entgegenarbeitet.

Das warme Abendlicht dieses Julitages breitet sich träge in der Wohnung aus und ich denke, dass ich mir mich vorstellen kann, in diesen Räumen. Die Wohnung hat eine angenehme Raumresonanz. Ich fühle mich auf Anhieb wohl hier. Ich wechsele einen Blick mit Matthes und weiß, dass es ihm genauso geht. Wir wollen die Wohnung.

Herr Blumfeld ist auffallend schweigsam für einen Vermieter. Er ist uns durch die Räume gefolgt, ohne etwas zu sagen. Der Vormieter redet die ganze Zeit, keiner hört ihm zu.

»... und das da kommt natürlich auch noch weg, ich weiß nur noch nicht, wohin damit. Werd ich wohl wegwerfen ...«, sagt er gerade und beugt sich über einen Stapel alten Geschirrs. Ich registriere Teller in allen Größen mit

Blumendekor, im Stil der fünfziger Jahre. Die sind ebenso schön wie wertvoll, offenbar weiß Herr Koslowski das nicht. Matthes und ich werden einen völlig neuen Haushalt gründen. Normalerweise lösen sich andere Haushalte auf, wenn zwei Menschen zusammenziehen. Bei uns ist das nicht der Fall. Die anderen Haushalte bleiben bestehen. Wir müssen alles neu kaufen, oder bei Freunden und Bekannten abstauben. Angefangen bei Herd, Waschmaschine, Kühlschrank und den elementaren Möbeln, wie Bett und Schreibtisch. Aber auch Fußmatte, Besteck, Bettwäsche, Handtücher und den anderen Kram, der einem erst auffällt, wenn er nicht zur Hand ist, wie zum Beispiel Dosenöffner oder Schere. Und natürlich Teller.

»Die nehmen wir gerne. Was wollen Sie dafür haben?«, fragt Matthes sofort.

»Echt, die gefallen Ihnen? Also, wenn Sie mir fünf Euro geben, geht das klar.«

Ich ziehe sofort mein Portemonnaie und reiche ihm den Schein. Wir sind alle sehr zufrieden mit diesem Deal.

»Tja also, Sie sagten, Sie sind Kommissar. Und was macht Ihre Frau?«, schaltet sich endlich Herr Blumfeld in die Geschäfte.

»Ich bin Fotografin«, sage ich.

»Ah, das ist ja interessant. Mit eigenem Studio?«, fragt Herr Blumfeld und reckt seinen faltigen Hals.

»Nein, ein Studio brauche ich nicht. Ich arbeite journalistisch«, antworte ich wichtig. Muss er ja nicht wissen, dass ich mir ein Studio niemals leisten könnte. Gebrauchen könnte ich es schon.

»Meine Freundin ist auch Schriftstellerin!«, behauptet Matthes jetzt und strahlt mich schräg von der Seite an. Er ist so stolz auf mich. Obwohl ich völlig pleite bin.

Er strahlt mich so hell an, dass ich meine Verlegenheit kurz in die Betrachtung meiner Flipflops versenken muss, bevor ich mich wieder dem Vermieter zuwende.

»Das ist ja eine ungewöhnliche Kombination. Der Polizist und die Künstlerin …«, schwelgt Herr Blumfeld und betrachtet uns abwechselnd. Matthes nimmt mich in den Arm, damit er uns gleichzeitig betrachten kann.

»Sind sie eigentlich miteinander …?«

»Nein. Wir sind nicht verheiratet«, sage ich.

»Nicht, dass mir das wichtig wäre«, sagt der Vermieter und reibt sich sein überrasiertes Kinn, das von kleinen Schnittwunden gesprenkelt ist.

»Das ist eine schöne Wohnung«, sagt Matthes und lässt seinen Blick weit durch das kleine Schlafzimmer schweifen. »Das Haus gefällt mir. Typische zwanziger Jahre Bauweise, nicht wahr?«

»Ja, das stimmt«, sagt Herr Blumfeld und wischt sich erneut mit seinem Stofftaschentuch imaginären Schweiß von der Stirn.

»Mein Vater hat es in den Fünfzigern gekauft. Er hatte seine Praxis hier im Haus. Allgemeinmedizin.«

»Sie sind auch Arzt, soweit ich weiß?«, frage ich, obwohl ich die Antwort kenne. Irgendwas muss man zum Gespräch beitragen.

»Ja. Ich bin Professor für Neurologie«, sagt der Vermieter und nimmt zum ersten Mal an diesem Abend eine gerade Haltung ein. »Also, wenn Sie die Wohnung möchten, können Sie sie haben. Sie kostet … Ähm, das weiß ich jetzt nicht auswendig. Herr Koslowski, was zahlen Sie?«

»Fünfhundertvierzig Euro warm, Herr Blumfeld.«

»Ah ja. Also, fünfhundertvierzig Euro warm.« Herr Blumfeld lehnt sich an die Fensterbank des Schlafzimmers und schaut auf seine Uhr. »Wenn Sie möchten, können Sie sich das noch überlegen. Die Wohnung läuft Ihnen nicht weg. Ich habe sie nicht inseriert.«

Matthes und ich tauschen begeisterte Blicke aus. Fünfhundertvierzig Euro für zweiundsiebzig qm mit riesigem Balkon in Düsseldorf. Das ist wahnsinnig günstig.

»Nein, nein«, sagt Matthes schnell. »Wir nehmen die Wohnung, nicht wahr, Chérie?«

Ich nicke. Ich liebe es, wenn er mich »Chérie« oder »Darling« nennt. Das ist wunderbar kitschig.

»Wann könnten wir den Mietvertrag aufsetzen?«, fragt Matthes.

»Ach, das eilt ja nicht. Ich habe Ihre Daten und Ihr Wort. Sie bekommen gleich von Herrn Koslowski die Schlüssel ausgehändigt, dann können Sie schon mal anfangen zu renovieren. Den Vertrag schicke ich Ihnen demnächst zu.«

Diese Vorgehensweise ist ebenso überraschend unkonventionell wie einfach.

»Schicken Sie den Vertrag bitte an mich«, sagt Matthes.

»Wohin soll ich den Mietvertrag denn schicken? Geht der an Ihre alte Adresse?«, fragt der Vermieter noch. Er ist bereits im Aufbruch und stapft durch die Diele Richtung Wohnungstür.

Matthes überlegt kurz. Er lässt sich den Vertrag bestimmt nicht nach Hause schicken, denke ich. Es wäre wirklich taktlos, wenn seine Exfrau unseren Mietvertrag in Empfang nehmen würde.

»Schicken Sie ihn einfach ans Polizeipräsidium zu meinen Händen. Hier ist meine Karte.«

Er überreicht Herrn Blumfeld, der schon mit einem Bein im Hausflur steht, seine Karte. Wir bekommen von Herrn Koslowski zwei Paar Schlüssel und einen eigenartigen Tipp.

»Ach, Sie sollten darauf achten, dass Sie die Wohnungstüre immer leise schließen. Die Dame über Ihnen ist etwas empfindlich.«

Dann empfehlen sich die beiden Herren.

Matthes und ich sind nun allein in unserer neuen Wohnung und knutschen uns durch die Zimmer. Im Schlafzimmer reißen wir uns die Klamotten runter und lieben uns kurz, heftig und laut im Stehen. Gegen Ende hören wir jemanden im Hof »Bravo!« rufen.

»Wir hätten die Balkontür schließen sollen«, sage ich.

»Ach was. Du weißt ja: Guter Sex ist, wenn hinterher die Nachbarn eine rauchen müssen«, sagt Matthes.

Wir sitzen noch ein paar Minuten nackt auf dem ebenfalls nackten Parkett und überlegen, wie wir die Wohnung gestalten werden. Wir brauchen nicht viel. Einige Eimer weiße Farbe. Ein paar Küchengeräte. Einen Tisch mit Stühlen, einen großen Schreibtisch, an dem wir beide arbeiten können. Einige Bücherregale. Und zuallererst ein Bett.

Am nächsten Tag entern wir den Ikea in Kaarst. Wir entscheiden uns schnell für eine orangefarbene Klobrille, zwei Expeditregale, einen Schreibtisch und das billigste Doppelbett. Das Bett ist schlicht und unlackiert. Es kostet ohne Matratze neunundzwanzig Euro.

»Wie können die für den Preis ein Bett anbieten? Das wurde doch todsicher von achtjährigen Kindern in Taiwan unter Wasser mit dem Mund geklöppelt?«, witzele ich.

»Nein. Das wurde von achtjährigen, behinderten, schwulen Kindern in Taiwan unter Wasser mit dem Mund geklöppelt!«, sagt Matthes.

Wir rammen die einzelnen Möbelbretter in den Citroën. Sie passen nur zu drei Fünfteln in den Wagen, wenn überhaupt. Schließlich fahren wir mit offener Heckklappe und achtzig Stundenkilometern über die A 57.

»Das ist superverboten, was wir da machen. Ich als Bulle dürfte so etwas echt nicht machen«, sagt Matthes und beschleunigt auf Hundert.

Es gibt an diesem Donnerstag gegen 17 Uhr keinen einzigen Parkplatz in der Nähe der Brehm-46.

Wir parken also in zweiter Reihe vor dem Haus und fangen an, all die Ikea-Brettchen aus dem Wagen auszuladen. Die meisten Autos und Laster, die uns nun mitten in der Rushhour großräumig umfahren, begrüßen uns stürmisch hupend. Einige wedeln sogar mit den Armen.

Als wir endlich auch das letzte Brett in unserer Wohnung abgeworfen haben, lassen wir uns erschöpft auf den Karton mit dem Lattenrost sinken. Das Auto steht mit offener Heckklappe noch ein paar Minuten mitten auf der Straße. Wir lauschen dem Hupkonzert und knutschen.

Dann setzt Matthes den Wagen um und ist nach zwanzig Minuten wieder da. Ich habe es mir auf dem Karton so bequem wie möglich gemacht und betrachte angestrengt die rote Wand. Die werden wir bestimmt dreimal weiß überstreichen müssen. Matthes legt sich neben mich auf den Karton.

»Wo soll der Schreibtisch stehen? Wo willst du überhaupt schreiben? Im Schlafzimmer mit Blick ins Grüne oder hier im Wohnzimmer?«, fragt Matthes.

»Keine Ahnung. Ich weiß noch gar nicht genau, ob ich weitermachen möchte. Ich könnte mir beide Zimmer zum Schreiben gut vorstellen, aber im Moment kann ich mir das Schreiben an sich nicht richtig vorstellen.«

»Quatsch! Du musst weiterschreiben. Du bist so talentiert!«

Matthes drückt im Takt seiner Worte meine Hand und schaut mich mit großen Augen an. Er denkt das wirklich.

»Ich bekomme für mein Manuskript nur Absagen. Weißt du, wie deprimierend das ist? Es ist noch schlimmer als mit der Fotografie. Als Fotografin wurde ich vor ein paar Jahren mal als die neue Annie Leibowitz gefeiert, von einer Bildredakteurin des Sterns. Und jetzt? Seit ich die Kinder bekommen habe, sind mir fast alle Felle davongeschwommen. Ich bekomme kaum noch Aufträge. Dabei bin ich immer noch genauso gut. Und mit dem Schreiben ist es noch schlimmer. Gestern haben gleich zwei Verlage abgesagt. Dabei hat denen mein Buch sogar gefallen! Meine

Agentin hat mir die Absagen zugeschickt. Sie schreiben beide, wie gut es geschrieben ist, aber sie nehmen es nicht. Es ist zum Heulen. Jede Absage ist eine Niederlage. Stell dir das doch mal vor! Ich erlebe alle Höhen und Tiefen einer großen Künstlerin und das ohne jeden Erfolg!«

»Wie kannst du so etwas sagen! Kein Erfolg. Immerhin hat gleich die erste Literaturagentur dein Buch genommen! Das ist auch nicht immer so. Georgia hat für ihren Krimi nach über einem Jahr immer noch keine Agentur gefunden. Und der richtige Verlag wird noch kommen, verlass dich drauf. Irgendwann wird es dir gehen wie Sterntaler. Dann regnet es Goldmünzen!«

»Ja, ich hoffe, der Regen kommt bald, ich bin völlig abgebrannt. Ist mir auch total peinlich, dass ich mich an dieser Wohnung finanziell so gut wie gar nicht beteiligen kann. Du wirst fast alles zahlen müssen. Ich bin froh, wenn ich mit dem ebenso brotlosen Ringo die Wohnung auf der Golzheimer Straße gestemmt kriege und all das Essen für die Kinderschar und all die Klamotten, sie wachsen ja stündlich.«

»Mach dir keine Sorgen. Im Moment geht das für mich. Und ich will, dass du schreibst! Du bist richtig gut. Mir bedeuten deine Geschichten ganz viel. Und nicht nur mir. Aber das Wichtigste ist …« Matthes küsst mich schnell und feucht. »… das Wichtigste ist: Ohne dein Buch hätten wir uns gar nicht kennengelernt.«

Das stimmt. Ich habe Matthes wegen *Pablo* kennengelernt. So heißt das vierte Kapitel meines Romans. Es ist ein Roman in sieben Geschichten, die lose miteinander verbunden sind. Es geht um drei Frauen. Und um diese ebenso großen wie alltäglichen Themen. Liebe, Treue, Verlust und Freundschaft. Pablo erzählt die Geschichte von Monika, die extremen Liebeskummer hat und eines Nachts auf einer verranzten Autobahnraststätte einen frisch entbundenen Säugling findet. Sie behält das Kind, bis die Sache auffliegt. Für dieses Kapitel brauchte ich eine fachkundige Auskunft. Die Geschichte sollte realistisch sein. Ich wollte wissen, ob meine Monika in den Knast geht, wenn herauskommt, dass sie das Findelkind einfach an sich genommen hat, anstatt die Polizei zu verständigen und das Kind dem Jugendamt zu überlassen.

Meine Freundin Georgia hatte sich für ihren Krimi von einem Kommissar beraten lassen. Ich fragte sie nach seiner Nummer. Es war Matthes' Nummer. Ich rief ihn an, an einem Mittwochnachmittag, kurz nach 17 Uhr. Er war freundlich, aber kurz angebunden.

»Nein, die Dame käme nicht in den Knast. Dafür müsste ein Strafantrag vorliegen und wer sollte den stellen? Klingt interessant, Ihre Geschichte, viel Glück damit. Entschuldigen Sie bitte, ich muss jetzt meinen Zug kriegen.«

Etwas später, gegen Abend, bekam ich noch eine Mail von Herrn Born.

Er entschuldigte sich noch einmal, dass er es so eilig gehabt hatte. Wenn ich noch Fragen hätte, könnte ich gerne noch mal anrufen. Und falls ich Lust hätte, könnte ich das fertige Kapitel mal schicken.

Wow, dachte ich. Ein echter Kommissar möchte mein Script lesen.

Die Polizeiszene wurde sehr kurz. So kurz, dass ich lange überlegte, ob ich dem Kommissar das Kapitel überhaupt schicken sollte.

Schließlich schickte ich es per Mail an ihn, mit der gleichen Erwartungshaltung, die man hat, wenn man einen Schein für ein Supermarktgewinnspiel ausfüllt, bei dem der Hauptpreis ein Mini-Cooper ist. Man weiß eigentlich schon in dem Moment, in dem man den Teilnahmezettel in den Schlund des schmutzigen Pappbehälters an der Kasse schiebt, dass man von der Sache nie wieder etwas hören wird. Es sind immer diese Menschen, die in Orten leben, die man nicht kennt, die den Hauptgewinn abräumen. So wie Knapsack oder Nonnenthal. Man hofft noch ein Weilchen auf einen der attraktiven Trostpreise, eine Bratpfanne zum Beispiel. Aber normalerweise passiert gar nichts. Irgendwann hatte ich vergessen, dass ich unter anderem dem Kommissar das Kapitel auf den PC gespielt hatte. Ich schrieb schon am nächsten Kapitel.

Nach drei Wochen kam eine Mail.

Guten Morgen Frau Hirsch,
Ich finde, damit ist Ihnen ein guter Wurf gelungen. Gerade die Emotionen der Frau spiegeln Sie grandios und virtuell wider, dieses emotionale In-den-Keller-gehen, diese tiefe Niedergeschlagenheit, die sich auch in äußerem Verfall äußert – und dann – endlich! Ich habe ja mitgelitten! Dieser Lichtblick an einem wahrhaftig ekligdreckigstinkenden Ort, dieses kleine schmierige Etwas, der Strohhalm, nein der Stern, nach dem sie greift und den sie nimmt, behält,

erstrahlen lässt, der sie erstrahlen lässt – wirklich gut beschrieben!

Ich glaube, genau das macht einen guten Roman, eine gute Geschichte aus: Die Möglichkeit des Nachfühlens von Gefühlen, das Mitfühlen, das Dabeisein, zu sagen: Ja, so kann es gewesen sein, so war es vielleicht auch, sie, die das schreibt, weiß, was sie schreibt. Das nennt man, glaube ich, Authentizität.

Viel Erfolg für Ihr Buch!
Herzliche Grüße!
Matthes Born

Ich las die Mail einmal im Stehen, ein zweites Mal im Sitzen. Der Fernseher dröhnte gleich neben meinem Laptop. Dann ging ich ins Schlafzimmer, dem einzigen ruhigen Ort an diesem Samstagmittag.

Ich saß auf dem Bett und freute mich. Ganz in Ruhe, heimlich. Diese Mail kam mir vor wie ein Hauptgewinn. Mein Kapitel hatte diesen Kommissar ganz offensichtlich sehr berührt. Und mich berührte seine Mail. Sie war herzlich, emotional, fast ein bisschen pathetisch. Sein Lob wog schwerer als das Lob meiner Freunde, denn er kannte mich nicht. Es wog zentnerschwer, denn es war ganz sicher echt. Er hatte mich verstanden. Er hatte die ganze Geschichte genau so verstanden, wie sie gemeint war.

Meine Tochter riss die Tür auf. »Was machst du da?«

»Freuen«, sagte ich.

Dann ging ich wieder ins Wohnzimmer und nahm trotz geistiger Abwesenheit offensichtlich an ein paar

Gesprächen teil und spielte eine Runde Monopoly. Ich kam in den Knast und war mit meinen Gedanken bei diesem Polizisten, bei seiner Mail. Schließlich verließ ich das Spielfeld und antwortete Herrn Born.

Lieber Herr Born,
ich kann Ihnen gar nicht sagen, wie ich mich gefreut habe über diese emphatische und herzliche Mail! Vielen Dank, das geht runter wie warmes Öl!
Sie scheinen ein sehr einfühlsamer Mann zu sein, noch dazu mit bildhafter Vorstellungsgabe. Das ist sicher auch von Vorteil in Ihrem Job.
Schönes Wochenende und herzliche Grüße
Manuela Hirsch

Ich hatte diese Mail geschrieben und sofort auf »Senden« geklickt, ohne sie noch einmal durchzulesen. Das hatte wahrscheinlich auch mit dem Umstand zu tun, dass zwei meiner Kinder beharrlich den Schreibtisch umkreisten und profane Dinge wie Mittagessen von mir verlangten.

Ich nahm mir trotzdem die Zeit, meine bereits versendete Mail noch mal gegenzulesen. Oh, ich hatte ihm geschmeichelt! Warum hatte ich das getan? Während ich mechanisch Pfannkuchen briet, auf die Teller häufte und mit Sirup bestrich, wunderte ich mich immer noch. Offensichtlich wollte ich mehr über diesen Kommissar erfahren. Ich wollte wissen, wer er ist. Wie er tickt. Wie er aussieht. Also bitte, was sollte das? Nur weil dieser Mann meine Geschichte von Grund auf verstanden zu haben schien, musste er sich noch lange nicht komplett auf meiner Wellenlänge bewegen.

Ich googelte seinen Namen und fand ein Foto von ihm. So ein typisches Mitarbeiterpassbild. Die Art Aufnahme, die ich als Fotografin rein formal schrecklich finde und sehr ungern fotografiere. Ganzes Gesicht mit Kragen und Krawatte im Anschnitt und wenig Drumrum.

Matthes Born, Hauptkommissar stand darunter. Es zeigte einen sympathisch lächelnden Mann mit englischen Gesichtszügen und Petra Pau-Frisur. Attraktiv. Bis auf die Frisur. Das Uniformhemd auf dem Foto war gelb. Das Foto musste schon etwas älter sein. Inzwischen sind die Polizeihemden hellblau. Dann hat er inzwischen vielleicht auch einen besseren Haarschnitt, dachte ich. Was geht das mich an, wie der seine Haare trägt, Herrgottnochmal! Wahrscheinlich beantwortet er meine Mail gar nicht mehr.

Eine halbe Stunde später kam seine Antwort. Sie begann mit einem Zitat.

»Am meisten halte ich davon, wenn man nach einem Buch ganz erledigt ist und sich wünscht, dass man mit dem Autor, der es geschrieben hat, nah befreundet wäre und dass man ihn antelefonieren könnte, wenn man dazu Lust hätte. Das kommt allerdings nicht oft vor.« Das schreibt J.D. Salinger im Fänger im Roggen.

Danach kam noch ein bisschen warmes Öl.

Diese Mail war relativ eindeutig. Er wollte mich kennenlernen. Das konnte man nicht anders verstehen.

Oder? Ich las die Mail knapp ein Dutzend Mal. Dann war ich mir so sicher, wie man sich bei einer Anspielung sicher sein kann. Ich antwortete ihm am späten Abend. Eine Art Lampenfieber hatte mich befallen, es ließ meine Finger schwitzen und meine Wangen glühen, während ich schrieb.

Guten Morgen Herr Born,
als ich Ihre gestrige Mail las, hab ich mir auch gewünscht, mit Ihnen befreundet zu sein, wirklich wahr ☺
Salinger, einer meiner Lieblingsautoren …

Das war der Startschuss. Von nun an flogen unsere Mails wie Matchbälle durchs Orbit. Ich sendete ihm nach und nach auch die restlichen Kapitel und bekam jeweils noch am selben Tag Rückmeldung.

Danke für den neuerlichen Texthappen, den ich gestern Nachmittag mit Genuss verspeist habe …

Nach vier Tagen und zehn Mails waren wir beim Du und plauderten unser halbes Leben aus. Ich wusste jetzt, dass Matthes genauso unglücklich verheiratet war wie ich. Nur schon sehr viel länger. Also, länger verheiratet und länger unglücklich. Nach fünf Tagen fingen wir an zu simsen. Nach zwei weiteren Tagen fast stündlich.

Was machen wir da eigentlich, flirten?, schrieb ich irgendwann.

Ja, so nennt man es wohl …, schrieb Matthes.

Nach knapp zwei Wochen trafen wir uns. Es war ein feuchtschwüler Tag. Ich war vor ihm im *Piratencafé* und sah ihn auf mich zukommen.

Sein Lächeln im Moment des Erkennens war so herzlich schön, dass sich dieses Bild von Matthes im Eingang des Cafés für immer in mein Gedächtnis gebrannt hat.

Wir setzten uns an einen der kleinen Tische und ich beobachtete, wie sich dieser Mann mit dem wunderbaren Lächeln in Schweiß auflöste. Ich fand ihn wahnsinnig männlich. Markantes Kinn, dichte Augenbrauen, blaue Augen, die groß und tief unter den Brauen leuchteten. Große ebenmäßige sehr helle Zähne, dichte abstehende Haare, grau meliert. Starke Körperbehaarung, wo man hinschauen konnte.

Er war sichtlich nervös. Schweißperlen glitzerten auf seiner Stirn, den Unterarmen und im Nacken. Praktisch an allem, was aus seinem Hemd herausguckte.

»Wollen wir nicht draußen sitzen? Ich finde es schrecklich heiß hier drinnen …«, sagte er zweimal und wischte sich verlegen den Schweiß von der Stirn.

»Echt? Ist doch gar nicht heiß hier und draußen ist es zu laut«, sagte ich erbarmungslos. Ich wollte ihn weiter schwitzen sehen. Ich fand das sympathisch. Ich verstand es als Kompliment. Außerdem bekam ich sofort eine Kostprobe seines Duftes. Er roch unheimlich gut.

Ich selbst schwitzte gar nicht. In Situationen, die mir sehr wichtig erscheinen, bin ich kurzfristig cool. Erst hinterher, wenn eigentlich alles vorbei ist, bricht mir der Schweiß aus.

Wir blieben also drinnen und redeten. Es war kein Smalltalk. Es war ein Bigtalk. Wir redeten mit Leichtigkeit über schwere Themen. Das Leben, die Liebe, Arbeit, Ruhm und Ehre. Dabei lauschte ich seiner Stimme. Die ist wunderbar schmelzend warm und tief. Er erzählte ein bisschen von seiner Arbeit als Kontaktbeamter zu Muslimen bei der Polizei. Ich machte auf verständig, verstand aber nicht viel. Ich konnte mich schon nicht mehr konzentrieren. Das ist meine Art Nervosität. Matthes Worte rauschten irgendwann rechts und links an mir vorbei und wurden von mir nur noch phonetisch erfasst, nicht kognitiv. Ich war dabei, mich zu verlieben, aber das merkte ich erst später. Ich erzählte von meiner Arbeit als Fotografin, die seit einer ganzen Weile mäßig erfolgreich war. Aber das erwähnte ich nicht.

»Und seit wann schreibst du?«, fragte er irgendwann.

»Noch nicht lange. Ich habe vor zwei Jahren einen autobiografischen Roman geschrieben, der ist genauso chaotisch wie mein Leben. Er ist schlecht. Mit dem Buch, das du gerade gelesen hast, habe ich erst vor drei Monaten angefangen. Das war ganz schnell da und genauso schnell geschrieben.«

»Ja, dieses Buch hat mir sehr gefallen. Du wirst Erfolg damit haben, da bin ich ganz sicher«, sagte er mit Nachdruck und strahlte mich an.

»Darf ich mal an dir riechen?«, fragte Matthes plötzlich.

Ich nickte amüsiert und er hob vorsichtig meine langen Haare und schnupperte geräuschvoll an meinem Nacken.

»Das riecht gut …«, sagte er.

Wir mussten gehen. Matthes begleitete mich noch zu meinem alten Citroën, den ich im Halteverbot auf der Friedensstraße geparkt hatte.

Wir sprachen nicht viel. Vor dem Auto umarmten wir uns kurz und ungeschickt. Ich wusste nicht, was ich sagen sollte, er sagte etwas Seltsames.

»Also entweder sehen wir uns ab jetzt ganz oft wieder, oder gar nicht mehr.«

In den nächsten zehn Stunden wartete ich auf eine SMS von ihm. Es kam keine einzige. Nun gut, ich hätte auch schreiben können. Aber ich wollte nicht die erste sein. Er musste anfangen, da war ich altmodisch. Er fing aber nicht an. Wie konnte das denn jetzt sein? Bis zu unserem Treffen hatten wir stündlich geschrieben. Hatte ich ihm nicht gefallen? War es tatsächlich einfach heiß bei den Cafépiraten gewesen? Eigentlich nicht. Höchstens vierundzwanzig Grad. Als ich schon im Bett lag, schrieb ich ihm endlich.

Ich fand es schön.

Als die SMS fertiggeschrieben war und ich gerade auf »Senden« gehen wollte, bekam ich eine SMS von ihm.

Es war schön!

Wir hatten nach zehn Stunden absolut zeitgleich entschieden, dass wir schreiben.

Wir trafen uns fünf Tage später wieder und fortan jeden Tag. Mehrmals am Tag, sooft es ging. Beim zweiten

Treffen fingen wir an zu knutschen und haben bis heute nicht mehr aufgehört. Wir wurden süchtig. Es ist die schönste Sucht der Welt, die Sucht nach dem geliebten Menschen.

Diese Sucht ist nur dann gefährlich, wenn sie einseitig ist. Wenn sie beidseitig ist, ist sie erfüllend.

Wir buchten billige Hotelzimmer und liebten uns. Das erste Mal war eine Art verheißungsvolles Fiasko. Matthes Aufregung war genauso groß wie seine Erregung. Erst nachdem wir die halbe Nacht Arm in Arm geredet hatten, fielen wir schnell noch übereinander her. Trotzdem merkten wir, dass wir entsetzlich gut zusammenpassten.

Nach drei Wochen trennte ich mich von Ringo, ein paar Tage später verließ Matthes seine Frau. Vier Wochen später beschlossen wir, zusammenzuziehen.

Und da wären wir nun, in unserer ersten Wohnung, auf dem Bausatz unseres ersten Bettes. Matthes und ich laufen noch rasch zum Matratzendiscounter gleich an der Straßenecke. Wir kaufen die billigste Federkernmatratze und tragen sie zu Fuß zur Brehm-46.

Die ölverschmierten Typen, die im Eingang des Motorrollergeschäftes neben dem Matratzenladen lungern, blicken uns feixend nach.

»Jou, jetzt schnell nach Haus mit dem Dingen und dann ab die Post!«, raunt ein ungepflegter Schmerbauch.

Wir haben keine Zeit mehr für ab die Post. Ich muss zu meiner Familie, um das Abendessen zu kochen. Matthes kommt mit. Seit einigen Tagen ist es normal, dass ich beim Abendessen mit meinen Kindern und beiden

Männern sitze. Matthes und Ringo verstehen sich gut. Das ist ein Glücksfall für uns alle, besonders für die Kinder. Die bevorstehenden Veränderungen sind normales Tischgespräch.

»Wann kann ich mal eure Wohnung sehen? Ist da ein Garten?«, fragt Sofia mit vollem Mund.

»Es gibt einen Garten, der ist sogar richtig schön. Ute hat gesagt, er gehört der Dame im Erdgeschoss, aber die anderen Hausbewohner dürfen ihn auch benutzen. Du kannst jederzeit mitkommen. Morgen fangen wir an zu streichen, helft ihr uns ein bisschen?«, frage ich in die Runde und betrachte meine drei kauenden Orgelpfeifen.

»Nö, kein Bock. Nur gucken«, sagt Sofia.

Auch Vincent findet Streichen nicht so chillig.

»Ich guck mal, ob ich Zeit hab«, sagt Leo wichtig.

Ich bringe die Kinder ins Bett und überlasse Ringo und Matthes das Spülen.

Um 21 Uhr fahren Matthes und ich noch mal zur Brehmstraße. Wir wollen unbedingt noch unser Bett aufbauen.

Wir öffnen die vier Kartons und zerren die Einzelteile des Bettes ans schummrige Licht des großen Zimmers. Jetzt liegen vier Stapel verschieden großer Bretter vor uns, dazu ein kleiner Karton voller interessanter Schrauben und die Ikea-Bauanleitung.

Matthes studiert die Anleitung mit gerunzelter Stirn, während ich die Pappen und Päppchen zerkleinere.

»Hoffentlich ist ein Papiercontainer in nächster Nähe. Und der sollte auch leer sein«, sage ich.

Matthes lässt die Anleitung sinken.

»Sag mal, Manu, du gehörst doch sicher zu diesen emanzipierten und irre patenten Frauen, die Möbel schneller zusammenbauen als der Kerl?«

»Nein.«

Matthes faltet mit flinken Händen einen Papierflieger aus der Bauanleitung und wirft einen zweifelnden Blick auf den Bretterhaufen zu unseren Füßen.

»Ah ja. Sag mal, hatten die bei Ikea nicht auch einen Aufbaudienst bei geringem Aufpreis?«

»Was ich an Männern ja besonders bewundere, ist handwerkliches Verständnis.«

»Natürlich. Ich bin froh, dass du nicht handwerkliches Geschick gesagt hast. Also Verständnis fürs Handwerk habe ich durchaus.«

Wir lachen. Dann knutschen wir. Eine halbe Stunde später fangen wir an, das Bett aufzubauen. Am Ende sind vier Schrauben übrig.

»Tja, ich glaube, da sind immer ein paar Ersatzschrauben dabei …«, sage ich zögerlich. Dann benötigen wir noch eine Viertelstunde, um das Ding durch die beiden Türen in das kleine Zimmer zu bugsieren.

Wir hieven die Matratze auf das schlichte Naturholzgestell. Das Bett ächzt, als wäre ihm schon die Matratze alleine zu schwer.

»Echt schön, das Bett. Vor allem zu dem Preis! Keine dreißig Euro«, sage ich.

Wir lassen uns seitlich aufs Bett plumpsen. Es gibt ein schabendes splittriges Geräusch, das wir erstmal ignorieren. Wir fangen relativ schnell an zu vögeln. Wir lieben uns wie die ersten Menschen. Ohne Verstand, nur mit Sinn. Wie von Sinnen. Das Bett macht mit. Es quietscht und knarrt vor sich hin. Es ist fast so laut wie wir. Fast hätten wir das Klopfen nicht gehört. Ich vernehme im Endbereich unserer Aktivitäten ein Klopfen von der Zimmerdecke. Dreimal drei, mit ein paar Sekunden Abstand.

»Hast du das Klopfen gehört? War das drei lang, drei kurz? Wie ein Hilferuf?«, frage ich, als wir satt und zufrieden nebeneinanderliegen.

»Nein. Das war dreimal kurz. Wahrscheinlich die Alte, die über uns wohnt, Frau Althaus. Ute hat doch berichtet, dass sie diese Stöckesammlung hat.«

Wir simulieren erneutes Gestöhne und lauschen gebannt.

Tatsächlich klopft es erneut. Dreimal drei.

»Oh, nein! Jetzt haben wir uns wochenlang in schäbigen Hotels rumgedrückt und uns darauf gefreut, in einer eigenen Wohnung endlich hemmungslos vögeln zu können und dann das, die Alte wird uns jetzt jedes Mal den Spaß verderben!«

Meine gehobene Stimmung der letzten Stunden winkt schon zum Abschied, aber ich will sie noch nicht gehen lassen.

»Müssen wir jetzt immer versuchen, leise zu sein, um Frau Althaus nicht zu stören?«

»Nein, Chérie«, sagt Matthes mit fester Stimme und zieht mich noch näher an sich heran. Eigentlich liegen wir schon so eng, dass noch näheres Liegen mit Atembeschwerden einhergeht. Wir genießen das.

»Wir sollten da gar keine Rücksicht drauf nehmen. Das sind normale Lebensgeräusche. Damit muss die Nachbarschaft klarkommen. Die Wände sind offensichtlich sehr dünn, aber dafür können wir nichts. Und dass diese alte Dame etwas überempfindlich ist, wussten wir ja schon von Ute. Wir werden uns weiter aneinander erfreuen und den Lärm von Frau Althaus in Kauf nehmen.«

Wir fangen augenblicklich von vorne an, aber echte Entspannung stellt sich nicht mehr ein. Wir wissen, dass eine grimmige Schachtel mit beiden Ohren am Boden liegt und die Stöcke schon in der Hand hat. Außerdem bereitet uns jetzt das Bett Sorgen. Es knarzt entsetzlich. Matthes legt sich kurz unters Bett und kommt mit großen Augen wieder hoch.

»Das glaubst du nicht. Die mittlere Latte, also die Hauptachse des Bettes, ist schon angebrochen. Guck dir das mal an!«

Wir liegen beide unter dem Bett und staunen.

»Also, das darf doch nicht sein. Ich meine. Wir sind nun wahrlich keine Schwergewichte. Und so ein Bett muss doch normaler Belastung standhalten. Da war doch kein Aufkleber drauf: Achtung, nur bis 30 Kilo belastbar, oder?«

»Nein. Wollen wir es umtauschen?«

»Hast du Lust dazu? Die einzelnen Bretter wieder ins Auto räumen. Ich habe die Kartons schon zerkleinert. Lass uns einfach morgen eine neue Latte einsetzen«, sage ich leichthin.

Es wird schwierig am nächsten Tag. Nachdem Matthes und ich einen Obi gestürmt haben und zwei Eimer weißer Farbe, Abdeckplanen, Rollen und Eckpinsel in die Wohnung gebracht haben, macht Matthes sich mit einer neuen Holzlatte über das Bett her.

Ich fange an abzukleben, während er mit dem Bett kämpft.

Ich habe schon sämtliche Räume abgeklebt, als er mich ruft.

»So, jez kick disch dat an. Iss feddich«, sagt er in breitem Düsseldorfer Platt. Das ist eine Art Spiel von uns.

»Ja aber is dat Dingen nit jenauso pisselisch wie dat angere?«, frage ich entsprechend breit zurück und werfe lachend einen Blick auf die neue Holzlatte. Sieht aus wie die alte.

»Näh, dat iss sozusaren Qualität! Dat hält. Komm, wir probieren et aus. Du willset doch auch!«, raunt Matthes und wir lassen uns glucksend aufs Bett fallen.

Wir haben so berauschenden Sex, dass wir das Klopfen von oben und das Knacken von unten nur peripher wahrnehmen. Dann kracht das Bett zusammen.

»Näh! Getz war isch voll in Ekstase jewesen, brischt dat Bett zusammen«, pruste ich. Ich bleibe auf Matthes hocken und wir lachen so lange, bis das Bett noch ein bisschen tiefer sackt. Dann vögeln wir in den Trümmern weiter. Wir hören erst auf, als eine tiefe Frauenstimme direkt vor unserer Wohnungstür: »Jehdet noch?« brüllt. Immerhin ein dialektisch passender Beitrag zu unserer Konversation. Dann knallt eine Tür im Hausflur zu.

»Ich finde, wir sollten Frau Althaus mal zum Kaffee einladen, was meinst du?«, fragt Matthes. Dann macht er sich wieder über meine Brüste her. Matthes ist ein wahrer Busenfreund. Er hält meine Brüste mit andächtiger Sorgfalt, so, wie man den Kopf eines Säuglings hält. Dann fängt er an zu kneten, er lutscht und saugt.

»Du hast die schönsten Brüste auf der ganzen Welt. Nein, des Universums! Also, aller Universen. Auch der unentdeckten«, seufzt er.

Irgendwann reißen wir uns voneinander los und arbeiten weiter. Matthes besorgt im Baumarkt eine doppelt so breite, doppelt so dicke und viermal so teure Holzlatte und stabilisiert damit das Bett nachhaltig, während ich anfange, die Diele zu streichen.

In den kommenden Wochen können wir uns immer erst nach 21 Uhr um unsere neue Wohnung kümmern, wenn meine Kinder im Bett sind. Wir legen jede Menge Nachtschichten ein und brauchen schließlich vier Wochen, um die Wohnung zu verspachteln und zu streichen. Das liegt auch daran, dass wir immer wieder die Rollen fallen lassen und uns aneinander erfreuen. Meistens verlassen wir erst nachts um 2 oder 3 Uhr die Wohnung, dann fährt jeder zu seinem anderen Zuhause, und am nächsten Abend finden wir uns wieder auf der Brehmstraße ein. Wir stürmen regelmäßig kurz vor Ladenschluss die umliegenden Baumärkte und immer wieder den Ikea in Kaarst. Unser Bett wird nicht mehr verkauft, sie hatten es nach wenigen Wochen aus dem Sortiment genommen.

Das billigste Bett kostet jetzt nicht mehr neunundzwanzig

Euro, sondern neunundfünfzig Euro, immer noch ein winziger Preis für ein Bett.

»Siehst du, hätten wir mal was springen lassen und das Bett für neunundfünfzig Euro genommen, dann hätten wir was Solides gehabt«, albere ich und lasse mich auf das Neunundfünfzig Euro-Bett plumpsen.

Matthes legt sich neben mich. Uns befällt simultan große Müdigkeit. Wir kommen nicht mehr hoch. Die Nachtschichten fordern ihren Tribut, jetzt, auf der Ausstellungsfläche eines schwedischen Einrichtungshauses. Wir greifen nach den üppigen Auflagen und schieben uns geblümte Kissen in den Rücken. Dann beobachten wir mit halb geschlossenen Augen die Leute, die an uns vorüberziehen. Menschen jeden Alters und jeder Nationalität gehen mittwochabends bei Ikea einkaufen, begleitet von erstaunlich vielen, erstaunlich quengeligen Kindern. Die hätte man doch im Spieleparadies abgeben können, denke ich und kuschele mich noch tiefer in die Kissen. Nur der Imprägniergeruch der Bettwäsche stört. Wir werden von allen Passierenden beachtet. Die meisten sind belustigt oder halten den Daumen hoch. Nur zwei mittelalte Paare entrüsten sich verhalten. Das müssen Verwandte von dem Kneipenbesitzer in Derendorf oder von Frau Althaus sein. Wir bleiben liegen, bis uns eine erotische Frauenstimme über Lautsprecher darum bittet, das Ikea-Möbelhaus binnen fünfzehn Minuten zu verlassen. Also, nicht nur uns. Es ist 21.50 Uhr, kurz vor Ladenschluss.

Alles muss raus.

»Das Bett nehmen wir nicht. Viel zu billig«, meint Matthes und erhebt sich langsam.

»Wir haben noch keine Küche gekauft!«, entfährt es mir. Hektisch verlasse auch ich das Bett. Wir hetzen ins Erdgeschoss, vorbei an einer trägen Masse von Menschen, die als vorletzte zur Kasse strömen. Die letzten werden wir sein. Wir stellen uns mit einer gleichbleibend freundlichen, schweißgebadeten Mitarbeiterin binnen zehn Minuten eine Küchenzeile zusammen. Also Arbeitsplatte mit Stahlbeinen, Hängeschränke mit roten Verblendungen, einen roten Spültisch, eine Porzellanspüle. Bisher gibt es in unserer Küche nur Kühlschrank, Waschmaschine und Herd, alles noch nicht angeschlossen.

Wir sind auch die letzten, die bei der Abholstelle vorbeischauen. Dann versuchen wir verzweifelt, alles im Citroën zu verstauen. Auf der Fahrt zur Brehmstraße habe ich ungefähr zehn Zentimeter Platz neben den langen Kartons, der Schaltknüppel liegt im Verborgenen. Der Gott des Parkplatzes ist uns heute hold, es gibt eine geräumige Lücke gleich vor der Brehm-46. Todmüde schleppen wir unsere Beute in die Wohnung.

»Boa. Jetzt eine Stunde auf die Couch. Und dann ins Bett«, stöhnt Matthes.

»Die Couch haben wir noch nicht. Aber dafür ein enorm stabiles Bett!«, sage ich. Wir zünden ein paar Kerzen an und lassen uns in die brandneuen Kissen und Decken sinken. Wenigstens das Schlafzimmer ist so gut wie fertig, zumindest nach Fengshui-Gesichtspunkten. Außer dem Bett, einem Nachttisch und einem Holztisch vom Trödel gibt es nur einen großen Kerzenständer und ein riesiges antikes Kitschbild mit Heiligenmotiv.

Seitlich im Rahmen des Bildes klemmt ein Foto, das ich vor ein paar Wochen im Hotel mit Selbstauslöser von mir und Matthes gemacht habe.

Es ist eine Nahaufnahme, man sieht nur unser Glück. Wir sehen beide unendlich geborgen aus. Und genauso fühle ich mich auch jetzt, in diesem kleinen Schlafzimmer, dem sanften Licht und der Wärme, die von Matthes ausgeht. Wir lieben uns, wie immer begleitet von rhythmischem Klopfen aus der Wohnung von Frau Althaus. Als wir die Wohnung verlassen, ist es bereits halb drei morgens.

Wir schließen unsere Räder auf, die an der Hauswand lehnen.

»Ich freue mich auf den Tag, an dem wir endlich einfach liegenbleiben können und nicht mehr mitten in der Nacht umziehen müssen«, sage ich.

»Das wird bald so sein, Chérie! Kann nicht mehr lange dauern«, sagt Matthes und zieht mich fest an sich. Wir können einfach nicht voneinander lassen. Wir wollen es auch nicht. Es ist zu schön. Wir stehen also noch eine Weile im dunstigen Laternenschein und knutschen. Matthes fängt schon wieder an, mich gierig zu betasten. Ich liebe seine Gier. Ich lege meinen Kopf genussvoll in den Nacken. Mein Blick schweift ziellos an der schläfrigen Hausfassade hoch.

Dann sehe ich sie. Hinter einer halblangen Gardine steht jemand im Dunklen und beobachtet uns. Es ist Frau

Althaus. Sie wird matt von der Straßenlaterne angeleuchtet, man sieht ihren Umriss und die schattigen Konturen ihres Gesichtes. Provokant winke ich ihr zu. Sie weicht nicht zurück. Sie bleibt dort stehen, wie eine Wachsfigur. Die Szene ist absurd, ich muss unweigerlich lachen.

Matthes blickt von meinem Nacken auf.

»Was ist?«

»Matthes, guck dir das an! Da steht Frau Althaus und observiert uns.«

Jetzt starren sich drei Menschen an, nachts um 2.40 Uhr, bei Vollmond.

Frau Althaus reagiert auch nicht auf vier winkende Hände.

»Die stalkt uns! Ist das gruselig! Die Alte steht da im Dunklen hinter der Gardine und guckt! Dass die da stehen bleibt. Die sieht doch, dass wir sie gesehen haben, das müsste der doch peinlich sein«, sage ich.

»Warte, ich mache ein Foto von ihr, dass wird ihr nicht gefallen«, sagt Matthes und zieht sein Smartphone.

Er hält es hoch und macht ein Foto, mit Blitz.

»Du weißt schon, dass dieses Foto nichts werden kann, bei dem Licht«, flüstere ich ihm zu.

»Ja, weiß ich doch. Die Alte soll sich nur ein bisschen erschrecken«, flüstert er zurück und setzt ein lautes: »Damit können wir Frau Althaus wegen Stalking anzeigen!« hinterher.

Frau Althaus beschwert sich nie wieder. Jedenfalls nicht durch Klopfen. Ihre Stöcke hat sie vorerst eingesammelt.

Dafür bekommen wir Post von der Nachbarin unter

uns. Eine freudlos dreinschauende Mittdreißigerin, die alleine zu leben scheint.

Der Brief ist auch von Frau Althaus unterzeichnet.

Ihr Ficken geht uns auf die Nerven und raubt uns den Schlaf. Wir werden sie beim nächsten Mal wegen Ruhestörung anzeigen.
Claudia Havelmann, I. Althaus

»Na toll. Wir sind vom Knutschpärchen zum Fickpärchen avanciert!«, flachse ich.

»Ja, das ist schon der zweite Brief dieser Art. Den ersten hat sie schon vor ein paar Tagen unter der Tür durchgeschoben, hab ich ganz vergessen, dir zu sagen. Fand ich auch nicht wichtig. Der klang noch etwas moderater ...«, sagt Matthes.

»Und was machen wir jetzt?«

»Nichts«, meint Matthes leichthin.

Wir haben im Moment auch andere Sorgen. Seit zwei Tagen verzweifeln wir an den Hängeschränken.

Irgendwann kommt Ute mit ihrer Hilti runter und hilft uns. Sie baut beschämend flink sämtliche Schränke für uns zusammen und lässt sich lediglich einen Kaffee reichen. Aus der Kaffeemaschine, die sie uns gleich am dritten Tag unserer Renovierarbeiten mitsamt Kaffee, Filtertüten und einem CD-Player heruntergetragen hat. Ute, die Gute.

»Ihr könnt mich ja dafür mal zum Essen einladen, wenn du was Feines kochst, Manu«, sagt sie bescheiden, als sie ihr Werkzeug wieder einsammelt.

»Na klar, jede Woche, wenn du möchtest«, sage ich sofort.

»Na, wir wollen mal nicht übertreiben. So viel hab ich ja jetzt auch nicht gemacht.«

»Warts ab. Wir wollten nächste Woche noch einen Kleiderschrank kaufen …«, gebe ich zu bedenken.

»O.k., dann gibt es aber Spargel mit allem Zipp und Zapp«, sagt sie ungerührt. »Wusstet ihr, dass unterm Dach noch eine Mansardenwohnung frei geworden ist? Gleich neben Nadja. Wäre die nicht vielleicht was für Ringo? Die Wohnung meine ich jetzt. Der sucht doch auch …«

Ringo findet die Idee klasse, im gleichen Haus eine Wohnung zu haben wie wir. Er ruft sofort Herrn Blumfeld an. Erstaunlicherweise erreicht er ihn und bekommt schon am übernächsten Tag die kleine Wohnung im fünften Stock. Beschämenderweise zieht er noch vor uns dort ein. Er übernimmt alle Möbel des Vormieters und findet die Wohnung mit den schmutzigen Wänden bezugsfertig. Zwei Tage später zieht Matthes ebenfalls auf die Brehmstraße. Vorher hat er ein paar persönliche Dinge aus seinem Haus abgeholt. Eigentlich nur Kleidung und Bücher. Und zwei Portraitaufnahmen seiner Töchter. Alles andere lässt er hinter sich.

Ich habe große Schwierigkeiten, zu entscheiden, was auf der Golzheimer Straße bleibt und was ich mit zur Brehmstraße nehme. Von nun an ist beides mein Zuhause. Schließlich mache ich halbe-halbe.

Die erste Schicht auf der Golzheimer Straße übernehme also ich.

Ich bin jetzt mehr oder minder alleinerziehende Mutter von drei Kindern, wenn ich dort bin. Kinder, die nun doch etwas verwirrt sind und die ganze Mutter verlangen, mit allen Sinnen. Gleichzeitig muss ich Geld verdienen.

Fotojobs sind mau in letzter Zeit. Ich verbringe die fortgeschrittenen Abende damit, bei Firmen und Zeitschriften anzufragen, für die ich bereits gearbeitet habe. Ich bekomme ausweichende Antworten

... *Wir schätzen Ihre Arbeit sehr, sehen aber momentan keine Möglichkeit* ... und gar keine Antworten.

Mit zunehmendem Unbehagen schreibe ich auch Firmen und Zeitschriften an, für die ich bisher noch nicht gearbeitet habe. Ich versende ca. dreißig Initialbewerbungen und bekomme drei Antworten. Immerhin, denkt die Optimistin in mir. Immerhin zehn Prozent. Es sind Absagen.

Ich versuche, die Fotos einer Kabarettistin zu verkaufen, die ich kürzlich portraitiert habe, eine echte Größe im Rheinland und auch überregional sehr bekannt. Bewusst schreibe ich die beiden Zeitschriften an, die sich an Frauen über vierzig richten, denn die Kabarettistin ist achtundfünfzig Jahre alt. Beide Bildredakteurinnen loben meine Bilder. Sie nehmen sie nicht.

»Wissen Sie, die Dame ist mit achtundfünfzig Jahren einfach zu alt, um über sie zu berichten. Wir berichten nur über Frauen, die maximal vierzig sind, es sei denn, es sind A-Promis.«

Interessant. Die Zeitschriften »ab 40« diskriminieren

Frauen über vierzig. Die Bildredakteurin ist über fünfzig Jahre alt.

Schließlich hoffe ich auf mein Buch, dass nun seit drei Monaten bei der Agentur *Lesen und Lauschen* liegt. Irgendetwas muss doch jetzt mal laufen. Unser Lebensmodell mit den drei Wohnungen verspricht teuer zu werden, Ringo verdient als freier Fotograf ebenfalls schlecht und Matthes muss reichlich Unterhalt an seine Ex-Frau zahlen.

Auf dem Küchentisch liegt ein Stapel unbezahlter Rechnungen und Vincents Turnschuhe sind auch schon wieder zu klein.

Aber auch mein Buch hat bisher nicht den durchschlagenden Erfolg. Es hat noch gar keinen Erfolg. Außer, dass mir viele Freunde und Freunde von Freunden mitteilen, dass sie es toll finden. Sie würden es alle sofort kaufen. Leider hat es bisher kein Verlag angenommen. Meine Agentin bemüht sich mit vollem Einsatz und voller Überzeugung. Ab und zu sendet sie mir die neuesten Verlagsabsagen. Einige Verlage scheinen mein Manuskript richtig gut zu finden. Aber irgendeinen Grund für eine Absage gibt es trotzdem immer.

Heute ist es die Absage eines sehr großen Verlages, die mir den Tag versaut.

Die Lektorin findet mein Buchprojekt sehr gut, die Stimme wäre authentisch und lebendig, die Geschichte lebensnah und überzeugend.

Ich freue mich. Dann kommt das Aber.

Aber es wäre wegen der Aufteilung in Geschichten kein Roman und somit komme es nicht für sie infrage.

Dabei gibt es das schon. Ich könnte jetzt Romane aufzählen, die so funktioniert haben. Und von mir aus sollen sie es »Ein Roman, der keiner ist« nennen, was spielt das schon für eine Rolle?

Heute ist ein besonderer Tag. Ich bekomme sogar noch eine zweite Absage. Ebenfalls ein großer Verlag.

Man fände meinen Stil überzeugend, die Charaktere wirklich stark und interessant, aber es wäre alles in allem ein bisschen zu viel, was meinen Protagonisten passiere. Das fänden sie nicht glaubwürdig.

Ich bin sauer. Was wollen die Verlage denn? Romane, in denen nichts passiert? Einen weiteren typischen Frauenroman, wie die, die den Markt seit ein paar Jahren überschwemmen und mit ihrer Seichtheit ganz müde machen? Ich schreibe Anja May, meiner Agentin.

Sollen sie doch alle weitere Tussiromane auf den Markt werfen und die Wirklichkeit wie auch die Fantasie ihrer Leser unterschätzen …

Schon nach drei Minuten bekomme ich eine Antwort.

Sie sagen es! Wir geben nicht auf!

Den Rest des Tages verbringe ich mit Haushaltseinerlei. Betten beziehen, viele Betten. Essen kochen, Hausaufgaben betreuen. Spätabends kommt Matthes vorbei und richtet mein ramponiertes Selbst wieder etwas auf.

»Komm, bleib mal cool. Dein Roman ist gut. Das wird

irgendwann auch ein Verleger erkennen. Es gibt keinen Grund, an dir zu zweifeln. Warte ab, der Erfolg wird kommen. Da bin ich ganz sicher.«

Dann kommt unsere erste gemeinsame Woche auf der Brehmstraße. Ringo übernimmt die Kinderschar und ich schnüre mein Bündel und mache rüber zur Brehm. Zu Matthes.

Das Wochenende ist ein Glückstaumel zwischen allen irdischen Genüssen. Wir schlafen, schlemmen, vögeln und machen lange Spaziergänge. Dann das Gleiche von vorn und noch einmal.

Ab Montag verschwindet Matthes morgens um 7 Uhr und kommt erst um 19 Uhr zurück. Ich habe Zeit für mich. Zum ersten Mal seit Jahren. Keiner will was von mir. Gespenstisch.

Ich setze mich an mein Laptop und schaue aus dem Fenster. Urbane Tristesse nach allen Seiten. Ich schaue und schaue. Eigentlich wollte ich meinen neuen Roman anfangen. Hier habe ich endlich Zeit zum Schreiben.

Aber diese Ruhe macht mich unruhig. Ich mache mir einen Kaffee und setze mich wieder hin. Dann ein Brot. Schließlich fange ich an.

Die erste Seite fließt mühelos aus meinen Fingern in die schwarzglänzenden Tasten. Dann ist Schluss.

Ich checke meine Mails. Keine neuen Nachrichten. Den ganzen Tag schon. Nicht mal von Hitmeister Preisknaller. In den letzten Tagen hatte ich fast nur Spams erhalten. Vor allem von Zalando-Lounge und Hitmeister Preisknaller. Ich hatte jeweils einmal etwas bestellt und war im

Newsletter-Verteiler gelandet. Bei diesen Firmen gibt es dreimal am Tag News.

Nun hatte ich mir gestern die Mühe gemacht, die Newsletter schriftlich abzubestellen. Jetzt bekomme ich gar keine Mails mehr.

Ich schreibe weitere zwei Seiten. Dann checke ich erneut mein Postfach. Hitmeister Preisknaller fragt an, ob ich den Newsletter nur pausieren möchte.

Und da ist noch eine Mail. Sie ist von Anja May, meiner Agentin. Ich starre das verschlossene Minikuvert an und bleibe reglos vor dem Bildschirm sitzen, bis der PC auf Standby geht. Dann fahre ich ihn wieder hoch und öffne endlich die Mail.

Es ist eine brandneue Absage. Von meinen persönlichen Lieblingsverlag. Das nimmt mir jetzt ein bisschen die Luft raus. Ich mag von jetzt auf gleich nicht weiterschreiben.

Ich lege mich aufs Sofa und bleibe zwei Stunden liegen. Dann gehe ich ins Bett. Ich hätte mich gerne betrunken. Aber ich mag keinen Alkohol. Stattdessen rauche ich ein wenig Kette und heule die frische Bettwäsche voll. Als Matthes kommt, liege ich immer noch tief unter einer Decke aus Selbstzweifeln und Traurigkeit.

»Hol mal Sekt. Wir feiern meine fünfundzwanzigste Absage«, sage ich und putze mir geräuschvoll die Nase. »Mann, Matthes. Dass ich das Schreiben für mich entdeckt habe, bedeutet für mich ein deutliches Plus an Niederlagen.«

Matthes bietet alles an Optimismus auf, was er nach zehn Stunden Büroarbeit noch aufbringt.

Ich stehe schließlich auf und schreibe weiter. Jetzt erst recht, denke ich. Und wenn es nur für die Freunde und Freundesfreunde sein wird, die meine Geschichten schätzen. Und für Matthes.

Schon am nächsten Tag kommt endlich eine gute Nachricht. Frau May schreibt, die Lektorin des Qualitätsverlages fände mein Buch sehr gut. Sie würde es morgen mit der Verlagsleiterin durchsprechen. Die Chancen stünden gut. Der Qualitätsverlag ist ein großer Verlag. Wie wunderbar wäre das denn?

Ich bin außer mir vor Freude und endlich ganz bei mir. Mein Schreibfluss fließt ganz regelmäßig an diesem Tag, ich schaffe zehn Seiten. Den nächsten Tag verbringe ich hauptsächlich vor dem Computer. Aber nicht schreibend, dazu bin ich zu aufgeregt. Ab 9 Uhr morgens schaue alle paar Minuten nach, ob meine Agentin geschrieben hat. Völlig übertrieben, die Besprechung ist wahrscheinlich nicht um 8 Uhr morgens gewesen. Die Stunden verstreichen in ereignisloser Trägheit. Um 18.05 Uhr bekomme ich die erste Mail an diesem Freitag. Sie ist von Frau May.

Ich sitze da und tue nichts. Diese Mail entscheidet über so vieles. Sie wird Dimension haben. Der Inhalt dieser Mail entscheidet über Anerkennung, Glück, Geld oder deren Abwesenheit.

Bloß nicht wieder einer deiner ständigen Beinah-Erfolge, Frau Hirsch, nicht schon wieder, sage ich zu mir selbst. Das hatte ich oft. Meine Beinah-Erfolge sind legendär. Sie erinnern mich manchmal an diese Show von Rudi Carrell, falls sich noch jemand erinnert. Den

Kandidaten wurden nach einem verlorenen Spiel immer die Dinge gezeigt, die sie gewonnen hätten.

Wenn sie nicht verloren hätten.

Rudi Carrell sagte dabei immer den gleichen Satz, in jeder Show, mit gleichbleibender Gelassenheit.

Das wäre Ihr Preis gewesen.

Genau. *Das wäre Ihr Preis gewesen* hatte ich auch schon viel zu oft.

Ich kann die Mail nicht öffnen. Es muss eine Zusage sein. Der Verlagslektorin hat mein Script gefallen. Was soll da noch schiefgehen?

Matthes kommt nach Hause. Er hatte mindestens viermal angerufen.

»Hast du endlich Nachricht?«, fragt er. Er hat sich nicht mal die Jacke ausgezogen und strahlt mich an.

»Ja. Mach du die Mail auf. Ich schaffe es einfach nicht.«

Ich stehe auf und setze mich aufs Sofa. Der neue Bezug knistert freundlich, als ich mich setze. Matthes nimmt auf meinen Bürostuhl Platz. Ich höre das Klicken, als er die Mail öffnet. Er bleibt kurz dort sitzen. Eine Ewigkeit.

Dann kommt er zu mir herüber und umarmt mich.

Sein Gesicht verrät gar nichts.

»Komm, Chérie, du musst jetzt endlich weiterschreiben«, sagt er.

ERDGESCHOSS, CLAUDIA HAVELMANN

Das hier hat nichts mit meinen hochfliegenden Träumen zu tun. Den Träumen, die ich mit siebzehn hatte und die mir in den letzten beiden Jahrzehnten schleichend abhandengekommen sind. Davongeflogen.

Jetzt sind sie beinahe weg und der Installateur kommt.

Der junge Mann steckt in einem auffallend eng anliegenden Overall, darunter trägt er Adamskostüm. Ich meine, er trägt wirklich nur diesen Overall und einen lächerlich kleinen Werkzeugkoffer. Nicht mal Schuhe hat er an.

»Guten Tag, schöne Frau, Sie haben einen tropfenden Wasserhahn?«

»Jahaaaa …«, hauche ich.

»Na dann wollen wir mal. Wo tropft es denn?«, fragt der Installateur und blickt sich suchend in der Wohnung um. Dabei kratzt er sich ganz geschmeidig im Schritt.

»Hier entlang, bitte. Ich werde Ihnen zeigen, wo es leckt …«, sage ich.

»Nein, nein, so geht das nicht, Claudia. Du musst da etwas Laszives, Forderndes reinlegen«, sagt Siggi, der Produktionsleiter.

»So ungefähr: »Ich … mh … werde Ihnen zeigen … uuh … wo es lääckt …«

Siggi verzieht dazu sein fettiges Bluthochdruckgesicht zu einer grotesken, puppendummen Grimasse.

»Den Take machen wir gleich noch einmal. Leck dir mal die Lippen, dann klingt es gleich weicher, Claudia.«

Ich lächle diesem schmerbäuchigen Idioten gewinnend zu, der sich »Produzent« nennt, aber eigentlich Dachdecker ist und sich das Tonabmischen auf dem zweiten Bildungsweg im eigenen Keller an einer Achtspur angeeignet hat. Das weiß ich von Clara, die kennt ihn schon länger. Sie müsste gleich hier eintreffen. Wir werden noch ein Duett geben.

»O.k., ich geb mir Mühe«, sage ich. Siggi gibt mir ein Zeichen.

Ich versuche es genauso zu sagen, wie Siggi es mir eben in diesem gespielten Witz vorgemacht hat.

Es ist lausig. Siggi scheint zufrieden und macht mir nun Zeichen, dass wir den Take fortsetzen.

Ich schaue zu der anderen Sprecherbox herüber. Hier sitzt Antonio, ein achtundfünfzigjähriger Grieche, der mit der Synchronisierung von Pornos eine vierköpfige Familie plus Schwiegermutter ernährt. Seine Stimme klingt so jung wie der Nachwuchs-Porno-Tarzan in dem Streifen aussieht. Ich verleihe meine Stimme einer russischen Dame, die ebenfalls optisch rein gar nichts mit mir gemein hat. Sie ist klein, mit riesigen Brüsten und trägt eine platinblond gesträhnte halblange Perücke. Ich bin groß, mit kleinen Brüsten und dunklen langen Locken. Alles immerhin echt.

Ich schlage das nächste Blatt des Drehbuchs auf. Das

Drehbuch hat fünf Seiten. Die Dame läuft auf ihren fünfzehn Zentimeter High Heels, die sie als Hausfrau ganz selbstverständlich zu ihrer Miniatur-Küchenschürze trägt, vor dem Installateur zur Pantry-Küche.

»Kommen Sie, es ist gleich hier drüben«, nuschele ich mit meinen angefeuchteten Lippen in das Großmembran Mikrophon auf dem kleinen schwarzen Tischchen vor mir. Dieser Satz ist mir fast synchron gelungen. Siggi hebt den Daumen.

In der Küchenzeile ist ein Spülbecken. Es ist so niedrig angebracht, dass es gut in einen Kindergarten passen würde. Die Dame bückt sich nun breitbeinig zum Wasserhahn hinunter. Im Script zu diesem Take steht:

Geht zur Spüle. Seufzt. Frei improvisieren.

Ich starre angestrengt auf den kleinen Bildschirm in meiner Kabine.

Die Dame hat den Mund halbweit geöffnet. Hierzu passt nur ein

»Aaaahhhhh …«, kein »Mhhhhh …«

Über meine Kopfhörer höre ich das Seufzen im Originalton.

Ich versuche, es eins zu eins nachzuahmen. Es wird eins zu zwei.

Hinter Siggi taucht Clara im Mischraum auf. Sie winkt mir mit zwei Fingern zu. Ihre restliche Hand umklammert einen Döner.

Siggi stoppt die Aufnahme.

»Pause«, sagt er über Kopfhörer und fängt augenblicklich an, auf Clara einzureden.

Die schüttelt heftig den Kopf und kommt dann zu mir in die Sprecherbox.

»Hi, Clärchen. Stress mit dem Produzenten?«, frage ich.

»Ach, der kann mich. Ich gebe mich ja für Einiges her, trotz abgeschlossener Schauspielausbildung. Aber seine S/M-Streifen kann er alleine synchronisieren. Hätte auch keinen Zweck mit mir. Sonst müsste er die Kotzgeräusche alle rausschneiden.«

Clara lässt sich auf den durchgesessenen Bürostuhl neben mir sinken und platziert die Reste ihres Döners neben dem Mikro.

Wir kennen uns schon lange. Vor siebzehn Jahren haben wir dieselbe private Schauspielschule in Köln besucht. Die renommierte Artura-Schule.

Wir waren achtzehn, als wir anfingen. Seitdem sind wir befreundet. Zwischendurch hatten wir uns mal kurz aus den Augen verloren. Für sechs oder sieben Jahre.

Als wir uns wiedertrafen, beim Casting eines Werbespots für Fertigsuppen der Firma Knorr, wussten wir beide, dass wir gescheitert waren. Wir wurden auch für den ollen Werbespot beide nicht genommen und trösteten uns in der nächstgelegenen Kneipe mit ein paar Weißweinschorlen. Später wechselten wir zu Underberg und plauderten über unsere größten Erfolge. Das war schnell erledigt. Dann redeten wir über den Rest.

Dass auch Clara es nicht geschafft hatte, sich als Schauspielerin durchzusetzen, wunderte mich. Sie war wirklich talentiert. Sie konnte spielen, hatte Bühnenpräsenz, konnte tanzen und singen. Und sie sah ziemlich gut aus.

Ein bisschen so wie Nadja Uhl. Wie Nadja Uhl mit sieben Kilo mehr, aber das passte gut zu ihrem Typ.

Ich habe Clara bewundert. Sie war ungeheuer willensstark. Sie hat sich die dreieinhalb Jahre an dieser Schule selbst finanziert, indem sie fünfmal in der Woche im *Café Spitz* gekellnert hat. Sieben Euro die Stunde plus Trinkgeld. Ich hatte mir das Studium von meinem schwerreichen Vater, einem bekannten Düsseldorfer Neurologen, ertrotzt. Ich bin seine uneheliche Tochter. Bis heute kauft er sich moralisch frei. Er hat sich nie um mich gekümmert, lässt sich aber sein schlechtes Gewissen ordentlich was kosten. Dass ich die Schule kurz vor dem Abitur geschmissen habe, um Schauspielerin zu werden, nimmt er mir bis heute übel. Bezahlt hat er trotzdem. Inzwischen nehme ich es mir auch übel. Wie war ich bloß auf die bescheuerte Idee gekommen, die neue Natalia Wörner zu sein! Das hatte alles mit dieser Castingausschreibung zu einem Kinofilm begonnen. Die halbe zwölfte Klasse meines Gymnasiums pilgerte nach Essen, um sich bei einer Castingagentur zum Affen zu machen. Ich ließ mich von meiner Freundin Myriam überreden, obwohl ich gar keine Lust hatte. Schließlich siegten Gruppendruck und Langeweile.

Wir mussten vor der Kamera lachen, weinen, tanzen. Das mit dem Tanzen ging locker, sie spielten eines meiner Lieblingsstücke von den Red Hot Chili Peppers. Weinen klappte auch. Da war ich die Einzige. Ich war aber auch die Einzige, die am Vorabend verlassen worden war. Sobald ich an Tobias dachte, kam mir das große Heulen.

Schließlich sollten wir etwas über uns erzählen, während wir einen Apfel aßen. Ich sagte: »Also, das ist mir hier zu doof. Eigentlich wollte ich auch gar nicht mitmachen, ich bin überredet worden. Ich kann auch nix! Übrigens, der Apfel schmeckt nach Gurke. Kann ich jetzt gehen?«

Ich bekam die Rolle. Ich spielte die Nina in dem legendären *Manta – ein Film*.

Drei Drehtage, fünfzehn Sätze, eine Tanzszene. Der Film wurde schlecht besucht, aber ich wurde in einer insgesamt vernichtenden Filmkritik lobend erwähnt und hatte sagenhafte dreitausend Euro verdient. Tobias kam zu mir zurück, um sich mit mir im Ruhm zu sonnen und die Kohle zu verflüssigen, dann verschwand er wieder. Was blieb, war der verheißungsvolle Satz, den mir der Regisseur zugeraunt hatte. Bevor er versucht hatte, mich zu küssen.

»Du hast ganz viel Potential, Mädchen, du bist talentiert! Ich sehe in dir die neue Natalia Wörner. Zumindest, wenn du mal fünf Kilo abnimmst.«

Wenn dieser viertklassige Low Budget-Regisseur das nicht gesagt hätte, dann säße ich jetzt vielleicht nicht hier, in diesem Hinterhofkeller in Düsseldorf-Bilk, um gemeinsam mit drei weiteren verkrachten Existenzen einen russischen Porno zu synchronisieren.

Aber er hatte es gesagt und nachdem ich mich hatte küssen lassen, hatte er die Glanzbilder in meinem Kopf noch mit Glitter besprenkelt.

»Wirklich, du könntest ganz groß rauskommen, wenn du noch ein bisschen an dir arbeitest …«

Ab diesem Zeitpunkt gab es für mich nur noch meine Schauspielkarriere, für die ich alles tun wollte. Zum Beispiel abnehmen.

Lassen wollte ich das Abitur, weil das Beenden meiner Gymnasiallaufbahn mir, der neuen Natalia Wörner, wie reine Zeitverschwendung erschien.

Meine Mutter, eine arbeitslose Klarinettistin und Trinkerin, war entsetzt, dass nun auch ihre Tochter eine künstlerische Laufbahn anstrebte und wollte mich nicht unterstützen. Sie konnte es auch nicht. Mittlerweile war sie den halben Tag mit Trinken beschäftigt, die andere Hälfte des Tages mit Ausnüchterung. Ständig hörte sie sich alte Aufnahmen aus ihrer erfolgreichen Zeit an. Das war die Zeit, als sie meinen Vater, den Neurologen Dr. Blumfeld, kennenlernte, der hauptsächlich Musiker behandelte. Sie wurde seine Geliebte und war nach sechs Monaten schwanger. Er zahlt ihr und mir noch heute monatliches Schweigegeld. Seine Ehefrau ahnt nichts von meiner Existenz.

Nachdem ich wie üblich, wenn ich etwas brauchte, unangemeldet in der Praxis meines Vaters in Pempelfort aufgekreuzt war, hatte ich seine Zusage für die Finanzierung meiner Ausbildung. Allerdings nicht gleich.

»Bist du verrückt geworden? Schauspielerin! Und die Schule hast du geschmissen? Möchtest du so enden wie Veronika?«

Als er den Namen meiner Mutter aussprach, bekam er diesen sentimental verklärten Ausdruck, der in seinem Gesicht wieder die Züge des dreißigjährigen verliebten

Mannes erkennen ließ, der er mal gewesen war. Die Folge seiner Verliebtheit stand nun vor ihm und stellte ungeniert Forderungen.

»Wenn du mir nicht hilfst, besuche ich deine Frau. Ich fahre heute noch nach Angermund und kläre sie auf.«

Ich war gnadenlos. Ich hasste ihn leidenschaftlich. Er hat sich nie um mich gekümmert. Keinen einzigen Geburtstag hat er mit mir gefeiert, kein Trost, keine Umarmung, keine Wärme. Nicht mal einen Ausflug in den Zoo hat er mit mir gemacht. Er konnte nur Geld geben. Davon hatte er genug.

Schließlich gab er grünes Licht. Obwohl er rotsah.

Ich bestand die Aufnahmeprüfung an der Artura-Schauspielschule locker. Die Ausbildung war anstrengend und hart. Schon nach einem Jahr ahnte ich, dass Hollywood nicht meine Adresse werden würde und auch die großen Bühnen dieser Welt ganz bestimmt ohne mich klarkämen. Ich hoffte auf die mittelgroßen und kleineren Bühnen. Am klassischen Theatermonolog scheiterte ich zuverlässig.

Ibsen hätte sich nicht im Grab umgedreht, er hätte sich darin gewälzt.

Und ich konnte einfach nicht nach Noten singen. Herr Beyerlein, unser Gesangsdozent formulierte es so: »Claudia. Deine Sprechstimme ist hübsch, sehr probate Intonierung, wohlklingend und präsent. Aber dein Gesang klingt wie Donald Duck auf Speed!«

Ich bestand schließlich die Bühnenreifeprüfung mit mittelprächtigen Noten. Also, dem unteren Bereich der Mitte.

Clara hatte das beste Abschlusszeugnis. Trotzdem sitzt

sie jetzt mit mir hinter dieser verschmierten Scheibe der Sprecherbox von *Erovoices* und verschlingt die Reste ihres Döners.

Es könnte schlimmer sein. Wir könnten Porno-Darstellerinnen sein. Aber dafür sind wir auch zu alt.

Siggi gibt uns ein Zeichen. Es geht weiter.

»Seid ihr soweit, Mädels? Clara, gleich kommt dein Take. Und Antonio: Bitte leg wieder ganz viel Geilheit in deine Stimme«, sagt Siggi.

»Viel Geilheit, alles klar, Chef!«, antwortet Antonio.

Clara und ich nicken gleichmäßig.

Siggi lässt den Film weiterlaufen. Die russische Tussi steht wieder im rechten Winkel vor dem niedrigen Spülbecken. Kameraschwenk über ihren Po, der von einer übertrieben großen Küchenschürzenschleife geziert wird. Darunter trägt die Hausfrau Minirock. Eigentlich ist es eher ein breiter Gürtel.

»Oahhh ... ich sehe da schon eine feuchte Stelle ... Soll ich mich darum kümmern? Soll ich die mal abdichten? Was meinen Sie, junge Dame? Mhaahhhhhh ...«, raunt Antonio.

Die Dame wendet nur den Kopf, ohne ihre gebückte Haltung zu verändern.

Sie starrt dem Installateur auf seine männliche Ausstattung, die sich bereits zu voller Pracht aufgeschwungen hat.

»Oh ... Jaha ... Bitte machen Sie schnell ... Uah ... Ooooohhh ... Das ist ja ein echter Prügel!«, seufze ich mit Nachdruck.

Siggi lässt mich gleich noch dreimal wesentlich nachdrücklicher sein, bevor er den Daumen hebt.

Der Installateur fängt jetzt an, die Dame, die unter ihrem Mini nackt ist, mit seiner Zunge zu beglücken. Antonio ist ganz nah an sein Mikro gerückt und macht schmatzende Geräusche, indem er an seiner Handinnenfläche herumlutscht. Dann kommt Clara ins Spiel.

Clara spricht aus dem Off.

»Was macht ihr denn da? Kann ich mithelfen?«

Kameraschwenk durch den Raum. In einer offenen Zimmertür steht die Dame, die von Clara bestimmt wird. Sie sieht fast aus wie die andere, nur mit brünetter Perücke, und hat die gleichen riesigen Brüste. Die beiden müssen beim selben Schönheitschirurgen gewesen sein. Die Brünette scheint aus der Dusche zu kommen, sie hält das Badehandtuch in der Hand. Wieder diese haarsträubenden Regiefehler, denke ich. Die Frau hat trockene Haare, ist perfekt angemalt und das Handtuch sieht vollkommen trocken aus.

Die Dame rubbelt sich ihre trockenen Haare und schlendert auf ihren Heels auf die beiden anderen zu. Genau, ich würde nach dem Duschen auch zuerst meine Hacken überstreifen und sonst nichts, durchfährt es mich.

»Mmmhhhh … Ja, Catherine, komm rüber und hilf uns!«, seufze ich.

Dann mache ich Geräusche mit meinem Daumen. Ich lasse ihn in meinen Mund fahren und ziehe ihn wieder heraus. Warum ich das tue, dürfte klar sein. Es folgen nur noch wenige Dialoge. Clara, Antonio und ich sind jetzt fast ausschließlich mit Geräuschsimulation beschäftigt.

Siggi lässt uns nur die Oralszene zweimal wiederholen, ansonsten ist er zufrieden.

Wir bekommen unser Geld wie immer cash, als wir zwei Stunden später das Studio verlassen. Zweihundertfünfzig Euro für Antonio und mich, hundertfünfzig für Clara. Sie hatte weniger Text. Ich nehme Clara noch ein Stück in meiner altersschwachen Corvette mit.

Ich wohne auf der Brehm, sie wohnt mit ihrem vierjährigen Sohn gleich um die Ecke, auf der Windtscheidtstraße.

Clara schwingt sich auf den Beifahrersitz und zündet sich eine Zigarette an. Ich nehme sie ihr aus der Hand und ziehe einmal kräftig durch. Dann gebe ich ihr die Zigarette zurück und starte den Wagen. Die Corvette heult auf und knallt wie ein altes Militärgeschoss.

»Wie ist es denn jetzt mit dir und Jean-Pierre? Seid ihr richtig zusammen?«, fragt Clara, während wir Richtung Rheinufertunnel straucheln.

»Ach, was heißt richtig zusammen. Wir sind befreundet. Er wohnt nicht bei mir, falls du das meinst. Wir sehen uns höchstens zweimal in der Woche. Ist auch gut so. Ich will nach wie vor keinen Kerl in der Wohnung.«

»Aber ihr habt doch Sex.«

»Ja, ab und zu. Selten. Ich kann nach Feierabend eigentlich keine Schwänze mehr sehen. Du kennst ja den Grund, warum ich trotzdem mit ihm ins Bett gehe.«

»Du willst ein Kind. Jean-Pierre weiß das gar nicht,

nehme ich an? Soweit ich dich verstanden habe, ist er völlig ahnungslos, dass du es darauf anlegst?«

Ich lasse die Frage unbeantwortet durch den Innenraum gleiten, so als könnte sie an der Frontschiebe der Corvette zerplatzen, wie all die Fliegen an der Außenseite.

Clara wirft ihre Kippe aus dem geöffneten Fenster, bevor wir in den Tunnel einfahren und hakt nach.

»O.k., ich liege richtig. Na, hör mal. Kannst du doch nicht machen! Das ist nicht fair.«

»Wieso? Ist er doch selbst schuld. Schließlich hat er mich noch nie gefragt, ob ich verhüte. Er geht einfach davon aus! Nie benutzt er Gummis. Kann er sich doch denken, dass ich auch schwanger werden könnte. Ich will ihn auch gar nicht in die Pflicht nehmen. Ich werde das ganz alleine machen, falls es klappt. Ich bin siebenunddreißig! Jetzt oder nie mehr.«

»Na ja. Ich kann deinen Kinderwunsch ja verstehen. Aber, nur nebenbei … Stell es dir nicht zu rosig vor. Und Jean-Pierre hat schon ein Recht darauf, zu erfahren, dass du es auf eine Befruchtung anlegst! Ich habe den Eindruck, er liebt dich sogar! Immerhin hat er dir auch dieses Auto geschenkt.«

»Ach ja, ich weiß. Wenn er mich fragen würde, ob ich verhüte, bekäme er eine ehrliche Antwort. Er fragt aber nicht. Und natürlich mag ich ihn auch. Du verstehst das falsch, ich werde ihn nicht auf Unterhalt oder andere Vaterpflichten festnageln, es wird auch ohne ihn gehen. Ich bin selbst ohne Vater aufgewachsen und es ist trotzdem nichts aus mir geworden, aber das hat andere Gründe.

Und was die Corvette angeht: Sie stammt aus der Konkursmasse des Ladens und hat noch exakt zwanzig Tage TÜV. Danach wird sie verschrottet. Sie ist so durchgerostet, dass man fast auf Fred-Feuerstein-Betrieb gehen könnte, die Bodenbleche hängen schon runter. Also, so generös ist dieses Geschenk nun auch nicht.«

Wir erreichen jetzt die Windtscheidstraße und ich halte in zweiter Reihe bei laufendem Motor.

»Sag mal, wie willst du das eigentlich finanzieren, falls du wirklich ein Kind bekommst? Willst du das auch über deinen Vater abwickeln?«

»So, jetzt ist es gut. Komm mir bitte nicht mit Moral! Immerhin verdiene ich im Moment gar nicht schlecht. Ich werde das Kind schon schaukeln, auch ohne meinen Vater. Ich sehe dich morgen beim Casting.«

Ich beuge mich über Clara und öffne die Beifahrertür. Sie soll jetzt aussteigen.

»Schon gut, ich mein ja nur. Bis morgen. Erschreck dich nicht, ich werde mir die Haare schwarz färben.«

Endlich steigt sie aus. Auf den vier Metern zur Brehmstraße fange ich an zu heulen. Clara hat Recht. Wahrscheinlich bin ich nicht fair. Jean-Pierre liebt mich, dass weiß ich. Ich nutze ihn aus und rede mir die ganze Zeit ein, dass er schließlich auch etwas davon hat. Dabei bin ich sicher nicht die Erfüllung seiner erotischen Träume. Mein letzter Freund hat zu mir gesagt, ich wäre kalt wie ein Fisch.

»Du bist frigide, weißt du das?«, hat er gesagt, nein, er hat es gespien, an unserem letzten Abend, vor zwei Jahren, zwei Monaten und drei Tagen. Ich war sehr verliebt in ihn. Aber ich mache mir einfach nichts aus Sex. Ich habe nur ständig versucht, mir Zuneigung damit zu erkaufen. Ich habe für ein bisschen Wärme die Beine breit gemacht, aber Spaß gemacht hat es mir nie. Ich weiß nicht, woran das liegt. Und bisher hat mich jeder Mann verlassen. Meine längste Beziehung hat vierzehn Monate gehalten. Immer habe ich gelitten wie ein Hund, wenn es zu Ende war. Ich will das nicht mehr. Ich habe mich regelrecht entschieden, mich nicht mehr zu verlieben. Aber ein Kind möchte ich trotzdem. Ist das denn so schwer zu verstehen? Und ich werde es alleine schaffen. Ich weiß nur wirklich nicht, wie ich das machen soll. Ich brauche eine längerfristige Einnahme. Der morgige Castingtermin lässt wieder alte bunte Bilder in mir aufblitzen. Es wäre so ein Glück, wenn sie mich nehmen würden. Auch für die müde Schauspielerin in mir. Ich werde immer schlechter, weil die großen Aufgaben ausbleiben. Die Rollen, die eine Herausforderung darstellen würden. Ich hatte seit drei Jahren gar keine ernstzunehmende Rolle mehr. Manchmal frage ich mich, ob eine Schauspielerin ohne Publikum überhaupt noch eine Schauspielerin ist. Oder ob sie das nur noch spielt.

Das Casting morgen ist für eine neue Krimiserie. Ich bin allerdings alles andere als zuversichtlich. Die letzten Jahre haben tiefe Spuren hinterlassen. Mit Sicherheit auch in meinem Gesicht. Die suchen eine Schauspielerin, dunkelhaarig, groß, schlank, bis maximal Mitte Dreißig. Das ist jetzt die Frage, ob siebenunddreißig noch Mitte dreißig ist, oder Ende dreißig. Da die Sieben näher an der Fünf liegt als an der Zehn, hoffe ich, die Siebenunddreißig geht noch als Mitte durch. Zumindest habe ich dunkle Haare.

Clara und ich werden beide vorsprechen. Bestimmt hat sie bessere Karten als ich, wenn sie sich die Haare färbt.

Vor meinem Haus ist kein Parkplatz in Sicht, nicht mal auf weite Sicht. Nachdem ich gute zehnmal um den Block gecruist bin, parke ich drei Straßen weiter. Ich hieve meine Einkäufe vom Vormittag aus dem Wagen, einschließlich der Kiste Wasser und schleppe all das Zeug und mich zur Brehm-46. Als ich endlich zu Hause ankomme, verhöhnt mich genau vor dem Haus ein geräumiger Parkplatz.

Im Hausflur blitzt ein nagelneuer orangefarbener Kinderwagen. Der muss Frau Paul aus der fünften Etage gehören. Anscheinend hat sie ihr Baby bekommen.

Neue Tränen laufen über meine Backen, als ich meine Wohnungstür aufschließe. Ich werfe die Einkäufe in der Diele ab und lasse mich in voller Montur auf mein Sofa fallen. Ich schmiere mir Wimperntusche an meinen neuen Trenchcoat, als ich mir die Nase am Handrücken abwische. Die Sonne, die schräg durch mein Verandafenster fällt und die Szene wie ein Bühnenstück beleuchtet, lacht mich aus.

Da sitze ich nun, hoffnungsloses Nachwuchstalent, auf einem Sofa, das noch nicht abbezahlt ist, in einer Wohnung, die meinem Vater gehört.

Er hat ordentlich was springen lassen. Er hat seinem Kuckucksei die größte Wohnung im Haus überlassen. Hundertvierzig Quadratmeter, mit Garten.

Hier wäre genug Platz für eine ganze Kinderschar.

Dieser Kinderwagen im Hausflur hat mir den Rest gegeben. Seit Wochen sehe ich nur noch Kinderwagen, in allen Farben, davor durchweg glückliche Mütter.

Alle bekommen Kinder, nur ich nicht. Seit zwölf Wochen vögele ich jetzt schon mit Jean-Pierre. Ich rechne mir meine fruchtbaren Tage aus, messe meine Temperatur. Meine Blutung kommt in enttäuschender Regelmäßigkeit. Morgen ist sie wieder fällig. Ausgerechnet am Tag des Castings. Ich hoffe in mehrfacher Hinsicht, dass sie ausbleiben wird.

Ich taste nach dem Schwangerschaftstest, den ich heute Morgen im Drogeriemarkt gekauft habe. Ich habe in den letzten Monaten mehrere gekauft. Die Kassiererin hat mich mitleidig angeguckt, aber vielleicht bilde ich mir das nur ein. Am besten kaufe ich die Dinger demnächst in einer anderen Filiale. Ich nehme meistens diese Pretests, die man schon vor Ausbleiben der Periode machen kann. Diesmal habe ich mir fest vorgenommen, wenigstens den Stichtag abzuwarten.

In der Wohnung über mir setzt plötzlich ein dumpfes, regelmäßiges Gepolter ein. Oh nein, nicht schon wieder, denke ich. Es ist erst 20 Uhr. Normalerweise fangen die später an. Die Deckenlampe zittert. Jetzt höre ich meine beiden neuen Nachbarn deutlich. Ich habe sie bisher selten im Hausflur getroffen, sie huschen immer rasch an mir vorbei. Aber ihre Stimmen kenne ich so gut, dass ich sie synchronisieren könnte.

Das »Ja, ja, jahhh …!«, von dieser Frau Hirsch durchdringt die Zimmerdecke.

Nein, nein, nein, flüstere ich vor mich hin und halte mir die Ohren zu. Dumpf dringt das Klingeln des Telefons durch meine feuchten Hände. Ich ziehe mein Handy aus der Trenchcoattasche und erkenne die Nummer meines Vaters. Ich ringe mit mir. Schließlich hebe ich ab.

»Claudia, ich habe gestern mit deinen Nachbarn gesprochen. Mit diesem Polizisten, Herrn Born.«

»Scheint nicht viel gebracht zu haben«, murmele ich.

»Wie?«

»Ach, schon gut.«

»Ich muss sagen, dass mir dieser Anruf sehr unangenehm war. Schließlich kann ich nicht von denen verlangen, dass sie keinen Sex mehr haben, weil du dich gestört fühlst.«

»Frau Althaus fühlt sich auch gestört!«

»Ja, nun gut. Frau Althaus ist ein spezieller Fall, würde ich sagen. Die hat sich bisher noch über jeden Mieter beschwert. Sogar über dich.«

»Aber es ist wirklich nicht zum Aushalten. Die sind gerade wieder dabei. Dein Anruf kommt wie gerufen. Überzeug dich selbst.«

Ich stelle mich auf die rote Polsterfläche meines Sofas und halte das Handy so nah wie möglich Richtung Zimmerdecke. Ich stelle mich noch auf die Zehenspitzen. Als ob das was bringen würde, bei vier Meter hohen Zimmerdecken. Es klopft hinter mir am Fenster. Jean-Pierre steht vor dem Fenster und lacht. Schnell springe ich vom Sofa und streife einhändig endlich den verschwitzten Trenchcoat ab. Dann reiße ich das Handy wieder ans Ohr. Es schellt.

»Hast du sie gehört?«, brülle ich in den Hörer.

»Nein. Ich habe nur gehört, dass es geschellt hat.«

»Aber das musst du doch gehört haben! Die sind wirklich laut!«

»Ja, das glaube ich dir. Ich habe Herrn Born auch gesagt, dass Beschwerden im Haus vorliegen. Aber ich möchte denen auch nicht zu nahe treten. Das ist schließlich deren Sache, auf welche Weise sie sich entspannen. Auf diese Dinge spricht man seine Mieter eigentlich nicht an. Vielleicht solltest du mal etwas entspannter sein.«

»Wie meinst du das denn?«, fahre ich ihn an. Es schellt erneut. Ich laufe in die Diele und betätige den Türdrücker.

Jean-Pierre hechtet die vier Stufen herauf und küsst mich auf die Backe.

»Hallo, Prinzessin Bö.«, sagt er.

»Hi. Ich telefoniere gerade mit meinem Vater«, sage ich und entziehe mich seiner Umarmung.

»Hallo, Drache Koks!«, brüllt Jean-Pierre in Richtung Handy.

Ich mache ihm ein Zeichen, dass er vollkommen bescheuert ist und gehe in die Küche.

»War das dein neuer Freund?«, fragt mein Vater unsicher.

»Ja. Das heißt … nein. Wir sind nicht richtig zusammen, Papa. Das verstehst du nicht«, sage ich genervt.

»Ich verstehe mehr, als du denkst. Was macht der junge Mann denn beruflich? Hatte der nicht einen Gebrauchtwagenhandel? Du hast doch die Corvette von ihm.«

»Nein, die Werkstatt hat er schon länger nicht mehr. Er

arbeitet jetzt auch als Sprecher. Im Moment synchronisiert er Märchen-CDs.«

Jean-Pierre ist ein verdammter Glückspilz. Er hat ursprünglich eine Kfz-Lehre gemacht. Seine schwarze Werkstatt, die er mit zwei Kumpels geführt hat, ist vor ein paar Monaten baden gegangen. Er ist aus der Sache verdammt glimpflich rausgekommen. Er hat rechtsgelehrte Verwandtschaft. Die haben ihn da rausgehauen. Weil er Kohle brauchte, hat Jean-Pierre sich unter anderem auch auf Talentausschreibungen für Sprecherjobs beworben. Er hat als Autodidakt gleich ein Engagement für ein Kinderhörbuch bekommen. Vor zwei Monaten hat er sich schließlich auf ein Sprechercasting für eine *Ritter Rast*-Synchronisation gemeldet. Sie haben ihn sofort genommen. Wir haben uns bei diesem Casting kennengelernt. Mich haben sie übrigens nicht genommen.

»Und verdient er gut?«, fragt mein Vater.

»Mehr als ich jedenfalls.«

»Machst du denn eigentlich auch immer noch diese Sprecherjobs? Du wolltest mir doch mal ein paar Arbeitsproben zuschicken. Wenn ich die ganze Zeit für dich bezahle, möchte ich wenigstens wissen, wofür es ist.«

Oh Gott.

»Tja, weißt du, Papa. Ich synchronisiere zurzeit russische Handwerker-Fachfilme. Das wird dich nicht so interessieren. Totlangweilig, glaub mir. Wenn ich wieder etwas Interessanteres mache, schicke ich dir das gerne. Morgen habe ich ein Casting für eine Krimiproduktion.«

Puh, ist mir heiß.

»Gut. Dann viel Erfolg. Wird Zeit, dass sich deine teure Ausbildung bezahlt macht.«

Ich werfe das feuchte Handy auf den Küchentisch und suche Jean-Pierre. Er sitzt auf dem Sofa und lauscht versonnen. In der Wohnung darüber wird der zweite Akt aufgespielt.

Ich lasse mich neben Jean-Pierre in die roten Kissen sinken. Wir sitzen nebeneinander und schweigen. Die Geräuschkulisse, die von oben den Raum flutet, ist einnehmend.

»Mann, sind die leidenschaftlich …«, sagt Jean-Pierre und macht es sich noch ein bisschen bequemer. Er legt seine Beine auf dem Couchtisch ab und verklappt seinen langen muskulösen Körper noch tiefer in die Sitzkissen. Sein anerkennender Ton missfällt mir. Ich setze mich abrupt auf.

»Also ich finde es widerlich. Ich komme mir vor wie auf der Arbeit! Ich sollte denen mal Siggis Nummer geben, der hat bestimmt einen Job für die beiden …«

»Wieso ärgerst du dich so darüber? Könnte mich nicht stören. Die haben Spaß, ganz offensichtlich! Schön für sie. Ich frage mich eigentlich nur, wieso das bei uns nicht so leidenschaftlich ist. Du liegst immer einfach nur da und machst keinen Mucks. Manchmal überlege ich, ob du dabei einschläfst.«

»Gefällt es dir nicht mit mir? Bin ich dir nicht porno genug? Ich kann dir gerne was vorspielen, mein Stöhnen klingt mittlerweile ganz echt!«

»Nein, du sollst mir natürlich nichts vorspielen! Obwohl ich gerne mal wüsste, wie das klingt, wenn du richtig abgehst. Ich will ja auch gar nicht behaupten, dass es an dir liegt, dass unser Sex besser sein könnte. Vielleicht liegt es auch an mir, dass du nicht so abgehst wie die Dame aus dem Ersten.«

Ich heule schon wieder. Jean-Pierre wird mich auch verlassen. Irgendetwas stimmt nicht mit mir.

»Mit dir ist alles in Ordnung. Es liegt an mir. Nach Feierabend habe ich einfach genug gestöhnt und geseufzt, verstehst du?«, sage ich.

»Ja, das verstehe ich. Und es ist ja auch nicht so, dass ich total unzufrieden wäre. Dass sich dein Job nicht stimmungsfördernd auswirkt, kann ich mir vorstellen. Es wird Zeit, dass du wieder bessere Aufträge bekommst. Du bist Schauspielerin! Hast du deine Rolle für morgen schon gelernt?«

Die Castingagentur hatte mir einen Dialog zugeschickt, dessen weibliche Rolle ich morgen sprechen soll. Es ist eine Trennungsszene mit Pathos, Tränen, Pauken und Trompeten. Sehr anspruchsvoll. Zusätzlich erwarten sie freies Improvisieren zu einem Thema, das erst morgen bekannt sein wird.

Jean-Pierre hört mich noch einmal ab, er spricht die männliche Rolle.

»Du bist richtig gut, Prinzessin. Sehr überzeugend, vor allem die gebrüllten, hysterischen Sequenzen. So, genug Theater für heute. Lass uns auf die Kirmes gehen. Heute ist letzter Tag. Das wird dich ablenken.«

Die große Rheinkirmes ist rappelvoll, grellbunt und laut. Mir ist schon vor der Achterbahn schwindelig. Nach der Achterbahn lasse ich mir die fettigen Reibekuchen noch mal durch den Kopf gehen. Ich übergebe mich hinter dem Zelt der Wahrsagerin. Jean-Pierre reicht mir ein zerknülltes Taschentuch.

»Oje, die Gegenwart kotzt dich an. Komm, wir lassen dir die Zukunft voraussagen«, sagt er und zieht mich in das Zelt.

Die indische Wahrsagerin ist ungefähr Ende sechzig Jahre alt, klein und dick. Sie trägt eine Augenklappe. Eigentlich ist es unwahrscheinlich, dass sie wirklich das dritte Auge hat. Offensichtlich hat sie nicht mal zwei.

Sie sitzt vor der obligatorischen Glaskugel, in die sie keinen Blick wirft. Sie möchte in meinen Händen lesen.

Für zehn Euro sagt sie mir, dass ich frustriert, erfolglos und auf dem falschen Weg bin.

»Und was ist mit meiner Zukunft?«, frage ich.

Hierfür möchte sie weitere zwanzig Euro haben. Ich gebe ihr den Schein und schaue ihr angestrengt ins Auge.

Sie setzt sich an den Tisch und bemüht nun doch die Kugel.

»All dein Wunsch werdä in Erfüllung gehen!«, sagt sie und strahlt mich an.

»Aber nicht mit diese Mann da …«, fügt sie hinzu und streift Jean-Pierre, der etwas abseits am Zelteingang wartet, mit einem flüchtigen Blick.

Am nächsten Tag verlasse ich fünf Minuten nach der Zeit gehetzt das Haus. Im Flur renne ich Frau Paul in die Arme, die gerade ein schrumpelig süßes Bündel aus dem Kinderwagen hebt. Sie sieht verschwitzt und glücklich aus.

Ich gratuliere ihr rasch und muss anschließend im Auto meine Wimperntusche erneuern.

Clara steigt wie verabredet an der Ecke Windtscheidstraße zu. Die schwarzen Haare stehen ihr gar nicht. Sie ist ein heller Typ. Allerdings sieht sie entspannt und ausgeschlafen aus. Ich nicht. Ich bin es auch nicht.

»Gut siehst du aus«, sagt sie.

»Na und du erst«, lüge ich zurück.

Im Warteraum der Agentur sitzen noch dreißig weitere dunkelhaarige Frauen unseren Alters. Clara und ich melden uns an und bekommen einen Zettel mit dem freien Thema.

Es lautet: »Langeweile.«

Auf das Thema können wir uns authentisch einstimmen, denn wir warten endlos lange, bis man uns zum Take aufruft. Ich rutsche nervös in meiner zu spacken Hose auf dem durchgesessenen Polsterstuhl herum. Ich hätte mich nicht in diese knallenge Hose zwängen sollen. Aber ich hatte unter Kleidergröße »36« angegeben. Die Hose, die tatsächlich Größe 36 hat, geht im Sitzen gar nicht. Vor allem nicht, wenn ich gleichzeitig atmen will. Irgendwann öffne ich verstohlen den Knopf. Ich versuche einen Monolog für das freie Thema vorzubereiten. Dabei stören mich ein paar andere Damen, die das Gleiche tun und dabei im Raum auf und ablaufen.

Clara wird zuerst aufgerufen. Nach einer halben Stunde ist sie noch nicht zurück und ich werde zum Take gerufen.

In den ersten fünf Minuten liegt der Text, den ich fließend auswendig konnte, sperrig in meiner trockenen Kehle.

Dann habe ich den Text ganz vergessen. Bretter, die die Welt bedeuteten, genau vor meinem Kopf.

Die Kamera läuft.

»Vielleicht möchten Sie mit dem freien Thema beginnen?«, fragt der junge blasse Castingleiter freundlich.

Der Monolog, den ich eben im Warteraum vorbereitet habe, flutscht immerhin flüssig aus meinem Kurzzeitgedächtnis. Der Castingleiter nickt zufrieden und bittet mich, fortzufahren.

Adrenalin flutet meinen Körper. Die Menge hätte wahrscheinlich ausgereicht, um zwei Triathlon-Spitzensportler durch die Endrunde zu bringen. Der Castingleiter fand mich gut! Ich habe mir durch den anfänglichen Sendeausfall nichts verdorben. Ein aufgekratztes, hellwaches Stadium der Nervosität befällt mich.

Genau richtig für den Trennungsdialog.

Ein junger Schauspieler, der bisher neben dem Castingleiter gesessen hatte, übernimmt die männliche Rolle. Er ist richtig gut, der Dialog kommt schnell in Fahrt. Ich vergesse irgendwann, wo ich bin und warum ich spiele. Ich spiele nicht mehr. Ich bin diese vierunddreißigjährige Frau, die von ihrem Mann verlassen wird.

Als der Dialog zu Ende ist, klatschen der Castingleiter und eine ältere Dame, die dazugekommen ist.

»Das war sehr gut, Frau Havelmann. Sie werden von uns hören«, sagt die Dame.

»Wie viele Runden gibt es denn?«, frage ich. Meine Stimme, die eben noch so stark und fest war, klingt klein und rau. Ich bin wieder ganz die arbeitslose Schauspielerin, die sich um eine Rolle bewirbt.

»Es gibt diesmal insgesamt nur zwei Runden. Wir entscheiden uns noch in der nächsten Woche für drei aus dreißig, die wir für die zweite und letzte Runde einladen. Der Regisseur reist bald für drei Monate in die Staaten, deshalb ist Eile geboten«, sagt der Castingleiter und reicht mir die Hand. Meine Hand ist etwas schwitzig.

Ich stakse aus dem Raum, meine Beine sind wie Gummi. Draußen vor der Tür treffe ich Clara. Sie weint.

»Der hat mich mitten im Dialog unterbrochen und gesagt: »Danke, mehr brauchen wir nicht««, sagt Clara mit der tiefen Stimme des Castingleiters und ahmt dazu seinen leichten Überbiss nach.

»Vielleicht warst du ja auch so gut, dass ihn der halbe Dialog schon überzeugt hat«, werfe ich ein und ziehe sie aus dem stickigen Gang nach draußen.

»Ach Quatsch, ich habe nicht mal den Monolog vortragen können und der war richtig gut, verdammte Scheiße, er hat ihn sich nicht angehört!«

Wir steigen in die Corvette, die auch beim dritten Versuch keine Lust hat, anzuspringen. Zusätzlich zerplatzen die ersten dicken Tropfen eines Wolkenbruchs auf dem zerbeulten Dach. Der Himmel ist tiefschwarz.

»Auch das noch, Mann, was ist das für ein Scheißtag!

Ich muss in vierzig Minuten meinen Sohn aus der Kita abholen! Die nehmen mich auf keinen Fall für diese Serie, ich kann weiter bei Siggi ins Mikro stöhnen und das war's. Ich hatte schon seit drei Jahren keine Rolle über drei Zeilen mehr! Hätte ich doch Jura studiert, so wie ich es zuerst vorhatte! Und wie sehe ich überhaupt aus! Jetzt bin ich extra mit gebügelten schwarzgefärbten Haaren da aufgetanzt! Das sieht total scheiße aus, stimmt's?«, schluchzt sie.

»Na ja …«

»Meinst du, das geht wieder raus? Mann, ich bin es so satt, mich immer wieder feilzubieten und in diese gelangweilten übersättigten Fressen zu gucken, bis sie sagen ›Danke, wir brauchen Sie nicht‹!«

Und während ein sinnflutartiger Regen in schräger Fallrichtung auf die Corvette niedergeht, entlädt sich Claras wütende Verzweiflung im Wageninneren. Gewitter aus allen Richtungen. Endlich springt die Corvette an.

Ich halte während der gesamten Fahrt Claras Hand, nur wenn ich schalten muss, lasse ich los. Ich weiß genau, wie sie sich fühlt. Niemand kennt dieses Gefühl so gut wie ich. Ein Schauspieler ohne Beifall ist wie ein Autor ohne Leser. Für mich ist es heute endlich mal gut gelaufen. Hoffentlich fragt sie nicht danach. Zum Glück ist sie voll und ganz mit ihrem Unglück beschäftigt.

»Wie lief es eigentlich bei dir?«, fragt Clara.

»Ja, geht. Nicht so schlecht …«, sage ich ausweichend, während ich die Corvette in eine schmale Parklücke manövriere.

Clara reißt die Beifahrertür auf und übergibt sich zwischen der Corvette und dem Ford daneben.

»Oje, Clara, ist dir nicht gut?«

»Nach was sieht es denn aus?«, fragt Clara und richtet sich fahlbleich wieder auf. Sie lässt sich zurück in den Sitz fallen. »Heute Morgen habe ich schon vor lauter Aufregung gekotzt und jetzt vor Enttäuschung«, presst sie hervor. Dann weint sie. Und obwohl sie ein bisschen stinkt, nehme ich sie fest in die Arme.

»Komm, lass dich nicht unterkriegen! Wir werden das beide noch schaffen, wir müssen weiter daran glauben! Es gibt viele Schauspieler, die erst mit Mitte dreißig ihren großen Durchbruch hatten!«

Ich zähle ein paar Namen auf. Viele fallen mir nicht ein.

»Das sind alles Männer. Frauen über fünfunddreißig sind schwer vermittelbar, das wissen wir doch längst …«, schluchzt Clara und wischt sich die Reste ihrer Schminke mit dem schmutzigen Taschentuch aus dem verheulten Gesicht. Mein zaghafter Optimismus versickert in einem schwarzen Loch, das ich auch nur zu gut kenne.

»So Clara, du entfärbst jetzt deine Haare und ich hole Lucas von der Kita ab.«

»Das würdest du tun?«

»Sag ich doch.«

»Cool.« Clara ruft in der Kita an und schlüpft endlich lächelnd aus dem Wagen.

Ein paar Minuten später suche ich die Einrichtung auf der Metzerstraße nach einem kleinen blonden vierjährigen Jungen ab. Davon gibt es mehrere. Die Gänge und

Räume sind feucht miefig, es hat den ganzen Tag geregnet. Kinder in Gummistiefeln und Regenhosen quirlen lärmend um mich herum. Endlich finde ich Lucas. Er weiß schon Bescheid und steigt stolz zu mir in die Corvette. Nach drei Metern schnallt er sich ab. Er steht, liegt, hüpft auf dem Rücksitz.

»He, schnall dich wieder an!«, sage ich und fahre am Spichernplatz rechts ran.

»Und wenn nicht?«, fragt er und legt den blonden Schopf schief.

»Dann müssen wir hier bleiben.«

»Da muss ich erst drüber nachdenken«, sagt er. Wir sitzen fünf Minuten reglos im Auto und hören dem Regen zu. Alle zehn Sekunden knarzt der Scheibenwischer und zeigt die trostlose Tristesse des Spichernplatzes wieder in klarem Grau.

»Fahr!«, brüllt Lucas schließlich und schnallt sich wieder an.

Über die Gegensprechanlage meldet sich eine aufgeräumte Clara.

»Hi, tausend Dank. Magst du noch auf einen Kaffee raufkommen?«

»Tja, ich glaube, ich geh jetzt lieber mal nach Hause. Geht es dir besser?«

»Weiß nicht. Glaube schon. Sag mal, glaubst du wirklich, was du eben gesagt hast? Dass sich noch alles ändern kann?«

»Ja, da bin ich ganz sicher«, antworte ich in die vergilbte Sprechanlage.

Lucas klettert schon die Treppe hinauf, er nimmt immer zwei Stufen auf einmal, dazu muss er weit aufgrätschen.

Ich mache die Grätsche um die Ecke zur Brehm-46. Mit Jacke und Stiefeln lasse ich mich auf mein Bett fallen und fange endlich an, mich zu freuen. Ich war gut. Nein, ich bin gut. Ich habe eine Chance. Eine Chance für die nächste Runde. In letzter Zeit bin ich fast immer schon in der ersten Runde ausgeschieden.

Ich liege einfach da und sehe zu, wie der Tag sich endgültig davonschleicht. Es dämmert, die Dunkelheit breitet sich gemächlich in meinem Schlafzimmer aus. Endlich setze ich mich auf und ziehe Schuhe und Jacke aus. Etwas fällt aus meiner Tasche und mit einem feinen Klack auf den Dielenboden. Es ist der Schwangerschaftstest. Ich hebe ihn auf und lese den Aufdruck auf dem flachen Karton. Dabei weiß ich, was da steht.

Ab Fälligkeit der Periode steht darauf, das wäre heute. Bisher habe ich nicht angefangen zu bluten. Ich habe aber auch keinerlei Anzeichen für eine Schwangerschaft. Ich kenne die Zeichen. Spannende Brüste, starke Müdigkeit, Übelkeit.

Leider habe nicht ich mich eben übergeben, sondern Clara. Müde bin ich allerdings schon, aber das dürfte an der kurzen Nacht und diesem prallen Tag liegen. Ich überlege, ob ich den Test jetzt machen soll. Das Ergebnis könnte den Tag abrunden, oder die gesamte Tagesbilanz verändern. Das Telefon reißt mich aus meinen Überlegungen. Die Nummer kenne ich nicht. Ich gehe dran.

»Was? … Aha. Ja. Verstehe. Es ist ja nicht das erste

Mal. Dann muss ich wohl … Ja, natürlich. Ich bin gleich da …«, sage ich. Dann bleibe ich betäubt sitzen. Irgendwann werfe ich den Test in die Schublade meiner Kommode.

Für die veränderte Tagesbilanz ist bereits gesorgt. Panik kriecht meinen Nacken hoch. Ich kann das einfach nicht schon wieder.

Schließlich rufe ich Jean-Pierre an.

»Kannst du sofort zu mir kommen? Ich muss meine Mutter abholen. Sie hat offenbar nicht durchgehalten. Man hat sie ins Vinzenz-Krankenhaus gebracht, sie ist gestürzt … Nein, nein, nicht tragisch, sie ist nur total blau. Ich kann das nicht alleine.«

Jean-Pierre ist zehn Minuten später bei mir.

»Wie war das Vortanzen, Prinzessin?«, fragt er.

»Erzähl ich später. Kein so schlechtes Schauspiel wie das, was jetzt kommt, da bin ich sicher.«

Wir steigen in die Corvette und fahren die paar Meter bis zum Krankenhaus. Sie haben meine Mutter in die Ambulanz gebracht. Wir folgen den Schildern ins Untergeschoss. Dort, zwischen mindestens zehn ordentlichen Kranken in akuten Zuständen sitzt meine derangierte Mutter. Auch in akutem Zustand. Man hat sie in eine Art Rollstuhl gesetzt, offenbar kann sie nicht mehr laufen. Eine Polizistin fängt uns ab und bittet uns in einen leeren Behandlungsraum.

»Sie sind die Tochter? Claudia Havelmann? Wir haben Ihre Mutter auf der Ratinger Straße aufgelesen. Sie ist in einem desolaten Zustand. Zu Deutsch: Voll wie 'ne

Haubitze. Sie war im *Schlüssel*, hat dort die Zeche geprellt und den Wirt beleidigt. Auf der Straße ist sie dann der Länge nach hingeschlagen und nicht mehr aufgestanden. Passanten haben uns verständigt. Sie hat eine Platzwunde am Knie und ein Hämatom an der Backe, nichts Dramatisches. Wir wollten nur sichergehen, dass sie sich nicht noch mehr verletzt hat, deshalb haben wir sie hergebracht. Hat Ihre Mutter schon länger ein Alkoholproblem?«

»Ja.«

»Wie lange, wenn ich fragen darf?«

»Zwanzig Jahre.«

»Das ist ja sehr lang. Hatte sie schon Entziehungskuren?«

»Sie hatte ihren letzten Entzug vor drei Wochen. Sie war trocken. Es sah eigentlich gut aus …«

»Verstehe. Können Sie Ihre Mutter jetzt mit zu sich nehmen?«

»Nein! Ich habe keinen Platz!«, belle ich.

Jean-Pierre guckt mich verdutzt an. Dabei ist das keine Frage der Quadratmeter. Ich habe einfach keinen Platz für meine betrunkene Mutter in meinem beschissenen Leben.

»Wir können sie auf jeden Fall nach Hause bringen und sie fürs erste versorgen«, schiebe ich der Ratlosigkeit in den Gesichtern um mich herum entgegen.

»Hallo, Frau Havelmann, nett, Sie kennenzulernen«, sagt Jean-Pierre unbeholfen, als wir endlich meine Mutter begrüßen. Sie sitzt x-beinig in dem Rollstuhl und bemüht sich kurz, aufzustehen. Mit einem tiefen Seufzen lässt sie sich sofort wieder auf die Sitzfläche plumpsen. Sie sieht klein aus. Ihr braunes halblanges Haar steht wirr vom Kopf ab und klebt teilweise an der Wunde auf ihrer Wange. Die Reste ihres Make-ups sind tadellos aufgetragen, sie hatte sich schick gemacht heute Abend. Unter ihrem viel zu kurzen schwarzen Kleid trägt sie eine zerrissene Netzstrumpfhose, die am linken Knie ein großes Loch hat. Die Wunde ist schon verbunden. Meine Mutter starrt ausdruckslos ins Leere.

»Mama, hörst du mich?«

»Natürlich. Ich bin doch nicht blöd.«

»Doch verdammt, das bist du! Du warst trocken, Herrgottnochmal!«

»Man wird doch wohl noch ein bisschen Spaß haben dürfen! Was habe ich denn sonst? Ich hab auch nicht viel getrunken. Nur ein paar Kurze …«

Meine Mutter fängt an zu heulen wie ein Kind. Jean-Pierre und ich versuchen, sie aus dem Rollstuhl zu heben. Sie ist bestürzend leicht. Wir stützen und schieben sie bis zum Wagen. Immer wieder sacken ihr die Beine weg, wir müssen sie fast tragen. Sie heult immer noch.

Sie stinkt nach Alkohol. Mir wird schlecht. Jean-Pierre schaut mich mitfühlend von der Seite an. Er schiebt meine Mutter mit sanftem Druck ins Wageninnere.

Kaum sitzt sie in der Corvette, reißt sie die Tür wieder auf und übergibt sich neben dem Wagen. Das ist das zweite Mal an einem einzigen Tag, dass sich jemand neben mir auskotzt, denke ich, dann reiche ich meiner Mutter mein letztes Taschentuch.

Wir bringen sie zu ihrem Haus, in den Fahrstuhl, in ihre Wohnung, in ihr Bett.

»Ruf mich an, wenn was ist«, sage ich leise, da ist sie schon fast eingeschlafen.

Jean-Pierre steht in der Diele vor dem riesigen Schwarzweißportrait, das meine Mutter im Alter von neunundzwanzig Jahren zeigt. Es wurde kurz nach einem Auftritt in der Berliner Philharmonie aufgenommen. Meine junge, strahlendschöne Mutter, die Augen voller Freude und Leidenschaft.

»Das ist lange her …«, sage ich. Dann gehen wir.

Auf der Brehmstraße lasse ich mich umgehend in die Bettmulde fallen, die ich vor zweieihalb Stunden zurückgelassen habe.

Jean-Pierre legt sich neben mich. Wir lauschen der Stille.

Wir halten uns an den Händen und schauen uns an. Ich spüre Jean-Pierres Atem auf meiner Haut. Es ist angenehm. Jean-Pierre ist mir ganz nah.

Ich kenne dieses Gefühl. Es ist Liebe. Plötzlich ist sie da. Die Gefahr im schönen Gewand. Die schönste Gefahr. Ich habe Angst.

Wir lieben uns zum ersten Mal mit voller Leidenschaft. Es ist wunderbar. Danach fällt bei mir der Vorhang.

»Sei mir nicht böse. Ich möchte, dass du jetzt gehst. Ich bin total erschöpft …«, höre ich mich sagen.

Ich kann das einfach nicht aushalten.

»Aber warum kann ich denn nie bei dir übernachten? Es war sehr schön gerade und mich hat die Nummer mit deiner Mutter auch ganz schön mitgenommen. Ich würde jetzt viel lieber hier bleiben.«

»Jean-Pierre, ich hab dir das oft genug erklärt. Ich will das einfach nicht. Ich kann nur alleine schlafen. Geh jetzt bitte.«

Jean-Pierre springt abrupt aus dem Bett und zieht sich an. Er ist wütend.

»Du bist echt die Prinzessin auf der Erbse, weißt du das! Und die absolute Romantikbremse! Ach, weißt du was? Du kannst mich! Ich lass mich nicht länger von dir verarschen!«

Er rennt aus der Wohnung und knallt die Tür hinter sich zu.

»Iss da mal Ruhe?«, brüllt Frau Althaus in den Flur. Dann knallt auch sie ihre Tür.

Die Stille hängt jetzt schwer im Raum. Sie nimmt mir fast die Luft zum Atmen. Ich möchte schreien, aber mein Hals ist ganz ausgetrocknet.

Ich habe alles kaputt gemacht. Offenen Auges.

Ich schließe die Augen. Irre Bilder laufen in mir ab. Meine heulende Mutter, Jean-Pierre aus nächster Nähe, der Castingleiter in seinem großen Sessel, Clara mit ihren blöden schwarzen Haaren, Lucas auf dem Rücksitz der Corvette, die Polizistin mit den schlechten Zähnen, ein orangefarbener Kinderwagen.

Der Schwangerschaftstest. Ich stehe auf und nehme den Test aus der Schublade, dann gehe ich ins Bad. Das Licht ist grell, ich kneife die verheulten Augen zusammen und setze mich auf den Klodeckel. Ich bleibe ungefähr zehn

Minuten sitzen. Dann gehe ich wieder ins Bett. Ich will den Test nicht machen. Die Hoffnung soll zuletzt sterben.

In den nächsten drei Tagen höre ich gar nichts. Weder von Jean-Pierre noch von meiner Mutter, auch nichts von der Castingagentur.

Zwei Tage lang denke ich darüber nach, ob ich Jean-Pierre anrufen soll.

Ob ich versuchen sollte, ihm meine unerklärlichen Gefühle zu erklären. Wenigstens zum Schluss. Denn das weiß ich schon, seit er gegangen ist. Es ist zu Ende. Er ist nicht einfach nur gegangen. Er ist weg. Zwischen all meinen diffusen Gefühlen erhebt sich das Gefühl des Verlustes in schmerzlicher Klarheit. Es tut weh. Trotzdem bin ich unfähig, etwas zu unternehmen. Ich rufe ihn nicht an. Auch bei meiner Mutter melde ich mich nicht. Ich habe Angst, dass es ihr nicht bessergeht und verschiebe den Anruf jeweils auf den nächsten Tag. Ich mache zwei Synchron-Blow-Jobs bei Siggi, die ähnlich anspruchsvoll sind wie sonst auch. Clara ist diesmal leider nicht dabei. Auch bei ihr melde ich mich nicht. Ich fühle mich mies.

Am vierten Tag kommen knapp hintereinander zwei SMS.

Die erste ist von meiner Mutter.

Liebe Claudia, danke für neulich. Es ist mir sehr peinlich. Ich habe seitdem nichts mehr getrunken. Mach ein bisschen mehr aus Deinem Leben als ich.

Und pass auf Deinen neuen Freund auf. Der ist toll.

Nur zwei Minuten später bekomme ich eine Nachricht von Jean-Pierre.

Prinzessin, es ist aus. Das Schiff ist versenkt, die Rettungsringe unauffindbar. In deinem Herz ist kein Platz. Ahoi! J.-P.

Das stimmt nicht, denke ich. In meinem Herz ist Platz für dich. Es verschließt sich nur trotzdem vor dir. Ich möchte ihm genau das schreiben. Aber es würde unweigerlich die Frage nach dem Warum aufwerfen. Die kann ich nicht beantworten.

Es ist 15 Uhr nachmittags, die Glocken läuten, die Sonne schielt spöttisch durch meinen halb zugezogenen Vorhang. Ich ziehe ihn ganz zu. Dann lege ich mich ins Bett und bleibe lange liegen. Zwei Tage am Stück. Nur zum Pinkeln stehe ich auf. Das Telefon schellt zwei oder dreimal. Es ist nicht Jean-Pierre. Ich gehe nicht dran.

Am dritten Tag stehe ich auf. Ich fühle mich wie nach einer Grippe. Ich dusche heiß und lange. Dann betrachte ich die Frau mit den tiefen Augenringen im Spiegel, die nass in meinem Bad steht und sich immer noch dreckig fühlt. Der Spiegel ist beschlagen, das Dunstwasser ist wie ein Weichzeichner. Ich habe trotzdem einen harten Zug um den Mund, an den ich mich gar nicht erinnern kann. Mein Blick fällt auf den Schwangerschaftstest, der immer noch auf der Ablage liegt und auf seinen Einsatz wartet. Der kleine Pappkarton sieht nicht mehr aus wie am ersten Tag. Er wird langsam wellig. Ich weiß nicht, ob ich noch nicht die Kraft hatte, ihn zu machen, oder ob ich bisher die Kraft hatte, ihn noch nicht zu machen. Es läuft auf dasselbe hinaus.

Schwach und schläfrig schleppe ich mich zum Briefkasten. Zwischen den Rechnungen klemmt ein dicker Umschlag von der Castingagentur.

Ich eile zurück in die Wohnung und setze mich an den Küchentisch.

Macht nichts, wenn sie dich nicht nehmen, dann klappt es ein anderes Mal …, flüstere ich mir vorsorglich zu. Dann zerre ich eine Menge Papier aus dem wattierten Umschlag ans harte Tageslicht.

Das sind nicht meine Bewerbungsunterlagen. Es ist ein Auszug aus einem Drehbuch, zwanzig Seiten. Und ein Brief.

Ungläubig lese ich die knappen Zeilen wieder und wieder. Dann ist die Nachricht endlich in meinem betäubten Bewusstsein angekommen.

Ich bin in der zweiten Runde. In der letzten Runde! Gemeinsam mit nur zwei weiteren Bewerberinnen. Wow.

Ein riesiger Stein, der mir seit Tagen den Brustkorb eindrückt, kommt ins Rollen. Zumindest verlagert er sich. Ich bekomme endlich genug Luft, um zu heulen. Ich heule, bis der Brief ganz weich ist und ich das Datum für den zweiten Castingtermin nur noch schwach erkennen kann. Der Termin ist schon für die nächste Woche angesetzt. In fünf Tagen!

Ich springe auf und hüpfe wie eine Zwölfjährige, die endlich Antwort auf ihre Fanpost an die Toten Hosen bekommen hat, durch die ganze Wohnung, wedele irre mit den Armen und brülle: »Ja, ja, jaaaa!«, bis mir schwindelig ist. Dann setze ich mich wieder an den Küchentisch und überfliege den Text. Das hier ist endlich mal ein richtiges Drehbuch. Die Szene ist anspruchsvoll und überall mit detaillierten Regieanweisungen versehen. Es geht um eine Kindesentführung. Eine Kommissarin vernimmt einen Tatverdächtigen. Sie ist sehr emotional und zieht alle Register. Ich tauche ganz und gar ab in den Text und nehme kaum wahr, dass mein Handy schellt. Geistesabwesend gehe ich dran.

Es ist Clara. Sie weint.

»Nicht, dass ich mir noch große Hoffnungen gemacht hätte, aber jetzt diese Absage schwarz auf weiß und alle meine Unterlagen zerknickt zurück. Wenn so ein dicker Umschlag kommt, ist sowieso alles vorbei, da weiß man genau, das sind die Bewerbungsunterlagen …«

Was sage ich jetzt bloß. Mein Umschlag war auch dick. Soll ich ihr sagen, dass ich gerade im Drehbuch blättere?

»Hast du auch schon eine Absage bekommen?«, fragt Clara und putzt sich geräuschvoll die Nase. »Mann, ich möchte mich ins Bett legen und drei Tage liegen bleiben, echt mal …«

»Das habe ich gerade hinter mir«, sage ich. Für den Text, der jetzt raus muss, hätte ich auch gerne ein Drehbuch. Ich muss es ihr sagen. Der Zeitpunkt ist schlecht und kann nur schlechter werden. Sie wird es sowieso erfahren.

»Du hast drei Tage im Bett gelegen?«, fragt Clara. Ihre Stimme ist jetzt wach und klar.

»Ja, mindestens. Jean-Pierre hat sich von mir getrennt. Das war vielleicht abzusehen, hat mich aber trotzdem voll erwischt. Und jetzt, seit zehn Minuten, geht es mir besser. Ich habe eine Zusage für die Endrunde … Ich meine, das heißt natürlich nicht, dass ich die Rolle bekomme.«

»Ist das geil!«

»Dein Ernst?«, frage ich irritiert. Sie klingt kein bisschen neidisch.

»Natürlich! Du bist meine Freundin. Fortuna hat sich bei dir in den letzten Jahren genauso rar gemacht wie bei mir, wir sitzen im selben Boot. Und außerdem macht mir das Mut! Dann ist es für mich vielleicht auch noch nicht zu spät. Claudia, du bist eine von Dreien, Wahnsinn!«

Ich bin gerührt, dass Clara sich mit mir freut, das spricht für große emotionale Reife. Insgeheim frage ich mich, ob ich selbst im umgekehrten Falle ebenso reif gewesen wäre. Man kann es nicht wissen. Zum Glück.

»Und J.-P. ist weg?«, fragt Clara schließlich.

»Sieht so aus, ja.«

»Fehlt er dir?«

»Ja. Mehr als ich jemals zugeben würde.«

»Dann bemüh dich um ihn.«

»Nein, das hat doch alles keinen Zweck. Das hat noch nie geklappt! Und ich werde ihm auch wirklich nicht gerecht. Warum das so ist, wird mich noch eine Weile beschäftigen.«

»Wie gut, dass du nicht schwanger bist! Das wäre das reinste Chaos geworden. Fand ich auch echt nicht gut, dass du es darauf angelegt hast.«

»Mm …«

»Und stell dir mal vor, du bekommst tatsächlich die Rolle für diese Serie. Was hättest du denn gemacht, wenn du gleichzeitig schwanger geworden wärest? Ich glaube nicht, dass die eine schwangere Kommissarin für die Rolle wollen.«

»Stimmt …«

Der Stein rollt abrupt zurück auf meinen Brustkorb. Sie hat Recht. Darüber habe ich überhaupt nicht nachgedacht! Ich beende das Gespräch und laufe ins Bad. Auf der Ablage zwischen Haargummis und Zahnbürste liegt immer noch der Test. Ich bin sechs Tage drüber. Ich sollte mir jetzt endlich Gewissheit verschaffen. Ich nehme den Test in die Hand und schaue ihn lange an, so als könnte ich das Ergebnis bereits ablesen. Dann lege ich ihn auf den Wannenrand. Nicht jetzt, denke ich, nicht jetzt. Ich fühle mich kein bisschen schwanger. Obwohl ich auch nicht weiß, wie ich mich dann fühlen sollte. Wahrscheinlich hat sich nur mein Rhythmus verschoben, wegen dieser Vielzahl an emotionalen Ereignissen. Bestimmt bekomme ich meine Tage in Kürze. Ich gehe an diesem Abend früher ins Bett, um länger nicht schlafen zu können. Meine Gedanken bewegen sich in rasanten Endlosschleifen. Wenn ich jetzt tatsächlich schwanger bin, sollte ich dann überhaupt den zweiten Castingtermin wahrnehmen? Falls ich dann die Rolle nicht bekäme, wäre es eine Niederlage, auf die ich auch verzichten könnte. Falls sie mich nehmen würden, wäre es toll und sofort zu Ende. Ich könnte nicht spielen. Eine schwangere Kommissarin steht nicht im

Drehbuch. Wie kann das sein, dass meine beiden sehnlichsten Wünsche gleichzeitig greifbar scheinen und sich gegenseitig ausschließen? Welcher Wunsch ist mir wichtiger? Das Kind, denke ich, natürlich das Kind. Aber habe ich nicht auch jahrelang von der Chance geträumt, endlich eine gute Rolle spielen zu dürfen? Davon habe ich ein paar Jahre geträumt. Zwanzig Jahre. Als am frühen Morgen eine blasse Sonne zaghaft mein übernächtigtes Gesicht streift, springe ich aus meinem zerwühlten Bett. Ich gehe ins Bad und entferne den aufgeweichten Pappkarton. Ungeduldig zerre ich den Teststick aus der Folie. Dann lasse ich mich auf der Kloschüssel nieder und pinkele mir über die Hand. Ein bisschen muss auch über den Test gelaufen sein.

Jedenfalls zeigt er schon nach drei Sekunden an, was eigentlich erst nach drei Minuten ablesbar ist. Ich bin schwanger. Kein Zweifel. Da sind zwei Linien in Sattrosa. Glücksgefühle fluten meinen Körper. Ich tappe auf weichen Beinen zurück in mein Bett, den Test halte ich weiter umklammert, wie eine Trophäe. Mein Wunsch erfüllt sich, jetzt. Etwas wächst in mir, was zu mir gehört, ich bin zwei. Ich fange an zu lachen. Und plötzlich weiß ich, dass ich an der zweiten Runde teilnehmen muss. Ich möchte wenigstens wissen, ob sie mich genommen hätten. Das soll reichen.

In den nächsten vier Tagen lerne ich wie besessen meinen Text. Die Figur der Kommissarin wird eins mit mir, ich begreife sie durch und durch. Ich bin die Kommissarin. Der Text sitzt irgendwann wie ein handgenähtes

Abendkleid. Ich mache nichts anderes. Ich spreche mit niemandem. Am liebsten hätte ich jemanden angerufen und mein Geheimnis preisgegeben. Es ausposaunt. Aber mir fällt niemand ein, der sich mit mir freuen würde.

Jean-Pierre wäre entsetzt, Clara entgeistert, meine Mutter sicher beides. Ich werde es allen sagen, demnächst. Jetzt lerne ich meinen Text.

Am Tag des Castings fühle ich mich sicher und stark. Ich sitze völlig entspannt im Warteraum. Es macht mir nichts aus, dass ich nach zwei Stunden als Letzte drankomme.

Die Rolle spielt sich praktisch von selbst. Fast habe ich das Gefühl, neben mir zu stehen und staunend zu beobachten, wie die Worte aus meiner Kehle drängen und sich im Raum breit machen. Jede Pore meiner selbst ist die Kommissarin. Irritiert nehme ich zur Kenntnis, dass die Szene irgendwann zu Ende ist. Ich improvisiere noch ein paar weitere Sätze. Ich kann nicht aufhören, die Kommissarin zu sein. Dann bekomme ich Applaus vom Castingleiter und zwei weiteren Personen. Einem mittelalten Mann und der älteren Dame, die schon beim ersten Termin dabei war.

»Vielen Dank, Frau Havelmann. Wir benachrichtigen Sie übermorgen. Kommen Sie gut nach Hause.«

Ich weiß nicht, wie ich nach Hause komme. Ich gehe den ganzen Weg zu Fuß. Die Corvette hat keinen TÜV mehr. Ich war mit der Bahn hierhergefahren. Jetzt möchte ich gehen.

Es war wunderbar zu spielen. Die Rolle erscheint mir so

persönlich, als wäre sie mir auf den Leib geschrieben. Ich möchte diese sympathische Kommissarin sein, in dieser Abendserie, wann immer sie anlaufen wird. Wann soll sie überhaupt laufen? Und wann sollen die Folgen eigentlich gedreht werden? Mit einem Mal ist da dieser rettende Gedanke. Nur für den Fall, dass sie mich nehmen. Vielleicht ist der Drehbeginn schon bald, wenn von der Schwangerschaft noch nichts zu sehen ist. Es sollen zunächst nur sechs Folgen aufgezeichnet werden. Vielleicht klappt das noch, bevor ich mich großartig verändere. Bei meiner Freundin Helene war vor dem fünften Monat kaum etwas zu sehen. Auch meine Mutter hat immer behauptet, sie wäre erst ganz spät dick geworden. Vielleicht geht doch beides, denke ich, während ich nun schnell und atemlos den Brehmplatz passiere. Der Tag erscheint mir plötzlich hell und klar, obwohl die Sonne schon zur Hälfte zwischen den Dächern der Brehmstraße abgetaucht ist.

Ich verbringe den gesamten nächsten Tag damit, zwei Briefe zu schreiben. Der eine ist für meine Mutter. Der andere für Jean-Pierre. Als ich sie zögerlich in den Briefkasten um die Ecke gleiten lasse und das feine Rascheln von Papier auf Papier durch den Schlitz dringt, fühle ich mich endlich frei.

Am darauffolgenden Tag warte ich vergeblich auf einen Brief von der Castingagentur. Die Zusage kommt telefonisch.

»Ähm, sagen Sie, freuen Sie sich denn gar nicht?«, fragt mich die freundliche Dame am Telefon und lacht irritiert.

Mein leises »Aha …« auf die Nachricht, dass der

Regisseur sich sofort für mich entschieden habe, weiß sie nicht zu deuten.

»Doch, doch, natürlich freue ich mich. Sagen Sie, wann ist der Drehbeginn?«

»Warten Sie …«

Papiergeraschel.

»Wo finde ich das denn?«, sie sucht und sucht.

Mausklicken. Stille.

»Ich frage gleich nach. Ich rufe Sie wieder an.«

Ich sitze wie gebannt vor dem Telefon. Meine Beine zittern, ich bin innerhalb von Sekunden schweißnass. Bitte, lass es klappen. Ich fange an zu beten, zum ersten Mal seit meinem Kommunionsunterricht. Bitte, lass die Wahrsagerin ihre zwanzig Euro wert gewesen sein. Lass mich einmal, nein zweimal gewinnen.

Das Telefon klingelt viel zu laut.

»Hören Sie? Drehbeginn ist leider erst in elf Monaten …«

EPILOG

Das Leben bleibt spannend, in diesem verrückten Haus mit seinen ganz gewöhnlichen Bewohnern. Und vielleicht verhält es sich auch umgekehrt, was spielt das schon für eine Rolle.

Was Sie gerade gelesen haben, ist jetzt schon Geschichte.

Die Ereignisse zeichnen weiterhin ihre schrägen und unsteten Muster in das Leben der Protagonisten. Ab und zu bleibt eine Stelle frei und wird später nachgearbeitet. Manchmal passiert auch das nicht und es sieht dennoch gut aus.

Claudia Havelmann bekommt ein gesundes Mädchen, das sie Natalia nennt. Sie hat ihren Durchbruch als Schauspielerin kurz nach ihrem neununddreißigsten Geburtstag. Die Krimiserie wird ein Dauerbrenner im Ersten, zur besten Sendezeit. Clara bekommt über Claudia in der zweiten Staffel eine wichtige Nebenrolle und bleibt an ihrer Seite. Wenn Claudia dreht, betreut ihre Mutter die kleine Natalia. Die Mutter freut sich so sehr auf ihre Aufgabe, dass sie eine weitere Entziehungskur macht und endlich trocken bleibt. Jean-Pierre findet Erfüllung in einer neuen Beziehung. Er wird ein guter Papa, der nicht zahlen muss.

Manu und Matthes ziehen nach einem Jahr mit den Kindern, Ringo und dessen neuer Freundin in ein geräumiges Haus in Duisburg. Manu verkauft ihren Roman an einen kleinen, aber renommierten Verlag. Ihr zweites Buch wird drei Jahre später verfilmt. Matthes bleibt ihre größte Inspiration. Er deckt ein paar Jahre später einen Salafistenring auf und wird vom BKA angeheuert. Die Patchworkfamilie zieht in Teilen nach Berlin.

Frau Althaus immerhin bleibt der Brehmstraße treu. Sie hat in den nächsten Jahren häufig Besuch von ihrem Bruder Theo, sodass sie den endgültigen Auszug ihrer Schwester Hildi und deren Heirat mit Dr. Steiner besser verkraftet, als wir alle dachten. Sie wird weiterhin alles im Griff haben auf der Brehm und pünktlich die Haustür abschließen. Mit der Zeit wird sie schwerhörig und findet endlich Ruhe.

Ute, die Gute, löscht ihren Eintrag bei new.de und hält sich ein Jahr lang von Männern fern. Sie besucht noch weitere Versammlungen der Linken und wird schließlich Mitglied. Sie schmeißt ihren Job bei der SPD und zieht 2017 als jüngste Direktkandidatin der Linken in den Bundestag. Die Linke liegt nun bei acht Prozent. Ute zieht mit ihrer Tochter nach Berlin und verliebt sich in einen FDP-Politiker, mit dem sie jahrelang eine heimliche leidenschaftliche Beziehung pflegt.

Enis verlässt nach einem halben Jahr das Polizistenwohnheim und zieht erneut zu Paul. Nach wenigen Tagen verschwindet Enis auf ungeklärte Weise. Er taucht nie wieder auf. Die Kripo und auch der Kontaktbeamte zu Muslimischen Institutionen, Matthes Born, ermitteln vergeblich, sprengen aber bei ihrer Suche eine salafistische Vereinigung. Paul studiert Politik und ist noch jahrelang hinter Anna her. In etwa vier Jahren werden sie sich neu begegnen. Dann wird Paul endlich erwachsen sein.

Nadja bekommt einen Jungen mit Namen Miles. Sie verliebt sich im achten Monat der Schwangerschaft endlich mit allen Sinnen in Tom, der kurz vor der Geburt des Kindes auf der Brehm-46 einzieht. Die drei sind zwei Jahre lang sehr glücklich. Miles bekommt mit anderthalb Jahren einen Kitaplatz und Nadja setzt ihr Kunststudium an der Düsseldorfer Kunstakademie fort. Tom fährt nicht mehr lange Taxi. Er etabliert sich mehr und mehr mit seiner Musik und wird 2016 Gitarrist bei den Eels. Er tourt durch England und verlässt seine Familie schließlich wegen einer britischen Backgroundsängerin.

Nebenbei sei erwähnt, dass der reiche Hausbesitzer, Dr. Blumfeld, sich mit der Geburt seiner Enkelin auch endlich zu seiner Tochter bekennt. Das führt zu Turbulenzen, für die er sich eigentlich zu alt wähnt, die ihn letztlich aber jung halten.

Ja, so könnte es sein. Vielleicht ist es aber auch ganz anders. Falls die Brehm-46 ein Erfolg wird, werde ich weiterberichten.

Ulrike Reinker, geboren 1965 in Düsseldorf, machte nach dem Abitur an der Berliner Lette Schule (Schule für Fotografie, Grafik und Mode) eine Ausbildung zur Fotografin. Sie ist freie Fotografin und Dozentin für Fotokunst. Ulrike Reinker lebt in Düsseldorf.

Ich danke meinen Lektoren der ersten Stunde
Dirk, Steffi, Mark, Ulla
und meiner Agentin Anna Mechler.

Frank P. Meyer im Conte Verlag

422 Seiten, ISBN 978-3-941657-51-9, 18,90 €

Rafael aus Antwerpen heuert als Pizzaentwickler bei Tiefkühl-Wagner im Saarland an. In der WG von Mike und Gabriel ist ein Zimmer frei. Aber worauf hat er sich da eingelassen? Das Leben der beiden vaterlosen Cousins zirkuliert zwischen Partys, Trinkgelagen und einem kuriosen Wettkampf in Trier namens Mariathlon. Mike hat bei den Frauen den Dreh raus. Gabriel schreibt über das Bergwerksunglück von Luisenthal 1962, bei dem sein Vater starb. Anteilnahme findet er bei Johanna, die ihr Netz nach ihm schon längst ausgelegt hat. Eine Einkommensquelle der beiden Mittdreißiger sind Schmuggelfahrten ins benachbarte Luxemburg. Doch das Ultimatum des Dorfpolizisten und die bevorstehende Einführung des Euro – es ist das Jahr 1999 – lassen das Geld knapp werden.

Die rettende Idee: Bei einem Raubüberfall auf die Trierer Uni-Mensa kann eigentlich nichts passieren. Doch damit fangen die Probleme erst richtig an …

Frank P. Meyer erzählt eine turbulente Geschichte vom späten Erwachsenwerden und den überraschenden Wendungen einer außergewöhnlichen Familienkonstellation.